CONVERSAS ENTRE AMIGOS

SALLY ROONEY

Conversas entre amigos

Tradução
Débora Landsberg

3ª reimpressão

COMPANHIA DAS LETRAS

Copyright © 2017 by Sally Rooney
Todos os direitos reservados.

Este livro foi publicado com apoio da Literature Ireland.

Grafia atualizada segundo o Acordo Ortográfico da Língua Portuguesa de 1990, que entrou em vigor no Brasil em 2009.

Título original
Conversations with Friends

Capa
gray318

Ilustração da capa
Elliana Esquivel

Preparação
Eloah Pina

Revisão
Renata Lopes Del Nero
Nana Rodrigues
Maitê Acunzo

Dados Internacionais de Catalogação na Publicação (CIP)
(Câmara Brasileira do Livro, SP, Brasil)

Rooney, Sally
    Conversas entre amigos / Sally Rooney ; tradução Débora Landsberg. — 1ª ed. — São Paulo : Companhia das Letras, 2022.

    Título original: Conversations with Friends.
    ISBN 978-65-5921-204-0

    1. Ficção irlandesa I. Título.

22-103804   CDD-ir823.9

Índice para catálogo sistemático:
1. Ficção : Literatura irlandesa   ir823.9

Eliete Marques da Silva – Bibliotecária – CRB-8/9380

Todos os direitos desta edição reservados à
EDITORA SCHWARCZ S.A.
Rua Bandeira Paulista, 702, cj. 32
04532-002 — São Paulo — SP
Telefone: (11) 3707-3500
www.companhiadasletras.com.br
www.blogdacompanhia.com.br
facebook.com/companhiadasletras
instagram.com/companhiadasletras
twitter.com/cialetras

Em momentos de crise, todos precisamos decidir várias e várias vezes quem amamos.

Frank O'Hara

PARTE UM

1

Bobbi e eu conhecemos Melissa em um recital de poesia, em uma noite na cidade, onde nos apresentaríamos juntas. Melissa tirou uma foto nossa lá fora, Bobbi fumando e eu sem saber o que fazer, segurando meu braço esquerdo com a mão direita, como se tivesse medo de que ele fugisse de mim. Melissa usava uma grande câmera profissional e guardava muitas lentes diferentes numa bolsinha especial. Batia papo e fumava enquanto tirava as fotos. Ela falava da nossa apresentação e nós, do trabalho dela, que havíamos descoberto na internet. O bar fechou por volta da meia-noite. Estava começando a chover quando Melissa nos convidou para irmos à casa dela para um drinque.

Entramos todas no banco de trás de um táxi e ajeitamos nossos cintos de segurança. Bobbi se sentou no meio, com a cabeça virada para conversar com Melissa, e então eu podia ver sua nuca e a orelhinha parecida com uma colher. Melissa deu ao motorista um endereço em Monkstown e me virei para a janela. Uma voz surgiu do rádio para dizer as palavras: clássicos. . pop... anos 1980. Em seguida, tocaram um jingle. Eu estava

9

empolgada, pronta para o desafio de visitar a casa de uma desconhecida, já preparando elogios e certas expressões faciais para dar a impressão de que eu era encantadora.

A casa era semigeminada, de tijolos vermelhos, com uma figueira do lado de fora. Sob a luz do poste, as folhas pareciam cor de laranja e artificiais. Eu gostava muito de ver o interior de casas alheias, ainda mais de pessoas ligeiramente famosas como Melissa. Logo de cara resolvi decorar todos os detalhes da casa, assim poderia descrevê-la depois aos nossos outros amigos e Bobbi concordaria.

Quando Melissa abriu a porta, uma pequena cocker spaniel acobreada veio correndo até a sala e começou a latir para nós. O corredor estava quentinho e as luzes, acesas. Ao lado da porta havia uma mesinha onde alguém deixara um amontoado de trocados, uma escova de cabelo e um batom aberto. Havia uma reprodução de Modigliani pendurada sobre a escada, uma mulher nua reclinada. Pensei: isso é uma casa de verdade. Daria para uma família viver aqui.

Temos visita, Melissa gritou do corredor.

Como ninguém apareceu, nós a seguimos até a cozinha. Lembro de ter visto uma tigela de madeira escura cheia de frutas bem escolhidas e reparado na estufa de vidro. Gente rica, pensei. Naquela época, eu vivia pensando em gente rica. A cachorra tinha nos seguido até a cozinha e cheirava nossos pés, mas como Melissa não a mencionou nós também não dissemos nada.

Vinho? ofereceu Melissa. Branco ou tinto?

Ela serviu taças enormes, do tamanho de tigelas, e nós três nos sentamos ao redor de uma mesinha. Melissa perguntou como foi que começamos a recitar poesia juntas. Tínhamos acabado de terminar o terceiro ano da faculdade, mas nos apresentávamos juntas desde os tempos de escola. As provas já tinham acabado. Era final de maio.

Melissa tinha deixado a câmera em cima da mesa e de vez em quando a pegava para tirar uma fotografia, soltando uma risada autodepreciativa por ser "viciada em trabalho". Acendeu um cigarro e bateu a cinza em um cinzeiro de vidro bem kitsch. A casa não cheirava nem um pouco a cigarro e fiquei imaginando se ela costumava fumar ali.

Fiz novas amigas, ela anunciou.

O marido estava na porta da cozinha. Levantou a mão para nos cumprimentar e a cachorra começou a ganir e a choramingar e a correr em círculos.

Esta é a Frances, anunciou Melissa. E essa é a Bobbi. Elas são poetas.

Ele pegou uma garrafa de cerveja da geladeira e a abriu na bancada da pia.

Senta aqui com a gente, chamou Melissa.

É, eu adoraria, ele disse, mas é melhor eu tentar dormir antes do voo.

A cachorra subiu em uma cadeira da cozinha perto de onde ele estava, e ele esticou a mão para acariciar sua cabeça, sem pensar muito no que estava fazendo. Perguntou a Melissa se ela já tinha dado comida à cachorra, ela disse que não. Ele segurou o animalzinho nos braços e deixou que lhe lambesse o pescoço e o maxilar. Disse que colocaria a comida dela e saiu de novo pela porta da cozinha.

O Nick vai filmar em Cardiff amanhã de manhã, explicou Melissa.

Já sabíamos que o marido dela era ator. Ele e Melissa volta e meia eram fotografados juntos em eventos, e amigos de amigos nossos já os conheciam. Ele tinha um rosto lindo, grande, e parecia ser capaz de botar Melissa debaixo de um braço e rechaçar intrusos com o outro.

Ele é muito alto, comentou Bobbi.

Melissa sorriu como se "alto" fosse eufemismo para algo, mas não necessariamente algo lisonjeiro. A conversa continuou. Entramos em uma breve discussão sobre o governo e a Igreja católica. Melissa nos perguntou se éramos religiosas e respondemos que não. Ela disse que achava eventos religiosos, como funerais e casamentos, "reconfortantes num sentido sedativo". São comunitários, ela explicou. Há algo de bom nisso para quem é um individualista neurótico. E eu estudei em escola de freiras, então ainda sei a maioria das orações.

Nós estudamos em uma escola de freiras, declarou Bobbi. Foi problemático.

Melissa abriu um sorriso e perguntou: por exemplo?

Bom, eu sou gay, disse Bobbi. E a Frances é comunista.

Também acho que não lembro de nenhuma oração, declarei.

Ficamos bastante tempo sentadas ali conversando e bebendo. Lembro que falamos da poeta Patricia Lockwood, a quem admirávamos, e também do que Bobbi caluniosamente chamou de "feminismo que não sai da tecla da diferença salarial". Comecei a ficar cansada e um pouco bêbada. Não conseguia pensar em nenhum comentário espirituoso a fazer e foi difícil ordenar meu rosto de forma a demonstrar meu senso de humor. Acho que ri e assenti bastante. Melissa nos contou que estava trabalhando em um novo livro de ensaios. Bobbi tinha lido o primeiro, mas eu não.

Não é muito bom, Melissa me disse. Espera o próximo sair.

Por volta das três horas ela nos mostrou o quarto vago e nos disse o quanto tinha sido ótimo nos conhecer e como estava feliz que ficaríamos. Quando nos deitamos fiquei olhando o teto e me sentindo bastante bêbada. O quarto rodava repetitivamente em giros breves, consecutivos. Assim que meus olhos se adaptavam a uma rotação, outra já começava. Perguntei a Bobbi se ela também estava enfrentando esse problema, mas ela falou que não.

Ela é incrível, não é? disse Bobbi. A Melissa. Gostei dela, respondi. Dava para ouvir sua voz no corredor e os passos levando-a de um cômodo a outro. Depois que a cachorra latiu nós a escutamos gritar alguma coisa e em seguida a voz do marido. Mas depois disso adormecemos. Não o escutamos sair.

Bobbi e eu nos conhecemos no ensino médio. Na época, Bobbi era cheia das opiniões e sempre passava um tempo de castigo por ofensas comportamentais que a nossa escola chamava de "perturbação do ensino e do aprendizado". Quando tínhamos dezesseis anos, pôs um piercing no nariz e começou a fumar. Ninguém gostava dela. Uma vez foi temporariamente suspensa por escrever "foda-se o patriarcado" na parede ao lado de uma imagem de gesso de Jesus crucificado. Não houve nenhum sentimento de solidariedade em torno do incidente. Bobbi era considerada exibicionista. Até eu tive de admitir que o ensino e o aprendizado fluíram muito melhor na semana em que ela não estava.

Aos dezessete anos tivemos de comparecer a um baile para arrecadação de fundos no auditório da escola, com um globo de espelhos parcialmente quebrado iluminando o teto e as janelas descobertas. Bobbi usou um vestidinho fino de verão e parecia não ter penteado o cabelo. Ela estava radiante e atraente, o que queria dizer que todo mundo teve de se esforçar para não lhe dar atenção. Eu disse a ela que tinha gostado do vestido. Ela me deu um pouco da vodca que bebia de uma garrafa de coca e perguntou se o resto da escola estava trancado. Conferimos a porta da escada dos fundos e descobrimos que estava aberta. Todas as luzes estavam apagadas e não havia mais ninguém ali em cima. Dava para ouvir a música zumbindo através das tábuas do assoalho, como se fosse o toque do telefone de alguém. Bobbi me deu mais um pouco de sua vodca e me perguntou se eu gostava de garotas. Era muito fácil agir com tranquilidade perto dela. Eu só respondi: claro.

Não estava sendo desleal com ninguém sendo a namorada de Bobbi. Não tinha amigos próximos e na hora do almoço ficava sozinha e lia livros didáticos na biblioteca da escola. Gostava das outras garotas, deixava que copiassem meu dever de casa, mas me sentia sozinha e indigna de amizades verdadeiras. Fazia listas de coisas em que tinha de melhorar. Depois que Bobbi e eu começamos a sair juntas, tudo mudou. Ninguém mais me pedia o dever de casa. No almoço andávamos pelo estacionamento de mãos dadas e as pessoas desviavam o olhar maliciosamente. Era divertido, foi a primeira vez na vida que me diverti de verdade.

Depois da escola nos deitávamos no quarto dela escutando música e falando dos motivos que tínhamos para gostar uma da outra. Eram conversas longas e intensas, e me pareciam tão monumentais que à noite eu transcrevia em segredo partes delas de memória. Quando Bobbi falava de mim parecia que eu me olhava no espelho pela primeira vez. Também passei a olhar para espelhos de verdade com mais frequência. Comecei a nutrir grande interesse pelo meu rosto e meu corpo, coisa que nunca tive antes. Fazia a Bobbi perguntas como: eu tenho pernas compridas? Ou curtas?

Na cerimônia da formatura da escola apresentamos juntas um quadro de *spoken word*. Alguns dos pais choraram, mas nossos colegas de classe ficaram olhando pelas janelas do auditório ou conversando baixinho. Alguns meses depois, após mais de um ano juntas, Bobbi e eu terminamos.

Melissa queria escrever um perfil nosso. Ela nos mandou um e-mail perguntando se tínhamos interesse e anexou algumas das fotografias tiradas lá fora do bar. Sozinha no meu quarto, baixei um dos arquivos e o abri em tela cheia. Bobbi me olhava, travessa, segurando um cigarro com a mão direita e mexendo na estola de pelo com a outra. Ao lado dela, eu parecia entediada e interessante. Tentei imaginar meu nome aparecendo em um perfil, em fonte serifada de haste grossa. Resolvi que me esforçaria mais para impressionar Melissa da próxima vez que nos encontrássemos.

Bobbi me ligou praticamente no instante em que o e-mail chegou.

Você viu as fotos? ela perguntou. Acho que estou apaixonada por ela.

Segurei o celular em uma mão e dei close no rosto de Bobbi com a outra. Era uma imagem de alta qualidade mas aproximei até ver os pixels.

Talvez você esteja apaixonada só pela sua cara, retruquei.

Não é porque eu tenho um rosto bonito que sou narcisista.

Deixei passar. Continuava envolvida no processo de aproximação da imagem. Sabia que Melissa escrevia para vários sites literários importantes e seu trabalho tinha grande circulação on--line. Ela tinha escrito um famoso ensaio sobre os Oscars que todo mundo republicava todos os anos na temporada das premiações. Às vezes também escrevia perfis locais sobre artistas que vendiam suas obras na Grafton Street ou músicos de rua em Londres; eram sempre acompanhados de belas fotografias dos entrevistados num estilo humanizado e cheio de "personalidade". Distanciei a imagem e tentei olhar meu próprio rosto como se eu fosse uma desconhecida da internet, vendo-o pela primeira vez. Era redondo e branco, as sobrancelhas como parênteses virados, meus olhos desviados das lentes, quase fechados. Até eu conseguia ver que eu tinha personalidade.

15

Respondemos o e-mail dizendo que seria um prazer, e ela nos convidou para jantar e falar do nosso trabalho e tirar mais algumas fotografias. Perguntou se eu poderia encaminhar algumas cópias de nossos poemas e enviei três ou quatro dos melhores. Bobbi e eu tivemos uma longa discussão sobre o que Bobbi vestiria nesse evento, sob o pretexto de falar do que nós duas deveríamos vestir. Fiquei deitada no meu quarto vendo-a se olhar no espelho, puxando mechas do cabelo para trás e para a frente criteriosamente.

Então, quando você diz que está apaixonada pela Melissa, eu disse.

Quero dizer que tenho uma queda por ela.

Você sabe que ela é casada.

Você acha que ela não gosta de mim? perguntou Bobbi.

Estava segurando uma das minhas blusas brancas de algodão escovado diante do espelho.

Como assim, gostar de você? perguntei. A gente está falando sério ou é só brincadeira?

Estou falando um pouco sério. Eu acho que ela gosta de mim.

De um jeito caso extraconjugal?

Bobbi simplesmente riu. Com os outros eu geralmente tinha a noção do que levar a sério e do que não levar, mas com Bobbi isso era impossível. Ela nunca parecia totalmente séria ou totalmente brincalhona. O resultado é que acabei adotando uma espécie de aceitação zen em relação a tudo que ela dizia. Observei-a tirar a blusa e vestir a blusa branca. Ela dobrou as mangas com cuidado.

Está bom? perguntou. Ou horrível?

Bom. Achei bom.

2

Choveu o dia inteiro antes de sairmos para jantar na casa de Melissa. Passei a manhã sentada na cama escrevendo poesia, apertando a tecla de apagar sempre que sentia vontade. Passado um tempo abri a cortina, li as notícias on-line e tomei banho. Meu apartamento tinha uma porta para o pátio do edifício, pródigo em folhagens e com direito a uma cerejeira no cantinho. Já era quase junho, mas em abril as flores ficavam coloridas e sedosas como confete. O casal do apartamento ao lado tinha um bebezinho que às vezes chorava durante a noite. Eu gostava de viver ali.

Aquela noite, Bobbi e eu nos encontramos na cidade e pegamos o ônibus para Monkstown. Descobrir o caminho para a casa era como desembrulhar um presente envolto em diversas camadas de papel. Mencionei isso a Bobbi no caminho e ela disse: é o presente ou é só mais uma camada de papel de embrulho?

A gente pensa nisso depois do jantar, declarei.

Quando tocamos a campainha, Melissa abriu a porta com a câmera pendurada no ombro. Nos agradeceu por estarmos ali.

Tinha um sorriso expressivo, conspiratório, que imaginei que lançasse a todos os entrevistados, como se para dizer: você não é um assunto qualquer para mim, você é especial e meu preferido. Eu sabia que mais tarde, com inveja, treinaria esse sorriso diante do espelho. A cachorrinha ganiu na porta da cozinha enquanto pendurávamos os casacos.

Na cozinha, o marido picava os legumes. O animalzinho estava animadíssimo com essa reunião. Pulou em uma cadeira da cozinha e latiu uns dez ou vinte segundos até ele mandá-la parar.

Vocês aceitam uma taça de vinho? Melissa ofereceu.

Dissemos que claro e Nick serviu as taças. Eu fiz uma pesquisa sobre ele depois daquela primeira vez que nos conhecemos, em certa medida porque não conhecia outros atores em carne e osso. Havia trabalhado principalmente no teatro, mas também fizera TV e cinema. Uma vez, fazia alguns anos, fora indicado a um prêmio importante, que não ganhou. Por acaso me deparei com uma seleção de fotografias dele sem camisa, a maioria mostrando-o bem mais novo, saindo da piscina ou tomando banho em um programa de TV há muito cancelado. Mandei para Bobbi o link de uma dessas fotografias com a mensagem: marido troféu.

Não encontrei muitas fotos de Melissa na internet, embora sua coletânea de ensaios tivesse gerado bastante publicidade. Eu não sabia há quanto tempo ela era casada com Nick. Nenhum deles era famoso o suficiente para esse tipo de informação estar on-line.

Então, vocês escrevem tudo juntas? Melissa perguntou.

Meu Deus, não, disse Bobbi. A Frances escreve tudo. Nem ajudo.

Não é verdade, declarei. Não é verdade, você ajuda, sim. Ela está falando só por falar.

Melissa inclinou a cabeça para o lado e soltou uma espécie de risada.

Está bem, qual das duas está mentindo? ela perguntou.

Eu estava mentindo. Exceto no sentido de enriquecer minha vida, Bobbi não me ajudava a escrever poesia. Até onde eu sabia, ela nunca tinha escrito nada criativo. Gostava de apresentar monólogos dramáticos e cantar baladas contra a guerra. No palco, era a intérprete superior e eu volta e meia a encarava com angústia para lembrar do que deveria fazer. Jantamos um espaguete com molho grosso de vinho branco e muito pão de alho. De modo geral, Nick ficava quieto enquanto Melissa nos fazia perguntas. Ela levava todos nós às gargalhadas, mas do mesmo jeito que se faz alguém comer algo que não está com muita vontade. Não sei se eu gostava de todo esse vigor animado, mas era óbvio o quanto Bobbi curtia. Ela ria ainda mais do que precisava, eu podia notar.

Apesar de não ser capaz de apontar exatamente o porquê, eu tinha certeza de que Melissa estava menos interessada no nosso processo de escrita agora que sabia que eu escrevia o material sozinha. Eu sabia que a sutileza dessa mudança seria suficiente para que Bobbi a negasse mais tarde, o que me irritava como se isso já tivesse acontecido. Estava começando a me sentir alheia àquele cenário todo, como se a dinâmica que por fim se revelava não me interessasse ou sequer me incluísse. Poderia ter me esforçado mais para me envolver, mas é provável que me ressentisse por ter de me esforçar para ser notada.

Depois do jantar, Nick tirou todos os pratos e Melissa tirou as fotografias. Bobbi se sentou no parapeito da janela, olhando uma vela acesa, rindo e fazendo caretas fofas. Fiquei sentada à mesa de jantar sem me mexer, terminando minha terceira taça de vinho.

Adorei a coisa da janela, disse Melissa. A gente pode fazer uma parecida, só que na estufa?

Portas duplas se abriam da cozinha para a estufa. Bobbi foi atrás de Melissa, que fechou as portas ao passar. Eu pude ver Bobbi se sentar no parapeito, rindo, mas não escutava sua risada. Nick começou a encher a pia de água quente. Eu lhe disse outra vez que a comida estava ótima e ele ergueu os olhos e disse: ah, obrigado.

Pelo vidro observei Bobbi limpar um pouquinho da maquiagem de baixo dos olhos. Seus punhos eram finos e as mãos longas, elegantes. Às vezes, quando estava fazendo algo chato, como ir andando do trabalho para casa ou pendurar as roupas, gostava de imaginar que era parecida com Bobbi. Ela tinha uma postura melhor que a minha, e um rosto inesquecivelmente bonito. O fingimento para mim era tão verdadeiro que, quando acidentalmente vislumbrava meu reflexo e via minha aparência, sentia um choque estranho, despersonalizante. Era mais difícil fazer isso agora, com Bobbi sentada bem diante dos meus olhos, mas tentei mesmo assim. Tive vontade de dizer algo provocativo e idiota.

Acho que estou sobrando, declarei.

Nick olhou para a estufa, onde Bobbi mexia no cabelo.

Você acha que a Melissa está dando preferência a ela? ele perguntou. Posso falar com ela se você quiser.

Tudo bem. Todo mundo prefere a Bobbi.

Sério? Tenho de admitir que fui mais com a sua cara.

Nos olhamos. Dava para perceber que ele tinha entrado no meu jogo, portanto sorri.

É, eu senti uma afinidade natural entre nós, respondi.

Os tipos poéticos me atraem.

Pois é. Tenho uma vida interior muito interessante, acredite.

Ele riu quando eu disse isso. Eu sabia que estava sendo um pouco inconveniente, mas não me sentia mal a respeito. Lá fora, na estufa, Melissa havia acendido um cigarro e largado a câmera numa mesinha de canto de vidro. Bobbi assentia vigorosamente.

Imaginei que esta noite seria um pesadelo, mas a verdade é que correu tudo bem, ele disse.

Ele se sentou de volta à mesa comigo. Gostei da súbita franqueza. Eu tinha consciência de que havia olhado fotografias dele sem camisa na internet sem que ele soubesse, e naquele momento achei esse fato muito divertido e quase tive vontade de contar.

Também não sou muito de jantares, disse.

Acho que você se saiu muito bem.

Você se saiu muito bem. Você foi ótimo.

Ele sorriu para mim. Tentei decorar tudo que ele tinha dito para poder contar a Bobbi depois, mas na minha cabeça não me parecia tão engraçado.

As portas se abriram e Melissa voltou para dentro, segurando sua câmera com ambas as mãos. Tirou uma foto de nós sentados à mesa, Nick segurando a taça, eu olhando para a câmera com o olhar vago. Então se sentou à nossa frente e olhou a tela da câmera. Bobbi voltou e encheu a própria taça de vinho sem pedir. Tinha uma expressão beatífica no rosto e percebi que estava bêbada. Nick ficou observando-a, mas não falou nada.

Sugeri que fôssemos embora a tempo de pegar o último ônibus e Melissa prometeu mandar as fotografias. O sorriso de Bobbi se desfez um pouco, mas era tarde demais para sugerir que ficássemos mais um tempinho. Já estavam nos entregando nossos casacos. Estava zonza, e agora que Bobbi havia se calado, eu ria sozinha, do nada.

Fizemos uma caminhada de dez minutos até o ponto de ônibus. No começo Bobbi estava desanimada, então entendi que estava chateada ou irritada.

Você se divertiu? perguntei.

Estou preocupada com a Melissa.

Está o quê?

Não acho que ela é feliz, disse Bobbi.

Não é feliz em que sentido? Ela conversou sobre isso com você?

Acho que ela e o Nick não são muito felizes juntos.

Sério?

É triste.

Não enfatizei que Bobbi só tinha visto Melissa duas vezes na vida, mas talvez devesse. É bem verdade que Nick e Melissa não pareciam loucos um pelo outro. Ele me disse, a troco de nada, que imaginava que um jantar organizado por ela fosse "um pesadelo".

Achei ele divertido, disse.

Ele mal abriu a boca.

É, o silêncio dele é muito bem-humorado.

Bobbi não riu. Deixei para lá. Mal nos falamos no ônibus, pois percebi que ela não teria interesse no entrosamento fácil que estabeleci com o marido troféu de Melissa, e eu não conseguia pensar em nenhum outro assunto.

Quando voltei para o meu apartamento me senti ainda mais embriagada do que me sentira na casa deles. Bobbi tinha ido embora e eu estava sozinha. Acendi todas as luzes antes de ir para a cama. Era o que eu fazia de vez em quando.

Os pais de Bobbi passaram por uma separação difícil naquele verão. A mãe de Bobbi, Eleanor, sempre fora emocionalmente frágil e dada a longos períodos de doenças inespecíficas, o que tornava o pai, Jerry, o genitor predileto no divórcio. Bobbi sempre os chamava pelos nomes. Provavelmente começou como um ato de rebeldia, mas agora parecia um gesto amistoso, como se a família fosse um pequeno negócio que administrassem cooperativamente. A irmã de Bobbi, Lydia, tinha catorze anos e não parecia lidar com aquela situação toda com a mesma compostura de Bobbi.

Meus pais haviam se separado quando eu tinha doze anos e meu pai voltou para Ballina, onde tinham se conhecido. Morei com minha mãe em Dublin até terminar a escola e depois ela também voltou para Ballina. Quando comecei a faculdade me mudei para um apartamento nas Liberties que era do irmão do meu pai. Durante o período letivo, ele alugava o segundo quarto para outro estudante e eu tinha de fazer silêncio de noite e dar um oi educado quando encontrava o colega com quem dividia o apartamento na cozinha. Mas no verão, quando a pessoa ia para casa, eu podia morar lá sozinha e fazer café sempre que quisesse e deixar livros abertos espalhados por todos os lados.

Fazia estágio numa agência literária nessa época. Havia um outro estagiário, chamado Philip, que eu conhecia da faculdade. Nossa função era ler pilhas de manuscritos e escrever relatórios de uma página sobre seu valor literário. O valor era quase sempre nulo. Às vezes Philip lia frases ruins para mim em tom sarcástico, o que me fazia rir, mas não fazíamos isso na frente dos adultos que trabalhavam lá. Trabalhávamos três dias por semana e ambos ganhávamos "uma ajuda de custo", ou seja, basicamente não éramos pagos. Já que eu só precisava de comida e Philip morava na casa dos pais, isso não tinha muita importância para nós.

É assim que o privilégio se perpetua, Philip me disse um dia, no escritório. Babacas ricos como nós que aceitam estágios não remunerados e acabam conseguindo empregos por isso.

Fale por você, retruquei. Eu nunca vou ter um emprego.

3

Naquele verão, Bobbi e eu nos apresentamos em vários saraus e noites de microfone aberto. Quando estávamos do lado de fora, fumando, e artistas homens tentavam bater papo com a gente, Bobbi sempre fazia questão de bufar e não falar nada, então eu tinha de agir como nossa representante. Isso significava sorrir muito e lembrar de vários detalhes de seus trabalhos. Eu gostava de desempenhar esse papel, da garota sorridente que lembrava das coisas. Bobbi disse que não achava que eu tinha uma "personalidade verdadeira", mas declarou que se tratava de um elogio. De modo geral, eu concordava com a avaliação. A qualquer instante sentia que poderia fazer ou dizer qualquer coisa, e só depois pensar: ah, então sou esse tipo de pessoa.

Melissa nos mandou os arquivos das fotos do jantar poucos dias depois. Esperava que Bobbi dominasse a cena, com talvez uma ou duas fotografias simbólicas de mim, embaçada atrás de uma vela acesa, segurando um garfo cheio de espaguete. Na verdade, para cada foto de Bobbi, eu também aparecia, sempre com a iluminação perfeita, sempre com um belo enquadramento. Nick também estava nas fotografias, o que eu não esperava. Ele estava radiante e atraente, mais ainda do que na vida real. Me perguntei se era por isso que era um ator de sucesso. Era difícil olhar as cenas e não ter a impressão de que ele era o personagem principal da sala, o que definitivamente não senti no momento em que foram tiradas.

A própria Melissa não aparecia em nenhuma das imagens. O resultado é que o jantar retratado nas fotografias tinha apenas uma relação oblíqua com aquele a que de fato comparecemos. Na realidade, toda a nossa conversa orbitara em torno de Melissa. Ela havia motivado nossas diversas expressões de incerteza ou admiração. Era uma daquelas pessoas de cujas piadas sempre ríamos. Sem ela nas imagens, o jantar parecia adquirir um caráter diferente, parecia se desmembrar em direções sutis e estranhas. As relações entre as pessoas que apareciam nas fotos, sem Melissa, se tornavam indistintas.

Na minha foto predileta eu olhava direto para a lente com uma expressão sonhadora enquanto Nick me olhava como se esperasse que eu dissesse alguma coisa. Sua boca estava entreaberta. Parecia não ter visto a câmera. Era uma boa foto, mas é claro que na verdade eu estava olhando para Melissa naquele instante e Nick simplesmente não a vira aparecer na porta. A foto capturava algo íntimo que não tinha de fato acontecido, algo velado e de certo modo tenso. Guardei na pasta de downloads para olhar depois.

Bobbi me mandou uma mensagem cerca de uma hora depois que as fotos chegaram.

Bobbi: e não é que estamos bonitas?
Bobbi: estou pensando se podemos usar como fotos de perfil no facebook.
eu: não

Bobbi: ela falou que parece que a matéria só sai em setembro

eu: quem falou

Bobbi: melissa

Bobbi: quer fazer alguma coisa esta noite?

Bobbi: ver um filme ou sei lá

Bobbi queria que eu soubesse que ela esteve em contato com Melissa e eu não. Fiquei de fato impressionada, conforme ela queria, mas também me senti mal. Sabia que Melissa gostava mais de Bobbi do que de mim e não sabia como fazer parte da nova amizade sem me rebaixar em busca da atenção delas. Queria que Melissa se interessasse por mim, pois ambas éramos escritoras, mas em vez disso parecia que ela não gostava de mim e eu não tinha nem certeza se gostava dela. Não tinha a opção de não levá-la a sério, pois ela havia publicado um livro, o que provava que um monte de gente a levava a sério embora eu não levasse. Aos vinte e um anos, eu não tinha realizações ou posses que provassem que eu era uma pessoa séria.

Tinha dito a Nick que todo mundo preferia Bobbi a mim, mas não era bem verdade. A tendência de Bobbi era de ser brusca e desenfreada de um jeito que deixava as pessoas desconfortáveis, enquanto a minha era de incentivá-las com a minha gentileza. As mães sempre gostavam bastante de mim, por exemplo. E como em geral Bobbi tratava os homens como quem achava graça neles ou os desprezava, era normal que eles também acabassem gostando mais de mim. Claro que Bobbi ria de mim por causa disso. Uma vez, me mandou por e-mail uma foto de Angela Lansbury com o assunto: sua plateia principal.

Bobbi foi à minha casa naquela noite, mas não fez nenhuma menção a Melissa. Sabia que agia estrategicamente e que queria que eu perguntasse, portanto não o fiz. Parece mais passivo-agressivo do que foi. Na verdade, nossa noite foi agradável. Ficamos acordadas, conversando, e Bobbi foi dormir no colchão no meu quarto.

Naquela noite acordei suando debaixo do edredom. No começo pareceu um sonho ou talvez um filme. Achei a posição do meu quarto confusa, como se eu estivesse mais distante da janela e da porta do que deveria estar. Tentei me sentar e senti uma dor esquisita, um puxão na bacia, que me fez ofegar alto. Bobbi? chamei. Ela rolou no colchão. Tentei esticar o braço para chacoalhá-la pelo ombro, mas não consegui e meu esforço me exauriu. Ao mesmo tempo fiquei animada com a gravidade da minha dor, como se ela fosse mudar minha vida de uma maneira inesperada. Bobbi, eu disse. Bobbi, acorda. Ela não acordou. Tirei os pés da cama e consegui ficar em pé. A dor era mais suportável quando me curvava e segurava o abdômen com força. Dei a volta no colchão dela e fui ao banheiro. A chuva caía barulhenta no exaustor de plástico esmaltado. Sentei na beirada da banheira. Estava sangrando. Era só cólica menstrual. Tampei o rosto com as mãos. Meus dedos tremiam. Em seguida desci para o chão e encostei o rosto na borda gelada da banheira.

Passado um tempo, Bobbi bateu à porta.

O que foi? ela perguntou do outro lado. Você está bem?

É só cólica.

Ah. Tem remédio aí?

Não, respondi.

Vou pegar para você.

Os passos dela se afastaram. Bati a testa contra a lateral da banheira para me distrair da dor na bacia. Era uma dor quente, como se todas as minhas entranhas se contraíssem em um nozinho. Os passos voltaram e a porta do banheiro se abriu um tiquinho. Ela me empurrou uma caixa de ibuprofeno. Me arrastei e peguei e ela foi embora.

Uma hora acabou ficando claro lá fora. Bobbi acordou e foi me ajudar a ir para o sofá da sala de estar. Me fez uma xícara de chá de hortelã e fiquei sentada, encurvada, segurando a xícara contra a blusa, pouco acima do osso púbico, até começar a me queimar.

Você está sofrendo, ela disse.

Todo mundo sofre.

Ah, retrucou Bobbi. Que profundo.

Não estava brincando com Philip quando falei que não queria um emprego. Eu não queria. Não tinha nenhum plano para minha sustentação financeira futura: nunca quis ganhar dinheiro fazendo nada. Tive diversos empregos nos verões anteriores que pagavam o salário mínimo — mandando e-mails, fazendo telemarketing, coisas assim — e eu esperava ter outros deles depois de me formar. Embora soubesse que acabaria tendo de arrumar um emprego em tempo integral, certamente nunca imaginei um futuro brilhante em que seria paga para desempenhar um papel importante na economia. Às vezes tinha a sensação de que isso era uma incapacidade de me interessar pela minha própria vida, o que me deprimia. Por outro lado, sentia que meu desinteresse pela prosperidade era ideologicamente saudável. Tinha verificado qual seria a média salarial anual se o produto mundial bruto fosse dividido uniformemente entre todos, e segundo a Wikipédia, seria de 16 100 dólares. Não via razão, política ou financeira, para um dia ganhar mais que isso.

Nossa chefe na agência literária era uma mulher chamada Sunny. Philip e eu adorávamos Sunny, mas Sunny tinha preferência por mim. Philip ficou otimista. Disse que também me preferia. Acho que no fundo Sunny sabia que eu não queria o emprego de agente literária e talvez esse tenha sido o fato que me distinguiu aos seus olhos. Philip estava muito empolgado em trabalhar para a agência, e embora não o julgasse por planejar sua vida, me achava mais exigente em relação aos meus entusiasmos.

Sunny estava interessada na minha carreira. Era uma pessoa muito franca que sempre tecia comentários revigorantes e sinceros, essa era das características de que Philip e eu mais gostávamos nela.

Que tal jornalismo? ela me perguntou.

Eu estava devolvendo uma pilha de manuscritos terminados.

Você tem interesse pelo mundo, ela disse. É bem-informada. Gosta de política.

Gosto?

Ela riu e balançou a cabeça.

Você é brilhante, ela disse. Vai ter que fazer alguma coisa

Quem sabe eu não caso por dinheiro.

Com um gesto, mandou que eu saísse.

Vai trabalhar, ela disse.

Faríamos uma leitura no centro da cidade naquela sexta-feira. Eu podia apresentar cada poema por um período de cerca de seis meses após escrevê-lo e depois não conseguia nem olhar para ele, ainda menos lê-lo em público. Não sabia o que desencadeava esse processo, mas ficava feliz que os poemas sempre eram apenas lidos e nunca publicados. Saíam voando etereamente ao som de aplausos. Escritores de verdade, e também pintores, sempre tinham de olhar para as coisas feias que haviam criado. Odiava que tudo o que eu fazia fosse tão feio, mas também me faltava coragem de encarar o quanto era feio. Tinha explicado essa teoria ao Philip, mas ele só disse: não se rebaixe assim, você é uma escritora de verdade.

Bobbi e eu estávamos passando maquiagem no banheiro do lugar em que nos apresentaríamos e conversando sobre os poemas mais recentes que eu tinha escrito.

O que eu gosto nos seus personagens masculinos, disse Bobbi, é que são todos horríveis.

Não são todos horríveis.

Na melhor das hipóteses, são moralmente bem ambíguos.

Não somos todos? perguntei.

Você devia escrever sobre o Philip, ele não é problemático. Ele é "gente boa".

Ela fez aspas com as mãos ao falar a locução gente boa, embora essa fosse realmente sua opinião sobre Philip. Bobbi jamais descreveria alguém como gente boa sem usar aspas.

Melissa dissera que iria aparecer, mas só a vimos depois, lá para as dez e meia ou onze horas. Ela e Nick estavam sentados juntos e Nick estava de terno. Melissa nos parabenizou e disse que realmente gostou da apresentação. Bobbi olhou para Nick como se esperando que nos elogiasse, o que o fez rir.

Não vi a apresentação de vocês, ele disse. Acabei de chegar.

O Nick está no Royal este mês, disse Melissa. Está fazendo *Gata em teto de zinco quente*.

Mas não tenho dúvida de que vocês foram ótimas, ele disse.

Deixa eu pegar uma bebida para vocês duas, disse Melissa.

Como Bobbi foi com ela ao bar, Nick e eu fomos deixados sozinhos à mesa. Ele não estava de gravata e o terno parecia caro. Eu estava com muito calor e preocupada em estar suando.

Como foi a peça? perguntei.

Ahn, o quê, hoje? Acho que foi boa, obrigado.

Ele tirava as abotoaduras. Colocou-as na mesa, ao lado do copo, e reparei que eram esmaltadas e coloridas, estilo art déco. Pensei em elogiá-las em voz alta, mas me senti incapaz. Então fingi procurar Melissa e Bobbi por cima do ombro. Quando me virei de volta ele tinha pegado o celular.

Queria assistir, disse. Eu gosto da peça.

Você devia ir, eu posso reservar um ingresso para você.

Como não ergueu os olhos ao falar, tive certeza de que estava sendo falso ou no mínimo esqueceria logo da conversa. Respondi algo afirmativo e evasivo. Agora que não estava prestando atenção em mim, eu poderia examiná-lo mais de perto. Realmente era de uma beleza excepcional. Me perguntava se as pessoas simplesmente se acostumavam a ser tão bonitas e acabavam achando um tédio, mas era difícil de imaginar. Pensei que se eu fosse tão bonita quanto Nick provavelmente me divertiria o tempo todo.

Me desculpa pela grosseria, Frances, ele disse. É a minha mãe no telefone. Agora ela sabe mandar mensagem. Eu deveria contar para ela que estou conversando com uma poeta, ela ficaria muito impressionada.

Bom, vai saber. Eu poderia ser uma péssima poeta.

Ele sorriu e guardou o celular no bolso interno. Olhei para a mão dele e desviei o olhar.

Não foi o que eu ouvi dizer, ele disse. Mas quem sabe da próxima vez eu não formo minha própria opinião.

Melissa e Bobbi voltaram com os drinques. Percebi que Nick tinha usado meu nome na conversa como para mostrar que lembrava de mim por conta da última vez que nos falamos. Claro que eu também me lembrava do nome dele, mas como era mais velho e meio famoso, achei sua atenção bastante lisonjeira. Melissa foi de carro até a cidade e por isso Nick foi obrigado a se encontrar conosco depois da peça a fim de pegar carona para casa. Esse esquema não parecia ter sido pensado para a conveniência dele, e durante boa parte da nossa conversa ele pareceu cansado e entediado.

Melissa me mandou um e-mail no dia seguinte dizendo que tinham separado dois ingressos para nós na quinta-feira seguinte mas que não nos preocupássemos se já tivéssemos outros planos. Incluiu o endereço de e-mail de Nick e escreveu: caso você precise entrar em contato.

4

Bobbi jantaria com o pai na quinta-feira, então ofereci a Philip o ingresso que estava sobrando para a peça. Philip não parava de perguntar se teríamos de falar com Nick depois, mas eu não sabia. Como eu duvidava que ele fosse sair especialmente para conversar conosco, falei que sem dúvida poderíamos ir embora normalmente. Philip não conhecia Nick, mas já o tinha visto na TV e considerava sua aparência "intimidadora". Ele me fez um monte de perguntas sobre como era Nick na vida real, nenhuma das quais eu me sentia qualificada a responder. Quando compramos o programa, Philip foi direto para a biografia dos atores e me mostrou a foto de Nick. À meia-luz era só o contorno de um rosto.

Olha só esse maxilar, ele disse.

É, estou vendo.

As luzes se acenderam no palco e a atriz que interpretava Maggie surgiu e começou a gritar com um sotaque sulista. Não era um sotaque ruim, mas ainda soava como um sotaque de atriz. Ela tirou o vestido e ficou lá parada com a anágua branca igual à de Elizabeth Taylor no filme, embora essa atriz parecesse ao mesmo tempo menos artificial e de certo modo menos convincente. Dava para ver a etiqueta com as instruções embolada na costura da anágua que usava, o que para mim destruía o efeito de realidade, embora a anágua e sua etiqueta fossem sem dúvida verdadeiras. Concluí que certos tipos de realidade têm um efeito irreal, o que me levou a pensar no teórico Jean Baudrillard, apesar de nunca ter lido nenhum de seus livros e provavelmente nem serem essas as questões abordadas em seus textos.

Por fim Nick apareceu pela porta à esquerda do palco, abotoando uma camisa. Senti uma pontada de inibição, como se a plateia inteira tivesse se virado para observar minha reação. Ele estava bem diferente no palco e falava numa voz irreconhecível. Seu jeito era sereno e desapegado de um modo que sugeria brutalidade sexual. Respirei pela boca diversas vezes e umedeci os lábios com a língua em mais de uma ocasião. De modo geral, a produção não era muito boa. O sotaque dos outros atores estava fora do tom e tudo que havia no palco parecia um objeto de cena pronto para ser manuseado. Sob certo aspecto, isso apenas enfatizava a beleza espetacular de Nick e fazia sua angústia mais autêntica.

Ao sairmos do teatro, chovia outra vez. Eu me senti pura e pequenina como uma bebê recém-nascida. Philip levantou seu guarda-chuva e andamos até o ponto de ônibus enquanto eu sorria como uma louca para o nada e passava a mão várias vezes no cabelo.

Foi interessante, Philip disse.

Achei que o Nick foi muito melhor do que os outros atores.

É, foi estressante, não foi? Mas ele estava muito bem.

Ri alto demais desse comentário e parei quando percebi que não havia nada engraçado nele. Uma chuva fraca, fria, batia de leve no guarda-chuva e eu tentei pensar em algo interessante para dizer sobre o tempo.

Ele é lindo, me ouvi dizer.

Tanto que é quase irritante.

Chegamos ao ponto de ônibus de Philip e tivemos uma breve discussão sobre quem deveria ficar com o guarda-chuva. No final fui eu. Chovia muito e estava escurecendo. Queria conversar mais sobre a peça mas percebi que o ônibus de Philip estava prestes a chegar. Sabia que de qualquer forma ele não iria querer falar mais da peça, mas continuava decepcionada. Ele começou a separar a passagem e disse que me veria no dia seguinte. Fui andando sozinha até o meu apartamento.

Quando entrei, deixei o guarda-chuva ao lado da porta do pátio e abri o laptop para olhar o endereço de e-mail de Nick. A sensação era de que devia mandar uma mensagem curta de agradecimento pelos ingressos, mas não parava de me distrair com os objetos do quarto, como o pôster de Toulouse-Lautrec que ficava pendurado em cima da lareira e uma mancha específica na janela do pátio. Me levantei e perambulei um pouco para pensar no assunto. Limpei a mancha com um pano úmido e depois preparei uma xícara de chá. Pensei em ligar para Bobbi para discutir se seria normal mandar um e-mail ou não, mas lembrei que ela estava com o pai. Escrevi um esboço da mensagem e deletei o rascunho caso acidentalmente eu apertasse o enviar. Então escrevi a mesma coisa outra vez.

Fiquei sentada diante do laptop até a tela ficar preta. As coisas têm mais relevância para mim do que para pessoas normais, pensei. Preciso relaxar e deixar as coisas fluírem. Deveria experimentar drogas. Essas ideias não me eram incomuns. Pus *Astral Weeks* no som da sala de estar e me sentei no chão para ouvir. Embora tentasse não remoer a peça, me peguei pensando em Nick no palco, gritando: não quero me apoiar no seu ombro, eu quero minha muleta. Fiquei imaginando se Philip também estaria preocupado, ou se isso era algo mais particular. Tenho de ser divertida e agradável, pensei. Uma pessoa divertida mandaria um e-mail de agradecimento.

Levantei e digitei uma breve mensagem parabenizando Nick pela atuação e manifestando minha gratidão pelos ingressos. Passei as frases de um lado para o outro e então, aparentemente ao acaso, apertei o botão de enviar. Depois desliguei o laptop e voltei a me sentar no chão.

Esperava que Bobbi desse notícias sobre o jantar com Jerry e uma hora, depois que o álbum já tinha terminado, ela de fato ligou. Continuava encostada na parede quando atendi o celular. O pai de Bobbi era um funcionário público de alto escalão na Secretaria de Saúde. Ela não empregava seus princípios anti-institucionais normalmente rigorosos à relação com Jerry, ou pelo menos não com regularidade. Ele a levara para jantar em um restaurante bem caro e eles pediram três pratos acompanhados de vinho.

Ele só está tentando enfatizar que agora eu sou da parte adulta da família, disse Bobbi. E me leva a sério, blá-blá-blá.

Como está a sua mãe?

Ah, de novo é a época das enxaquecas. A gente anda na ponta dos pés que nem aquelas porras daqueles monges trapistas. Como foi a peça?

Nick estava ótimo, para falar a verdade, disse.

Ah, que alívio. Tive a impressão de que seria péssimo.

Não, foi. Desculpa, agora me lembrei da sua pergunta. A peça foi péssima.

Bobbi murmurou uma espécie de fragmento musical sem melodia para si e não comentou mais nada.

Lembra da última vez que a gente foi na casa deles, e daí você disse que achava que eles tinham, tipo, um casamento infeliz? perguntei. O que te levou a dizer isso?

Achei que a Melissa parecia deprimida.

Mas por quê, por causa do casamento?

Bom, você não acha que o Nick é meio hostil com ela? disse Bobbi.

Não. Você acha?

Da primeira vez que estivemos lá, lembra que ele ficou de cara feia para nós e depois gritou com ela por conta da comida da cachorra? E deu para ouvir os dois discutindo quando fomos para a cama?

Quando ela tocou no assunto, me lembrei de ter percebido certa animosidade entre eles naquela ocasião, apesar de não concordar que ele havia gritado.

Ela estava lá? Bobbi perguntou. Na peça?

Não. Bom, não sei, a gente não viu.

Ela não gosta de Tennessee Williams mesmo. Ela acha afetado.

Pude ouvir que Bobbi dizia isso com um sorriso irônico, pois tinha consciência de que estava se exibindo. Fiquei com ciúmes, mas também senti que por ter visto a peça, eu era parte de algo que Bobbi desconhecia completamente. Ela ainda considerava Nick um personagem secundário, sem nenhuma relevância senão a de ser o marido de Melissa. Se eu dissesse para ela que tinha acabado de mandar um e-mail para ele agradecendo pelos ingressos, ela não entenderia que eu também estava me exibindo, porque para ela Nick era apenas uma parte da infelicidade de Melissa, e por si só era desinteressante. Parecia improvável que fosse ver a peça agora, e não conseguia enxergar nenhuma outra maneira de impressioná-la com a relevância pessoal de Nick. Quando mencionei que ele planejava ver uma apresentação nossa em breve, ela só perguntou se isso queria dizer que Melissa também iria.

Nick respondeu ao meu e-mail na tarde seguinte usando somente letras minúsculas, me agradeceu por ir à peça e perguntou quando seria a minha próxima apresentação com Bobbi. Disse que estavam com uma peça no Royal todas as noites e fazendo matinês nos fins de semana, portanto era quase certo que perderia nossa apresentação a não ser que começasse depois das dez e meia. Eu disse que veria o que poderia fazer, mas que ele não se preocupasse caso não pudesse ir. Ele respondeu dizendo: bom, aí não haveria muita reciprocidade, não é?

5

Durante o verão tive saudades dos momentos de intensa concentração acadêmica que me ajudavam a relaxar no período letivo. Gostava de ficar na biblioteca para escrever artigos, deixando meu senso de tempo e identidade pessoal se dissolverem à medida que as luzes diminuíam do outro lado das janelas. Abria quinze abas no meu navegador enquanto produzia expressões como "rearticulação epistêmica" e "práticas discursivas operantes". Em dias como esses, me esquecia sobretudo de comer e à noite me vinha uma dor de cabeça leve, pungente. Sensações físicas se reapresentavam a mim com um sentimento de ineditismo genuíno: a brisa parecia nova, além dos sons dos pássaros perto do Long Room. O gosto da comida era extremamente bom, assim como o do refrigerante. Depois eu imprimia o artigo sem nem dar uma passada de olhos nele. Quando recebia a avaliação, os comentários nas margens sempre diziam coisas como "bom argumento" e de vez em quando "brilhante". Sempre que eu recebia um "brilhante" tirava uma fotinho e mandava para Bobbi. Ela mandava de volta: parabéns, seu ego é descomunal.

Meu ego sempre foi um problema. Sabia que talento intelectual era moralmente neutro, no máximo, mas quando coisas ruins me aconteciam, me consolava pensando em como eu era inteligente. Quando era criança e não conseguia fazer amigos, fantasiava ser mais inteligente que todos os meus professores, mais inteligente do que qualquer outro aluno que já tivesse passado pela escola, um gênio escondido entre pessoas normais. Ficava me sentindo uma espiã. Na adolescência, comecei a frequentar fóruns on-line e fiz amizade com um americano de vinte e seis anos que cursava a pós-graduação. Ele tinha dentes branquíssimos nas fotos e disse achar que eu tinha o cérebro de uma especialista em física. Eu mandava mensagens para ele de madrugada confessando que me sentia sozinha na escola, que as outras meninas não pareciam me entender. Queria ter um namorado, escrevi. Certa noite ele me mandou uma foto de seus genitais. Era uma fotografia com flash, com close direto no pênis ereto, como se fosse um exame médico. Passei vários dias me sentindo culpada e apavorada, como se tivesse cometido um crime doentio na internet que as pessoas poderiam descobrir a qualquer momento. Deletei minha conta e abandonei o endereço de e-mail associado a ela. Não contei para ninguém, não tinha para quem contar.

No sábado falei com o organizador do espaço e consegui que nossa apresentação fosse adiada para as dez e meia. Não mencionei o que fiz para Bobbi, nem o porquê. Tínhamos contrabandeado uma garrafa de vinho branco que dividimos em copos de plástico no banheiro do térreo. Gostávamos de tomar uma ou duas taças de vinho antes de nos apresentarmos, mas não mais que isso. Nos sentamos na pia, enchemos os copos e conversamos sobre o material novo que apresentaríamos.

Não queria falar para Bobbi que eu estava nervosa, mas estava. Até olhar no espelho me deixava nervosa. Não achava que estava horrorosa. Meu rosto estava natural, mas eu era tão magra que poderia parecer interessante, e escolhi minhas roupas para enfatizar esse efeito. Vestia muitas cores escuras e decotes profundos. Naquela noite, usava um batom marrom-avermelhado e sob a luz esquisita do banheiro parecia doente e fraca. Uma hora as feições do meu rosto pareceram se separar umas das outras ou no mínimo perder a relação normal que tinham, como uma palavra que lemos tantas vezes até perder o sentido. Me perguntei se não estaria numa crise de ansiedade. Então Bobbi mandou que eu parasse de me olhar e eu parei.

Quando subimos, vimos Melissa sentada sozinha com uma taça de vinho e a câmera. A cadeira a seu lado estava vazia. Olhei ao redor mas ficou claro para mim, por conta de algum aspecto do formato ou do barulho do ambiente, que Nick não estava lá. Imaginei que isso fosse me acalmar, mas não. Passei a língua pelos dentes várias vezes e esperei o sujeito dizer nossos nomes ao microfone.

No palco, Bobbi era sempre precisa. A única coisa que eu tinha de fazer era tentar me adequar ao seu ritmo particular e, contanto que conseguisse, também me sairia bem. Às vezes eu era boa, às vezes apenas o.k. Mas Bobbi era certeira. Naquela noite fez todo mundo rir e foi muito aplaudida. Por alguns instantes ficamos lá paradas sob a luz, sendo aplaudidas e gesticulando uma para a outra, ao estilo: as palmas têm de ser todas para ela. Foi nesse instante que vi Nick entrar por uma porta nos fundos. Parecia meio ofegante, como se tivesse subido a escada rápido demais. Desviei o olhar imediatamente e fingi não ter percebido. Era visível que tentava chamar minha atenção e que se eu retribuísse o olhar ele me lançaria uma espécie de expressão de desculpas. Achei essa ideia intensa demais, seria como olhar para uma lâmpada descoberta. A plateia continuou a aplaudir e senti que Nick nos observava enquanto saíamos do palco.

Depois, no bar, Philip nos pagou uma rodada de bebidas e disse que o poema novo era seu predileto. Tinha me esquecido de trazer o guarda-chuva dele.

Está vendo, e as pessoas falam que eu odeio os homens, disse Bobbi. Mas eu gosto muito de você, Philip.

Engoli metade do meu gim-tônica em duas partes. Pensei em ir embora sem dar oi a ninguém. Poderia ir, pensei, e me senti bem em pensar assim, como se retomasse o controle da minha vida.

Vamos procurar a Melissa, Bobbi disse. A gente pode te apresentar.

A essa altura Nick estava sentado ao lado de Melissa e já bebia uma cerveja. Eu estava muito sem jeito de abordá-los. Da última vez que o vi, ele tinha um sotaque falso e roupas diferentes, e não tinha certeza se estava preparada para ouvir seu sotaque verdadeiro outra vez. Mas, de qualquer modo, Melissa já tinha nos avistado. Pediu que nos sentássemos.

Bobbi apresentou Melissa e Nick a Philip e Philip apertou a mão de ambos. Melissa disse que se lembrava de já tê-lo conhecido, o que o agradou. Nick disse algo sobre lamentar ter perdido nossa apresentação, embora eu continuasse sem olhar para ele. Sequei o resto do gim-tônica e então fiquei balançando o gelo de um lado para o outro do copo. Philip parabenizou Nick pela peça e conversaram sobre Tennessee Williams. Melissa tornou a chamá-lo de "afetado" e eu fingi não saber que ela já tinha feito aquela observação.

Depois de pedirmos mais uma rodada de bebidas, Melissa sugeriu que saíssemos para fumar um cigarro. A área para fumantes era um jardinzinho murado lá embaixo e não estava muito cheia, já que chovia. Nunca tinha visto Nick fumar, e peguei um cigarro também apesar de não querer. Bobbi imitava um dos homens que se apresentara antes de nós na leitura. Era uma imitação muito engraçada mas também cruel. Todos rimos. Como a chuva começava a apertar, nos juntamos debaixo da pequena marquise. Falamos um pouco, sobretudo Bobbi.

Que legal que você está interpretando um personagem gay, Bobbi disse a Nick.

O Brick é gay? ele perguntou. Acho que talvez seja só bissexual.

Não diga "só bissexual", ela disse. A Frances é bissexual, sabe.

Não sabia, disse Melissa.

Escolhi dar uma longa tragada no meu cigarro antes de dizer qualquer coisa. Sabia que todos esperavam que eu me pronunciasse.

Bom, eu disse. É, sou meio que onívora.

Melissa riu do comentário. Nick me olhou e deu um sorriso divertido, do qual desviei o olhar rapidamente e fingi me interessar pelo meu copo.

Eu também, disse Melissa.

Notei que Bobbi ficou encantada com essa observação. Ela fez uma pergunta a Melissa, que não ouvi. Philip disse que ia ao banheiro e deixou sua bebida no parapeito da janela. Passei os dedos na corrente do meu colar, sentindo o álcool esquentar no meu estômago.

Desculpe o meu atraso, disse Nick.

Ele estava falando comigo. Na verdade, parecia ter esperado Philip nos deixar a sós para poder me dirigir essa frase. Facei para ele que tudo bem. Ele segurava o cigarro entre o indicador e o dedo médio, onde parecia uma miniatura se comparado com o tamanho de sua mão. Sabia que ele podia fingir ser quem quisesse, e me perguntei se, assim como eu, também carecia de uma "personalidade verdadeira".

Cheguei a tempo do grande aplauso, disse ele. Então só posso supor coisas boas. Eu li o seu trabalho, na verdade, será que isso é uma coisa terrível de se dizer? A Melissa encaminhou para mim, ela acha que eu gosto de literatura.

A essa altura me senti estranha, como se não me reconhecesse, e me dei conta de que não conseguia visualizar meu rosto ou meu corpo de jeito nenhum. Era como se alguém tivesse levantado a ponta de borracha de um lápis invisível e delicadamente apagado minha aparência toda. Era algo curioso e na verdade não era desagradável, embora também tivesse noção de que estava com frio e talvez tremesse.

Ela não me falou que encaminharia para outras pessoas, eu disse.

Não foi para outras pessoas, foi só para mim. Vou te mandar um e-mail sobre isso. Se eu te elogiar agora, você vai achar que estou falando só por falar, mas o e-mail vai ser bem melhor.

Ah, que bom. Gosto de receber elogios sem ter de fazer contato visual com a pessoa.

Ele riu disso, e fiquei feliz. A chuva apertou ainda mais e Philip voltou do banheiro para se abrigar de novo debaixo da marquise com a gente. Meu braço tocava o de Nick e tive uma agradável sensação de proximidade física ilícita.

É esquisito conhecer alguém só casualmente, ele disse, e depois descobrir que a pessoa está observando as coisas o tempo inteiro. É tipo, meu Deus, o que foi que essa pessoa viu em mim?

Nos olhamos. O rosto de Nick era bonito da forma mais genérica possível: pele lisa, estrutura óssea marcante, a boca que parecia macia. Mas suas expressões pareciam passar por cima disso com certa sutileza e inteligência, o que dava a seu contato visual um ar carismático. Quando me olhou, me senti vulnerável a ele, mas também tive a forte sensação de que ele se deixava observar, de que notava o interesse que eu tinha em formar uma impressão dele, e de que tinha curiosidade em saber qual seria. É, eu disse. Várias coisas ruins.

Você tem, o quê, vinte e quatro anos?

Tenho vinte e um.

Por um segundo ele me encarou como se achasse que eu estava brincando, os olhos arregalados, as sobrancelhas erguidas, e então balançou a cabeça. Atores aprendem a comunicar coisas sem senti-las, pensei. Ele já sabia que eu tinha vinte e um. Talvez quisesse de fato transmitir uma consciência exagerada da nossa diferença de idade, ou uma leve reprovação ou decepção por ela existir. Eu soube pela internet que ele tinha trinta e dois.

Mas não deixe isso atrapalhar nossa afinidade natural, eu disse.

Ele me olhou um instante e depois sorriu, um sorriso ambivalente, de que gostei tanto que fiquei bastante atenta à minha própria boca. Estava ligeiramente aberta.

Não, eu não poderia deixar isso acontecer, ele disse.

Philip nos informou que pegaria o último ônibus, e Melissa anunciou que tinha uma reunião na manhã seguinte e também pensava em ir embora. Logo depois disso o grupo todo se dispersou. Bobbi pegou o trem para Sandymount e eu voltei andando ao longo do cais. O Liffey estava inchado e parecia irritado. Um cardume de táxis e carros passaram nadando e um homem bêbado que andava do outro lado da rua berrou que me amava.

Enquanto chegava ao apartamento, pensei em Nick entrando no salão enquanto todos aplaudiam. Agora me parecia perfeito, tão perfeito que fiquei feliz por ele ter perdido a apresentação. Talvez tê-lo como testemunha do quanto os outros me aprovavam, sem correr nenhum dos riscos necessários para conquistar a aprovação pessoal de Nick, tenha me dado a sensação de que era capaz de conversar com ele de novo, como se eu também fosse uma pessoa importante e cheia de admiradores que nem ele, como se não houvesse nada de inferior em mim. Mas o reconhecimento também pareceu fazer parte da apresentação em si, a melhor parte, e a mais pura expressão do que eu estava tentando fazer, que era me transformar nesse tipo de pessoa: alguém digna de elogios, digna de amor.

6

Depois disso nós encontramos Melissa esporadicamente e ela nos mandava um ou outro e-mail para nos pôr a par da matéria. Não voltamos a visitá-la em casa, mas de vez em quando cruzávamos com ela em eventos literários. Geralmente eu especulava de antemão se ela ou Nick compareceriam a determinada coisa, porque gostava deles e gostava que os outros observassem o carinho deles para comigo. Eles me apresentaram a editores e agentes que pareciam muito encantados em me conhecer e faziam perguntas interessadas sobre meu trabalho. Nick era sempre amistoso e até me elogiava para os outros de vez em quando, mas nunca parecia especialmente ávido em entabular uma conversa comigo, e me acostumei a cruzar o olhar com ele sem ficar alarmada.

Bobbi e eu íamos a esses eventos juntas, mas a verdade é que para Bobbi só a atenção de Melissa importava. No lançamento de um livro na Dawson Street, ela falou para Nick que "não tinha nada contra atores", e ele meio que retrucou, ah valeu Bobbi, quanta generosidade sua. Uma vez, quando ele compareceu sozinho, Bobbi questionou: só você? Cadê a sua bela esposa?

Por que será que eu tenho a impressão de que você não gosta de mim? perguntou Nick.

Não é nada pessoal, eu disse. Ela odeia os homens.

Não sei se isso ajuda, mas eu também não gosto de você especificamente, disse Bobbi.

Nick e eu tínhamos começado a trocar e-mails depois da noite em que ele perdeu nossa apresentação. Na mensagem a respeito do meu trabalho que prometera enviar, ele descreveu uma imagem em especial como "linda". Provavelmente seria sincero dizer que eu tinha achado a atuação de Nick na peça "linda", apesar de não escrever isso num e-mail. No entanto, a interpretação dele estava relacionada com a fisicalidade de sua existência de um modo que um poema, digitado em uma fonte padrão e encaminhada por outra pessoa, não estava. Num certo nível de abstração, qualquer um poderia ter escrito o poema, mas isso também não era verdade. Tinha a sensação de que o que ele dizia de verdade era: tem algo de lindo na maneira como você pensa e sente, ou a maneira como você vivencia o mundo é linda de algum modo. Esse comentário martelou minha cabeça por dias depois do e-mail. Sorria sem querer quando pensava nisso, como se me lembrasse de uma piada que só eu conhecia.

Era fácil escrever para Nick, mas também era um ato competitivo e fascinante, como uma partida de pingue-pongue. Éramos sempre petulantes um com o outro. Quando descobriu que meus pais moravam no condado de Mayo, ele escreveu:

a gente tinha uma casa de veraneio em Achill (com certeza é o mesmo com todas as famílias ricas de South Dublin).

Respondi:

Que bom que minha terra ancestral contribuiu para o cultivo de sua identidade de classe. P.S. Devia ser ilegal ter uma casa de veraneio em qualquer lugar.

Ele foi a primeira pessoa que conheci depois de Bobbi que me fazia gostar da conversa, do mesmo modo irracional e sensorial que eu gostava de café ou música alta. Ele me fazia rir. Uma vez, mencionou que ele e Melissa dormiam em quartos separados. Não contei aquilo para Bobbi, mas pensei muito sobre o assunto. Me perguntava se ainda se "amavam", embora fosse complicado imaginar Nick não sendo irônico em relação a alguma coisa.

Ele parecia só ir para a cama de manhã cedo, e cada vez mais trocávamos e-mails noite adentro. Ele disse que havia estudado inglês e francês na Trinity, então tivemos alguns professores em comum. Ele se formou em inglês e escreveu a monografia do último ano sobre Caryl Churchill. Às vezes, enquanto conversávamos, eu pesquisava o nome dele no Google e olhava suas fotos, para lembrar de como ele era. Tinha lido tudo sobre ele na internet e volta e meia lhe enviava citações de suas próprias entrevistas, mesmo depois de ele me pedir para parar. Ele disse que achava "superconstrangedor". Eu disse: então pare de me mandar e-mail às 3h34 da manhã (não pare, na verdade). Ele respondeu: eu, mandar e-mail para uma menina de vinte e um anos de madrugada? não sei do que você está falando. eu nunca faria isso.

Uma noite, no lançamento de uma nova antologia de poesia, Melissa e eu ficamos sozinhas conversando com um romancista cujos livros eu nunca tinha lido. Os outros tinham ido pegar bebidas. Estávamos em um bar em algum lugar perto da Dame Street e meus pés doíam porque estava usando sapatos que eu sabia que eram pequenos demais. O romancista perguntou quem eu gostava de ler e dei de ombros. Fiquei pensando se não poderia ficar calada até ele me deixar em paz, ou se seria um erro, já que não sabia o quanto seus livros eram aclamados. Você tem um ar bastante tranquilo, ele me disse. Não tem? Melissa fez que sim, mas sem entusiasmo. Minha tranquilidade, se é que eu tinha alguma, nunca a comovera.

Obrigada, respondi.

E você aceita elogios, que bom, ele disse. Um monte de gente tenta se botar para baixo, você tem a atitude certa.

É, sou muito boa em receber elogios, disse.

A essa altura notei que ele tentava trocar um olhar com Melissa, que continuava desinteressada. Parecia estar quase a ponto de piscar para ela, mas não piscou. Em seguida, se voltou de novo para mim com uma expressão maliciosa.

Bom, não vai ficar se achando, ele disse.

Nick e Bobbi se juntaram a nós nesse momento. O romancista disse algo a Nick e Nick respondeu com a palavra "cara", tipo: ah, foi mal, cara. Mais tarde eu tiraria sarro dessa afetação em um e-mail. Bobbi encostou a cabeça no ombro de Melissa.

Quando o romancista abandonou a conversa, Melissa terminou a taça de vinho e sorriu para mim.

Você realmente deixou ele encantado, ela disse.

Isto é sarcasmo? perguntei.

Ele estava tentando flertar com você. Disse que você era tranquila.

Estava plenamente ciente de Nick ao lado do meu cotovelo, embora não visse sua expressão. Eu sabia o quanto queria manter o controle da conversa.

É, os homens adoram me dizer que sou tranquila, eu disse. Eles querem que eu aja como se nunca tivesse ouvido isso antes.

Melissa riu nesse momento. Fiquei surpresa por poder fazê-la rir daquele jeito. Por um instante tive a impressão de que eu a avaliara mal e, em especial, sua atitude quanto a mim. Então percebi que Nick também ria e perdi o interesse no que Melissa sentia.

Cruel, ele disse.

Não fique achando que você é a exceção, disse Bobbi.

Ah, sem sombra de dúvida eu sou um cara mau, disse Nick. Não é por isso que eu estou rindo.

No final de junho fui passar uns dias com meus pais em Ballina. Minha mãe não impunha essas visitas, mas ultimamente, quando nos falávamos ao telefone, dizia coisas do tipo: ah, você está viva, é? Será que eu vou te reconhecer da próxima vez que você vier em casa ou você vai ter de botar uma flor na lapela? Acabei reservando uma passagem de trem. Mandei uma mensagem avisando quando chegaria e assinei: sob o espírito do dever filial, sua filha devota.

Era nítido o quanto Bobbi e minha mãe se entendiam. Bobbi estudava história e política, temas que minha mãe considerava sérios. Temas de verdade, ela dizia, de sobrancelhas erguidas para mim. Minha mãe era meio que social-democrata, e creio que nessa época Bobbi se definia como anarquista comunista. Quando minha mãe visitava Dublin, as duas se deleitavam travando discussões modestas sobre a Guerra Civil Espanhola. Às vezes Bobbi virava para mim e dizia: Frances, você é comunista, me dá uma força. E minha mãe ria e dizia: essa aí! Mais fácil pedir ajuda à chaleira. Ela nunca se interessou muito pela minha vida social ou pessoal, um esquema bem conveniente a nós duas, mas quando terminei com Bobbi ela disse que era "uma grande pena".

Depois de me pegar na estação de trem no sábado, passamos a tarde no jardim. A grama tinha sido cortada e emanava um aroma fresco, alergênico. O céu estava suave como um tecido e pássaros voavam nele em fios compridos. Minha mãe arrancava as ervas daninhas e eu fingia arrancá-las, mas na verdade só falava. Descobri um entusiasmo inesperado por falar de todos os editores e escritores que conheci em Dublin. A certa altura tirei as luvas para enxugar a testa e não voltei a colocá-las. Perguntei à minha mãe se ela queria chá, mas ela me ignorou. Então sentei debaixo do arbusto de fúcsia, puxando florezinhas dos galhos e falando de gente famosa de novo. As palavras voavam da minha boca de uma maneira deliciosa. Não fazia ideia de que tinha tanto a contar, ou de que gostaria tanto de contar.

Passado um tempo, minha mãe tirou as luvas e se sentou numa cadeira de jardim. Eu estava sentada de pernas cruzadas, examinando as pontas dos meus tênis.

Você me parece muito impressionada com essa moça, a Melissa, ela disse.

Pareço?

Sem sombra de dúvida ela te apresenta a um monte de gente.

Ela gosta mais da Bobbi do que de mim, eu disse.

Mas o marido dela gosta de você.

Dei de ombros e falei que não sabia. Em seguida lambi o polegar e tentei tirar uma sujeirinha do tênis.

E eles são ricos, não são? perguntou minha mãe.

Acho que sim. O marido é de uma família rica. E a casa deles é ótima.

Não é do seu feitio se deixar levar por casas bacanas.

Esse comentário me magoou. Continuei esfregando meu sapato como se não tivesse notado o tom que usou.

Não estou me deixando levar, respondi. Só estou contando como é a casa deles.

Me sinto obrigada a dizer que tudo me soa bastante esquisito. Não sei o que essa moça, na idade dela, está querendo ao se misturar com universitários. Ela tem trinta e sete, não cinquenta. E está escrevendo um perfil nosso, eu te disse.

Minha mãe se levantou da cadeira de jardim e enxugou as mãos na calça de jardinagem de linho.

Bom, ela disse. O lugar onde você foi criada não é nem de longe uma casa bonita de Monkstown.

Eu ri e ela me ofereceu a mão para ajudar a me levantar. Suas mãos eram grandes e pálidas, totalmente diferentes das minhas. Eram cheias de uma praticidade que me faltava, e minha mão se encaixava nela como algo que precisa de conserto.

Você vai ver o seu pai hoje à noite? ela perguntou.

Tirei a mão e a enfiei no bolso.

Talvez, respondi.

Ficou óbvio para mim, desde cedo, que meus pais não se gostavam. Em filmes e na televisão, casais realizavam as tarefas domésticas juntos e falavam com carinho das memórias partilhadas. Não me lembrava de ver minha mãe e meu pai no mesmo cômodo a não ser que estivessem comendo. Meu pai tinha "humores". Às vezes, durante os humores, minha mãe me levava para ficar com a irmã dela, Bernie, em Clontarf, e se sentavam na cozinha, conversando e balançando a cabeça enquanto eu assistia ao meu primo, Alan, jogar *Ocarina of Time*. Eu tinha consciência de que o álcool desempenhava um papel nesses incidentes, mas quais eram exatamente seus processos ainda era um mistério para mim.

Eu gostava de nossas visitas à casa de Bernie. Enquanto estávamos lá eu podia comer quantos biscoitos quisesse e, quando voltávamos, meu pai ou tinha saído ou estava muito arrependido. Eu gostava quando ele saía. Durante seus momentos de arrependimento ele tentava conversar comigo sobre a escola e eu tinha de escolher entre fazer o que ele queria ou ignorá-lo. Fazer a vontade dele me dava a sensação de ser desonesta e fraca, um alvo fácil. Ignorá-lo fazia meu coração bater bem forte e depois eu não conseguia nem me olhar no espelho. Também fazia minha mãe chorar.

Era complicado definir no que consistiam os humores de meu pai. De vez em quando ele saía por uns dias e, ao voltar, nós o flagrávamos pegando dinheiro do jarro do Bank of Ireland que me servia de poupança, ou a nossa televisão teria sumido. Outras vezes ele tropeçava em algum móvel e perdia a cabeça. Uma vez ele atirou um dos sapatos que eu usava para ir a escola na minha cara depois de tropeçar nele. Errou a mira e caiu na lareira, eu fiquei olhando o sapato derreter como se fosse o meu rosto. Aprendi a não demonstrar medo, servia apenas para provocá-lo. Eu era fria como um peixe. Depois minha mãe disse: por que você não tirou ele do fogo? Afinal, você consegue mexer um dedo que seja? Dei de ombros. Também teria deixado meu rosto de verdade queimar no fogo.

Quando ele voltava do trabalho, à noite, eu gelava inteirinha, e após alguns segundos sabia com absoluta certeza se ele estava em um de seus humores ou não. Algo na forma como fechava a porta ou manuseava as chaves me informava, tão claramente quanto se tivesse derrubado a casa aos gritos. Eu dizia à minha mãe: ele está de mau humor agora. E ela retrucava: para com isso. Mas ela sabia tão bem quanto eu. Um dia, quando eu tinha doze anos, ele apareceu na escola de surpresa para me buscar. Em vez de irmos para casa, nos afastamos da cidade em direção a Blackrock. O trem passou à nossa esquerda e pude ver as torres do Poolbeg pela janela do carro. Sua mãe quer separar a nossa família, meu pai disse. Respondi na mesma hora: por favor, me deixe sair do carro. Mais tarde esse comentário se tornaria a prova da teoria do meu pai de que minha mãe teria me envenenado contra ele.

Depois que ele se mudou para Ballina, eu o visitava a cada dois fins de semana. Geralmente ele se comportava bem nesses períodos, e comprávamos jantar para viagem em restaurantes e às vezes íamos ao cinema. Ficava sempre alerta à centelha que indicava que o bom humor tinha acabado e que coisas ruins poderiam acontecer. Poderia ser qualquer coisa. Mas quando íamos ao McCarthy's à tarde, os amigos do meu pai perguntavam: essa é a sua pequena prodígio, não é, Dennis? E me pediam ajuda para as palavras-cruzadas no verso do jornal ou que eu soletrasse palavras muito longas. Quando eu acertava, me davam tapinhas nas costas e me pagavam limonada vermelha.

Ela vai trabalhar na Nasa, o amigo dele, Paul, dizia. Você está com a vida ganha.

Ela vai fazer o que bem entender, meu pai retrucava.

Bobbi só o viu uma vez, na nossa formatura de escola. Ele foi a Dublin para a cerimônia, usava camisa e gravata roxa. Minha mãe havia contado para ele sobre Bobbi, e quando a conheceu, após a cerimônia, ele apertou a mão dela e disse: foi uma apresentação formidável. Estávamos na biblioteca da escola comendo sanduíches e bebendo coca-cola. Você parece com a Frances, Bobbi disse. Meu pai e eu nos olhamos e ele soltou uma risada encabulada. Não sei, não, ele disse. Depois ele me falou que ela era uma "menina bonita" e se despediu de mim com um beijo na bochecha.

Quando fui para a faculdade, parei de visitá-lo com frequência. Ia a Ballina uma vez por mês e quando estava lá ficava com minha mãe. Depois que se aposentou, os humores de meu pai tornaram-se mais instáveis. Comecei a me dar conta de quanto tempo havia perdido o apaziguando, fingindo alegria e recolhendo objetos que ele tinha derrubado. Meu maxilar começou a enrijecer e me peguei estremecendo com pequenos barulhos. Nossas conversas se tornaram forçadas e mais de uma vez ele me acusou de mudar meu sotaque. Você me despreza, ele disse durante uma discussão. Deixa de ser idiota, retruquei. Ele riu e disse: pronto, aí está. Agora a verdade veio à tona.

Após o jantar falei para minha mãe que o visitaria. Ela massageou meu ombro e disse que achava uma boa ideia. É uma ótima ideia, ela disse. Boa menina.

Atravessei a cidade com as mãos enfiadas nos bolsos da jaqueta. O sol se punha e eu me perguntava o que passaria na TV. Sentia uma dor de cabeça começando, como se descesse do céu direto para o meu cérebro. Tentei bater os pés o mais alto que pude para me distrair dos pensamentos ruins, mas as pessoas me lançaram olhares curiosos e me senti intimidada. Sabia que era uma fraqueza minha. Bobbi nunca se intimidava por estranhos.

Meu pai vivia em uma casinha com terraço perto do posto de gasolina. Toquei a campainha e tornei a enfiar as mãos no bolso. Nada aconteceu. Toquei de novo e então tentei a maçaneta, que estava engordurada. A porta se abriu e eu entrei.

Pai? chamei. Oi?

A casa cheirava a batata, óleo e vinagre. O tapete na entrada, estampado na época em que se mudou, agora estava puído e marrom. Uma foto da família tirada nas férias em Maiorca fora pendurada acima do telefone, me retratando aos quatro anos com uma camiseta amarela. A camiseta dizia SEJA FELIZ.

Oi? chamei.

Meu pai surgiu na porta da cozinha.

É você, Frances? ele perguntou.

Sou eu.

Entra, eu estava comendo.

A cozinha tinha uma janela grande mosqueada que dava para um quintal de concreto. Pratos sujos estavam empilhados na pia e a lixeira transbordava com pequenos itens saindo pela aba de plástico e caindo no chão: recibos, cascas de batata. Meu pai andava pisando neles como se não percebesse. Comia de um saco pardo apoiado em um pratinho azul.

Você já jantou, não é? ele perguntou.

Jantei, sim.

Nos conte as novidades de Dublin.

Nada de mais, disse.

Depois que ele terminou de comer fervi a chaleira e enchi a pia de água quente e detergente com aroma de limão. Meu pai foi para o outro cômodo para assistir a televisão. A água estava quente demais e quando levantei as mãos percebi que haviam adquirido um tom rosa-choque. Lavei primeiro os copos e os talheres, depois os pratos, depois as panelas e frigideiras. Quando estava tudo limpo, esvaziei a pia, esfreguei as superfícies da cozinha e varri as cascas de volta para a lixeira. Vendo as bolhas de sabão escorrerem em silêncio nas lâminas das facas, tive o súbito desejo de me ferir. Em vez disso, guardei o saleiro e o pimenteiro e fui para a sala de estar.

Estou indo, eu disse.

Você está de saída, é?

Tem que tirar aquele lixo.

Até a próxima, meu pai disse.

7

Melissa nos convidou para sua festa de aniversário, em julho. Fazia um tempo que não a víamos e Bobbi começou a se preocupar com o que comprar para ela, e se deveríamos dar presentes separados ou só um de nós duas. Eu disse que de qualquer maneira só lhe daria uma garrafa de vinho, então assim se encerrava a discussão no que me dizia respeito. Quando nos víamos em eventos, Melissa e eu evitávamos contato visual cada vez mais. Ela e Bobbi sussurravam no ouvido uma da outra e riam como se estivessem na escola. Eu não tinha coragem de detestá-la de verdade, mas sabia que era essa a minha vontade.

Bobbi foi para a festa com uma blusa curta e justa e jeans preto. Usei um vestido leve com alças finas e incômodas. Era uma noite quente e o céu estava apenas começando a escurecer quando chegamos à casa. As nuvens estavam verdes e as estrelas me lembravam açúcar. Dava para ouvir a cachorra latindo no quintal. Tinha a sensação de que não via Nick na vida real fazia bastante tempo, e por conta disso me senti um pouco nervosa, pois tinha fingido ser engraçada e indiferente em todos os nossos e-mails.

Melissa foi pessoalmente abrir a porta. Nos abraçou e me deu um beijo empoado na bochecha esquerda. Cheirava a um perfume que eu conhecia.

Não precisava de presente! disse ela. Vocês são muito generosas! Vamos entrando, peguem alguma coisa para beber. Que bom ver vocês.

Nós a seguimos até a cozinha, mal iluminada e cheia de música e de gente usando colares compridos. Tudo parecia limpo e espaçoso. Por alguns instantes imaginei que aquela era minha casa, que eu tinha sido criada ali, e que as coisas que havia ali dentro eram minhas.

Tem vinho na bancada, e as bebidas estão na despensa nos fundos, anunciou Melissa. Fiquem à vontade.

Bobbi se serviu uma taça enorme de vinho tinto e seguiu Melissa rumo à estufa. Como não quis acompanhá-las, fingi querer outro tipo de bebida.

A despensa era um espacinho do tamanho de um armário, dava para entrar nela por uma porta nos fundos da cozinha. Lá dentro havia umas cinco pessoas, fumando um baseado e rindo alto de alguma coisa. Uma das pessoas era Nick. Quando entrei, alguém disse: ih não, os guardas! E riram de novo. Fiquei parada ali, me sentindo mais nova do que eles e pensando em como meu vestido era curto na parte de trás. Nick estava sentado na máquina de lavar, bebendo uma cerveja. Usava uma camisa branca com a gola aberta e notei que ele parecia corado. O ambiente estava muito quente e enfumaçado, bem mais quente do que a cozinha.

A Melissa me falou que as bebidas estavam aqui, eu disse.

É, disse Nick. O que eu pego para você?

Respondi que queria uma dose de gim enquanto todos me encaravam de um jeito pacato, aparentemente chapado. Além de Nick, havia duas mulheres e dois homens. As mulheres não se olhavam. Olhei minhas unhas para ter certeza de que estavam limpas.

Você também é atriz? alguém perguntou.

Ela é escritora, disse Nick.

Ele me apresentou aos outros, e eu imediatamente esqueci seus nomes. Ele derramou uma boa dose de gim em um copo grande e disse que havia água tônica em algum lugar, então esperei que a achasse.

Não estou querendo ofender, o cara se explicou, tem um monte de atriz.

É, o Nick tem que pensar bem para onde olha, disse outra pessoa.

Nick olhou para mim, mas era difícil saber se estava constrangido ou apenas chapado. O comentário sem dúvida tinha conotação sexual, apesar de não ficar claro exatamente qual era.

Não tenho, não, disse ele.

Então a Melissa deve ter aberto bastante a mente, disse outra pessoa.

Todos riram do comentário, menos Nick. Nesse momento entendi que eu era vista como uma espécie de presença sexual vagamente incômoda em prol de suas piadas. Isso não me aborreceu, e na verdade, pensei em como faria a situação parecer engraçada em um e-mail. Nick me entregou o copo de gim-tônica e sorri sem mostrar os dentes. Não sabia se ele esperava que eu saísse agora que estava com a bebida ou se seria uma grosseria.

Como foi visitar seus pais? ele perguntou.

Ah, foi bom, eu disse. Meus pais estão bem. Obrigada por perguntar.

De onde você é, Frances? perguntou um dos homens.

Sou de Dublin, mas meus pais moram em Ballina.

Então você é caipira, disse o homem. Não imaginava que o Nick tivesse amigos caipiras.

Bom, eu cresci em Sandymount, respondi.

Para que condado você torce no campeonato irlandês? alguém perguntou.

Inspirei pela boca a fumaça que estava no ar, aquele gosto rançoso adocicado. Como mulher, não tenho condado, respondi. Era gostoso diminuir os amigos de Nick, embora parecessem inofensivos. Nick riu, como que sozinho, de algo que tivesse acabado de lembrar.

Nesse instante alguém berrou da cozinha algo sobre bolo e todo mundo foi embora da despensa, a não ser nós dois. A cachorra entrou e Nick a empurrou para fora com o pé e fechou a porta. De repente ele me pareceu tímido, mas talvez fosse só por ainda estar bem corado devido ao calor. Uma música do James Blake, "Retrograde", tocava lá fora, na cozinha. Nick mencionara em um e-mail o quanto gostava do álbum, e me perguntei se ele teria escolhido a música da festa.

Me desculpa, ele disse. Estou tão chapado que não estou nem enxergando direito.

Que inveja.

Apoiei as costas na geladeira e dei uma abanada no rosto com a mão. Ele ergueu a garrafa de cerveja e encostou-a na minha bochecha. O vidro estava fantasticamente gelado e molhado, tanto que expirei rápido sem querer.

Isso está bom? ele perguntou.

É, está incrível. Que tal aqui?

Puxei de lado uma das alças do meu vestido e ele encostou a garrafa logo abaixo do meu pescoço. Uma gota de condensação gelada rolou pela minha pele e estremeci.

Está muito bom, eu disse.

Ele não disse nada. Suas orelhas estavam vermelhas, eu percebi.

Faz isso na parte de trás da minha perna, pedi.

Ele passou a garrafa para a outra mão e segurou-a contra a parte de trás da minha coxa. As pontas de seus dedos estavam frias ao tocar a minha pele.

Assim? ele perguntou.

Mas chega mais perto.

Agora a gente está flertando?

Eu o beijei. Ele deixou. O interior de sua boca estava quente e ele pôs a mão livre na minha cintura, como se quisesse me tocar. Eu o queria tanto que me senti totalmente idiota e incapaz de falar ou fazer qualquer coisa que fosse.

Ele se afastou de mim após alguns segundos e enxugou a boca, mas com ternura, como se tentasse se certificar de que continuava ali.

Talvez seja melhor a gente não fazer isso aqui, ele disse.

Engoli em seco. Eu disse: melhor eu ir embora. Então saí da despensa, beliscando o lábio inferior com os dedos e tentando não fazer nenhuma expressão com o rosto.

Lá fora, na estufa, Bobbi estava sentada no parapeito conversando com Melissa. Acenou para que eu fosse lá e senti que deveria me juntar a elas apesar de não querer. Comiam fatias de bolo, com duas linhas de creme e geleia que pareciam pasta de dente. Bobbi comia o dela com as mãos, Melissa usava um garfo. Sorri e toquei na minha boca de novo, compulsivamente. Enquanto fazia esse gesto já sabia que era uma má ideia, mas não conseguia parar.

Eu acabei de falar para a Melissa como a gente idolatra ela, Bobbi disse.

Melissa me lançou um olhar demolidor e pegou um maço de cigarros.

Eu acho que a Frances não idolatra ninguém, ela retrucou.

Dei de ombros, sem poder fazer nada. Terminei meu gim--tônica e me servi de uma taça de vinho branco. Queria que

Nick voltasse ao cômodo, assim poderia olhá-lo do outro lado da bancada da cozinha. Em vez disso, olhei para Melissa e pensei: te odeio. Esse pensamento surgiu do nada, como uma piada ou uma exclamação. Não sabia nem se realmente a odiava, mas as palavras pareciam e soavam verdadeiras, como a letra de uma música de que tivesse acabado de me lembrar.

Horas se passaram e não vi mais o Nick. Bobbi e eu tínhamos planejado passar a noite no quarto vazio, mas a maioria dos convidados só foi embora lá para as quatro ou cinco da manhã. A essa altura eu não sabia onde estava Bobbi. Subi até o quarto vazio para procurá-la, mas não havia ninguém. Deitei vestida na cama e me perguntei se começaria a sentir alguma emoção específica, como tristeza ou arrependimento. Em vez disso senti apenas um monte de coisas que não sabia identificar. Por fim, adormeci e quando acordei Bobbi não estava mais lá. Era uma manhã cinzenta e fui embora sozinha, sem ver ninguém, para pegar o ônibus de volta à cidade.

8

Naquela tarde fiquei deitada na cama fumando de janela aberta, de camisola e calcinha. Estava de ressaca e ainda não tinha notícias de Bobbi. Pela janela eu via a brisa reorganizando a folhagem e duas crianças aparecendo e desaparecendo atrás de uma árvore, uma delas segurando um sabre de luz de plástico. Achei aquilo relaxante, ou que pelo menos me distraía de me sentir péssima. Sentia um pouco de frio, mas não queria quebrar o feitiço me vestindo.

Por fim, às três ou quatro horas da tarde, saí da cama. Não tinha vontade de escrever nada. Na verdade, sentia que, caso tentasse escrever, produziria algo feio e pretensioso. Eu não era o tipo de pessoa que fingia ser. Lembrei de mim mesma tentando ser espirituosa na frente dos amigos de Nick na despensa e fiquei enjoada. Eu não pertencia à casa de gente rica. Só era convidada para ir a lugares assim por causa de Bobbi, que pertencia a qualquer lugar e tinha um jeito de, por comparação, me tornar invisível.

Recebi um e-mail de Nick naquela noite.

oi frances, sinto muito pelo que aconteceu ontem à noite. foi uma puta burrice minha e estou me sentindo péssimo. não quero ser essa pessoa e também não quero que você pense que eu sou essa pessoa. me sinto realmente muito mal. nunca devia ter te colocado nessa situação. espero que você esteja se sentindo bem hoje.

Me obriguei a esperar uma hora para responder. Assisti a alguns desenhos animados na internet e fiz uma xícara de café. Então reli o e-mail várias vezes. Fiquei aliviada por ele ter colocado o texto inteiro em letras minúsculas como sempre fazia. Seria drástico introduzir letras maiúsculas em tal momento de tensão. Depois de um tempo escrevi a resposta, dizendo que a culpa era minha por tê-lo beijado e pedindo desculpas.

Ele respondeu prontamente.

não, a culpa não foi sua. eu sou uns onze anos mais velho que você e além disso era o aniversário da minha esposa. meu comportamento foi terrível, eu não quero de jeito nenhum que você se sinta culpada por isso.

Escurecia lá fora. Eu me senti zonza e inquieta. Pensei em sair para caminhar mas estava chovendo e eu tinha tomado muito café. Meu coração batia rápido demais para o meu corpo. Apertei o responder.

Você sempre beija garotas nas festas?

Ele respondeu em vinte minutos.

desde que me casei, nunca. apesar de eu achar que isso talvez piore a situação.

Meu celular tocou e atendi, ainda olhando o e-mail.

Você não quer assistir *Brazil* comigo? Bobbi perguntou.

O quê?

Não quer assistir *Brazil* comigo? Oi? A distopia com o cara do Monty Python. Você falou que queria ver.

O quê? perguntei. É, está bem. Hoje à noite?

Você estava dormindo ou coisa assim? Você está esquisita.

Não estava dormindo. Desculpa. Eu estava na internet. Claro, vamos sair.

Ela levou cerca de meia hora para chegar ao meu apartamento. Quando chegou, perguntou se poderia ficar para dormir. Eu disse que sim. Nos sentamos na minha cama, fumando e falando da festa da véspera. Senti meu coração acelerado por saber que estava sendo dissimulada, mas por fora era uma mentirosa competente, bem boa mesmo.

Seu cabelo está ficando enorme, disse Bobbi.

Você acha melhor a gente cortar?

Resolvemos cortar. Me sentei em uma cadeira de frente para o espelho da sala de estar, rodeada de folhas de jornal velhas. Bobbi usou a mesma tesoura que eu usava para abrir itens de cozinha, mas primeiro a lavou com água quente e detergente.

Você continua achando que a Melissa gosta de você?, perguntei.

Bobbi me lançou um sorrisinho indulgente, como se nunca tivesse de fato aventado essa teoria.

Todo mundo gosta de mim, ela disse.

Mas, quero dizer, você acha que ela sente uma ligação especial com você, em comparação com outras pessoas. Você sabe o que eu quero dizer.

Não sei, ela é difícil de entender.

Também acho, eu disse. Às vezes eu tenho a impressão de que ela me odeia.

Não, ela sem dúvida gosta de você como pessoa. Acho que ela se vê em você.

Me senti ainda mais falsa nesse momento, e uma sensação de calor invadiu minhas orelhas. Talvez por saber que eu havia traído a confiança de Melissa eu me sentisse mentirosa, ou talvez essa ligação imaginária entre nós sugerisse outra coisa. Sabia que era eu quem tinha beijado Nick e não o contrário, mas também acreditava que ele queria isso. Se Melissa se via em mim, seria possível que Nick também visse Melissa em mim?

A gente podia cortar uma franja, disse Bobbi.

Não, as pessoas já vivem confundindo a gente.

Fico ofendida por você ficar tão ofendida com isso.

Depois que ela cortou meu cabelo fizemos uma garrafa de café, nos sentamos no sofá e ficamos conversando sobre a associação feminista universitária. Bobbi deixara a associação no ano anterior, depois que convidaram um britânico que apoiara a invasão do Iraque. A presidente da associação descrevera a objeção de Bobbi ao convite como "agressiva" e "sectária" na página do grupo no Facebook, que em particular todas concordamos ser uma grande besteira, mas, como o convidado nunca aceitou o convite, Philip e eu não chegamos ao ponto de renunciar à nossa afiliação. A atitude de Bobbi acerca dessa decisão variava bastante, e tendia a ser um indicador de como andava nossa relação em certo momento. Quando as coisas estavam boas, ela considerava um sinal de minha tolerância e até de abnegação em prol da causa da revolução dos gêneros. Quando tínhamos alguma disputa trivial a respeito de algo, ela às vezes se referia a isso como um exemplo da minha deslealdade e frouxidão ideológica.

Eles têm posição sobre o sexismo hoje em dia? ela perguntou. Ou nisso também é preciso ver os dois lados?

Tenho certeza de que querem mais mulheres em cargos de CEO.

Sabe, eu sempre achei que faltam muitas mulheres no tráfico de armas.

Acabamos colocando o filme, mas Bobbi dormiu enquanto o assistíamos. Fiquei pensando se preferia dormir no meu apartamento porque ficar perto dos pais lhe causava ansiedade. Ela não havia mencionado isso, e geralmente era bem aberta com os detalhes de sua vida emotiva, mas com assuntos de família era diferente. Não estava com vontade de ver o filme sozinha, então desliguei e preferi ficar lendo na internet. Uma hora Bobbi acordou e foi se deitar direto no colchão do meu quarto. Gostava que ela dormisse ali enquanto eu estava acordada, me sentia segura.

Naquela noite, com ela na cama, abri meu laptop e respondi ao último e-mail de Nick.

Depois disso pensei se contava ou não para Bobbi que havia beijado Nick, minha opinião mudava com frequência. Apesar de minha decisão final, tinha ensaiado meticulosamente como contar a ela, os detalhes que enfatizaria e os que omitiria.

Meio que aconteceu, eu diria.

Que louco, Bobbi retrucaria. Mas eu sempre meio que achei que ele gostava de você.

Não sei. Ele estava bem chapado, foi uma burrice.

Mas no e-mail ele disse com certeza que a culpa foi dele, não é?

Dava para perceber que eu estava usando a personagem Bobbi sobretudo para me assegurar de que Nick estava interessado em mim, e eu sabia que na vida real Bobbi não reagiria assim, então parei. Sentia o ímpeto de contar a alguém que entendesse a situação, mas também não queria correr o risco de que Bobbi contasse a Melissa, o que eu achava que poderia fazer, não numa traição consciente, mas numa tentativa de se embrenhar ainda mais na vida de Melissa.

Resolvi não contar para ela, o que queria dizer que não podia contar a ninguém, ou ninguém capaz de entender. Mencionei ao Philip que havia beijado alguém que não deveria ter beijado, mas ele não entendeu do que eu estava falando.

Foi a Bobbi? ele perguntou.

Não, não foi a Bobbi.

Foi pior ou melhor do que se você tivesse beijado a Bobbi?

Pior, eu disse. Bem pior. Deixa esse assunto para lá.

Meu Deus, não imaginei que existisse coisa pior que essa.

Não tinha nenhuma razão para contar a ele, de qualquer modo.

Uma vez eu beijei uma ex em uma festa, ele disse. Foram semanas de drama. Arruinou minha concentração.

É assim mesmo.

Mas ela tinha namorado, o que complicava as coisas.

Imagino que sim, respondi.

No dia seguinte havia o lançamento de um livro na Hodges Figgis e Bobbi queria ir para conseguir um exemplar autografado. Era uma tarde bem quente de julho e, uma hora antes do lançamento, fiquei em casa desfazendo os nós do meu cabelo com os dedos, puxando com tanta força que pequenos fios quebrados se emaranhavam e se rompiam com um estalo. Pensei: é provável que eles nem estejam lá e eu tenha de voltar para casa e varrer todos esses fios de cabelo e me sentir péssima. É provável que não aconteça mais nada de relevante na minha vida e eu tenha que ficar varrendo as coisas até morrer.

Encontrei Bobbi na porta da livraria e ela acenou para mim. Ela estava com um punhado de pulseiras no braço esquerdo, que chacoalharam com elegância durante o aceno. Com frequência eu me pegava acreditando que, se fosse parecida com

Bobbi, nada de ruim me aconteceria. Não seria como acordar com um rosto novo, estranho: seria como acordar com um rosto que já conhecia, o rosto que eu já imaginava meu e então seria natural.

Subindo rumo ao lançamento, vi Nick e Melissa através dos vãos do corrimão da escada. Estavam parados ao lado de uma vitrine de livros. As panturrilhas de Melissa estavam à mostra e eram muito pálidas, ela usava sapatos sem salto com tiras no tornozelo. Estanquei o passo e toquei logo abaixo do meu pescoço.

Bobbi, chamei. Minha cara está brilhando?

Bobbi olhou para trás e semicerrou os olhos para me inspecionar.

Está um pouco, sim, ela disse.

Expeli o ar dos pulmões em silêncio. Não podia fazer nada, de qualquer jeito, já estava na escada. Queria não ter perguntado.

Não está ruim, ela disse. Você está bonitinha, por quê?

Balancei a cabeça e continuamos subindo. Como ainda não tinham começado a leitura, todo mundo continuava circulando, segurando taças de vinho, na expectativa. O salão estava bem quente, embora tivessem aberto as janelas que davam para a rua e um bafo fresco de brisa roçou meu braço esquerdo e me fez estremecer. Eu estava suando. Bobbi falava algo no meu ouvido e eu assentia e fingia escutá-la.

Uma hora, Nick olhou e eu retribuí o olhar. Senti uma chave virar com força dentro do meu corpo, com tamanha violência que eu não podia pará-la. Seus lábios se entreabriram como se ele fosse dizer algo, mas apenas inspirou e pareceu engolir. Nenhum de nós gesticulou ou acenou, apenas nos olhamos, como se já estivéssemos em uma conversa particular que ninguém pudesse escutar.

Depois de alguns segundos me dei conta de que Bobbi havia parado de falar e quando me virei para ela vi que também olhava para Nick, com o lábio inferior um pouquinho sobressalente, como se dissesse: ah, agora eu entendi para quem você está olhando. Eu queria um copo para segurar contra o rosto. Bom, pelo menos ele sabe se vestir, ela disse.

Não fingi estar confusa. Ele usava uma camiseta branca e botinhas de camurça, do tipo que todo mundo usava, *desert boots*. Até eu usava essas botas. Ele só estava bonito porque era bonito, mas Bobbi não era sensível aos efeitos da beleza como eu.

Ou vai ver que a Melissa é que escolhe a roupa dele, disse Bobbi.

Ela sorria sozinha como se escondesse um enigma, embora sua atitude não fosse nem um pouco enigmática. Passei a mão no cabelo e desviei o olhar. Um quadrado branco de luz do sol jazia no carpete feito neve.

Eles nem dormem juntos, eu disse.

Nossos olhares se encontraram nesse instante e Bobbi deu uma levantada quase imperceptível no queixo.

Eu sei, ela disse.

Durante a leitura não sussurramos no ouvido uma da outra como sempre fazíamos. Era um livro de contos de uma escritora. Lancei um olhar para Bobbi mas ela continuou olhando para a frente, então entendi que estava sendo castigada por algo.

Vimos Nick e Melissa depois de encerrada a leitura. Bobbi se aproximou deles e eu a segui, esfriando o rosto nas costas da minha mão. Estavam perto da mesa de lanches e Melissa esticou o braço para nos dar taças de vinho. Branco ou tinto? perguntou.

Branco, respondi. Sempre branco.

Bobbi explicou: quando ela bebe tinto a boca fica assim, e apontou para a própria boca fazendo um círculo pequenino com o dedo. Melissa me entregou uma taça e disse: ah eu entendo como é. Não é tão ruim assim, eu acho. Tem um toque atraente nisso. Bobbi concordou com ela. Como se você tivesse bebido sangue, ela disse. E Melissa riu e disse: é, sacrificado virgens.

Olhei para o vinho, transparente e quase amarelo-esverdeado, da cor de grama cortada. Quando olhei de novo para Nick, ele estava me olhando. A luz da janela esquentava minha nuca. Fiquei pensando se você estaria aqui, ele disse. É bom te ver. E ele enfiou a mão no bolso como se tivesse medo do que poderia fazer. Melissa e Bobbi ainda conversavam. Ninguém prestava atenção em nós. É, eu disse. Você também.

9

Melissa passaria a semana seguinte trabalhando em Londres. Era a semana mais quente do ano e Bobbi e eu ficamos no campus vazio, onde tomamos sorvete e tentamos pegar um bronze. Em uma tarde mandei um e-mail a Nick perguntando se eu poderia ir até lá para conversarmos. Ele disse que com certeza. Não contei a Bobbi. Levei a escova de dentes na bolsa.

Quando cheguei na casa todas as janelas e portas estavam abertas. Toquei a campainha mesmo assim e o ouvi falando da cozinha que era para eu entrar, sem nem verificar quem era. De toda forma fechei a porta. Quando entrei ele estava secando as mãos no pano de prato, como se tivesse acabado de lavar a louça. Ele sorriu e falou que andava nervoso com a ideia de me ver de novo. A cachorra estava deitada no sofá. Nunca a vira no sofá antes e fiquei imaginando se talvez Melissa não a deixava dormir ali. Perguntei a Nick porque estava nervoso e ele riu e fez um pequeno gesto de encolher os ombros, mas pareceu ser um gesto mais relaxado do que apreensivo. Me encostei na bancada da pia enquanto ele dobrava e guardava o pano.

Então, você é casado, eu disse.

É, parece que sim. Quer beber alguma coisa?

Aceitei uma garrafa pequena de cerveja, mas só porque queria algo para ocupar minha mão. Estava inquieta, como quando já fizemos algo errado e estamos nervosos para saber qual será o resultado. Eu disse que não queria ser uma destruidora de lares ou coisa assim. Ele riu disso.

Engraçado, ele disse. O que isso quer dizer?

Quer dizer que você nunca teve um caso. Não quero destruir seu casamento.

Ah, bom, na verdade o casamento sobreviveu a vários casos, é que eu não participei de nenhum deles.

Ele falou isso em um tom divertido, e me fez rir, apesar de também ter surtido o efeito, que imagino ter sido proposital, de me fazer relaxar quanto ao lado moral da situação. Eu realmente não queria sentir simpatia por Melissa, e agora a sentia se afastar por completo dos limites da minha empatia, como se fizesse parte de outra história, com outros personagens.

Quando subimos, contei a Nick que nunca tinha transado com um homem. Ele me perguntou se isso era uma grande questão e eu disse que achava que não, mas que poderia ser esquisito se ele só descobrisse depois. Enquanto nos despíamos tentei parecer casual mantendo os braços parados, sem tremer violentamente. Tinha medo de me despir na frente dele, mas não sabia como cobrir meu corpo de um jeito que não ficasse estranho e desestimulante. Ele tinha um peitoral bem imponente, como uma escultura. Senti falta da distância que existia entre nós quando ele me viu ser aplaudida, ela agora me parecia protetora, até mesmo necessária. Mas quando ele me perguntou se eu tinha certeza de que queria fazer aquilo tudo, me peguei dizendo: a verdade é que não vim aqui só para conversar, você sabe.

Na cama ele me perguntou várias vezes o que era bom. Falei que tudo era bom. Me sentia muito corada e me ouvia fazendo bastante barulho, mas apenas sílabas, sem palavras de verdade. Fechei os olhos. O interior do meu corpo estava quente como óleo. Fui tomada por uma energia avassaladora e intensa que parecia me ameaçar. Por favor, eu dizia. Por favor, por favor. Por fim Nick se sentou para pegar uma caixa de camisinhas de seu armarinho de cabeceira e pensei: talvez eu nunca mais seja capaz de falar depois disso. Mas me entreguei sem lutar. Nick murmurou a palavra "desculpa", como se os segundos em que esperei ali deitada constituíssem um pequeno delito de sua parte.

Quando acabou, fiquei deitada de costas, tremendo. Tinha sido tão terrivelmente ruidosa e teatral o tempo inteiro que agora era impossível agir com indiferença como eu fazia nos e-mails.

Foi meio que tudo bem, eu disse.

Foi?

Acho que eu gostei mais do que você.

Nick riu e levantou o braço para pôr a mão atrás da cabeça.

Não, ele disse, não gostou, não.

Você foi muito legal comigo.

Fui?

Sério, eu realmente agradeço por você ter sido tão legal, eu disse.

Espera. Ei. Você está bem?

Pequenas lágrimas começaram a escapar dos meus olhos e a cair no travesseiro. Eu não estava triste, não sabia por que estava chorando. Eu já tive esse problema antes, com a Bobbi, que acreditava ser uma expressão dos meus sentimentos reprimidos. Como não conseguia conter as lágrimas, ri com discrição, para demonstrar que não estava interessada no choro. Sabia que estava dando um enorme vexame, mas não havia nada que pudesse fazer.

Acontece, eu disse. Não foi nada do que você fez.

Então Nick encostou a mão no meu corpo, logo abaixo do meu peito. Me senti apaziguada como se fosse um animal, e chorei ainda mais.

Tem certeza? ele questionou.

Tenho. Pode perguntar para a Bobbi. Quer dizer, melhor não.

Ele sorriu e disse: é, não vou perguntar. Ele me acariciava com as pontas dos dedos, da maneira como acariciava a cachorrinha. Enxuguei o rosto com força.

Você é muito lindo, sabia, eu disse.

Ele riu.

É só isso que eu ganho? ele perguntou. Achei que você gostava da minha personalidade.

Você tem uma?

Ele se virou de costas, fitando o teto com uma expressão perplexa. Não consigo acreditar que a gente fez isso, ele disse. Soube então que o choro estava encerrado. Eu me sentia bem a respeito de tudo que conseguia pensar. Toquei a parte interna do braço dele e disse: você consegue, sim.

Acordei tarde na manhã seguinte. Nick fez rabanada para o café da manhã e eu peguei o ônibus de volta para a cidade. Me sentei no fundo, perto da janela, onde o sol investia contra o meu rosto como uma broca e o tecido do assento parecia sensacionalmente palpável contra a minha pele nua.

Naquela noite Bobbi falou que precisava de um lugar aonde de ir para fugir da "situação doméstica". Aparentemente, durante o fim de semana Eleanor jogou fora alguns dos pertences de Jerry, e no auge da discussão Lydia se trancou no banheiro e gritou que queria morrer.

Totalmente péssimo, reclamou Bobbi.

Falei que ela poderia ficar comigo. Não sabia mais o que dizer. Ela sabia que meu apartamento estava vazio. Naquela noite ela brincou com meu piano elétrico usando meu laptop para ver partituras e eu verifiquei meu e-mail no celular. Ninguém tinha entrado em contato. Peguei um livro mas estava sem vontade de ler. Não havia escrito nada naquela manhã, nem na manhã anterior. Eu tinha começado a ler longas entrevistas com escritores famosos e percebi como eu era diferente deles.

Você recebeu uma notificação no seu treco de bate-papo, disse Bobbi.

Não leia. Deixa eu ver.

Por que você está falando para eu não ler?

Não quero que você leia, respondi. Me dá o laptop.

Ela me entregou o laptop, mas notei que ela não voltaria para o piano. A mensagem era de Nick.

Nick: eu sei, sou uma pessoa horrível

Nick: você quer vir aqui de novo algum dia esta semana?

De quem é? Bobbi perguntou.

Dá pra relaxar?

Por que você falou "não leia"?

Porque eu não queria que você lesse, respondi.

Ela mordeu o polegar maliciosamente e em seguida se acomodou ao meu lado na cama. Fechei a tela do laptop, o que a fez rir.

Eu não abri, ela disse. Mas vi de quem era.

O.k., bom pra você.

Você gosta dele de verdade, não gosta?

Não sei do que você está falando, retruquei.

Do marido da Melissa. Você sente algo sério por ele.

Revirei os olhos. Bobbi se deitou na cama e abriu um sorriso. Senti ódio dela e quis até lhe fazer mal.

Por quê, você está com ciúmes? perguntei.

Ela sorriu, mas distraída, como se pensasse em outra coisa. Não sabia mais o que lhe dizer. Ela voltou um pouco ao piano e depois quis ir para a cama. Quando acordei, na manhã seguinte, ela já tinha saído.

Naquela semana passei a maior parte das noites com Nick. Como ele não estava trabalhando, ia à academia algumas horas de manhã e eu ia para a agência ou simplesmente dava umas voltas pelas lojas. Depois, à noite, ele fazia o jantar e eu brincava com a cachorrinha. Disse ao Nick que achava que nunca tinha comido tanto na vida, e era verdade. Em casa, meus pais nunca tinham preparado chorizo ou berinjela. Também nunca tinha provado um abacate fresco, mas não contei isso para Nick.

Uma noite perguntei se ele não tinha medo de Melissa nos descobrir e ele disse que não achava que ela descobriria.

Mas você descobriu, eu disse. Quando ela teve casos.

Não, ela me contou.

Nossa, é sério? Do nada?

Da primeira vez, sim, ele disse. Foi bem surreal. Ela estava viajando, numa dessas feiras de livros, e me ligou por volta das cinco da manhã dizendo que tinha uma coisa para me contar, foi isso.

Porra.

Mas foi só uma vez, eles não continuaram se encontrando depois. Da outra vez teve muito mais em jogo. Acho que eu não deveria te contar todos esses segredos, não é? Não estou querendo passar uma má impressão dela. Ou pelo menos não acho que esteja, sei lá.

Durante o jantar dividimos alguns dos detalhes de nossas vidas. Expliquei que eu queria destruir o capitalismo e que a masculinidade me era pessoalmente opressiva. Nick me disse que ele era "basicamente" um marxista e não queria que eu o julgasse por ter uma casa. É isso ou passar o resto da vida pagando aluguel, ele disse. Mas reconheço que é incômodo. Isso fez parecer que a família dele era muito rica, mas não achei prudente aprofundar a questão, visto que já me constrangia nunca pagar nada. Os pais dele ainda eram casados e ele tinha dois irmãos.

No decorrer dessas discussões, Nick ria de todas as minhas piadas. Eu disse que era facilmente seduzida por pessoas que riam das minhas piadas e ele disse que era facilmente seduzido por pessoas mais espertas do que ele.

Imagino que não seja muito comum você conhecer gente assim, retruquei.

Está vendo, não é legal um rasgar seda para o outro?

O sexo era tão bom que frequentemente eu chorava enquanto acontecia. Nick gostava que eu ficasse em cima, assim podia se recostar na cabeceira e podíamos conversar baixinho. Dava para ver que ele gostava quando eu falava como era bom. Era bem fácil fazê-lo gozar se falasse bastante sobre isso. Às vezes gostava de fazer exatamente isso só para sentir que tinha poder sobre ele, e depois ouvi-lo dizer: meu Deus, desculpa, que vexame. Gostava de ouvi-lo dizer isso mais do que do sexo em si.

Fiquei apaixonada pela casa onde ele morava: como tudo era impecável, e a frieza das tábuas do assoalho de manhã. Tinham um moedor de café elétrico na cozinha e Nick comprava grãos de café e botava porções pequenas nele antes do café da manhã. Não sabia direito se isso era pretensioso ou não, mas o gosto do café era incrível. Mesmo assim eu lhe disse que era pretensioso e ele retrucou, você bebe o quê? Aquela porra de Nescafé? Você é estudante, não aja como se tivesse bom gosto. É claro que eu secretamente gostava de todos os utensílios caros que tinha na cozinha, assim como gostava de ver Nick passar o café tão devagar que uma película de creme escuro se formava na superfície.

Ele falava com Melissa praticamente todos os dias da semana. Em geral, ela ligava à noite e ele levava o celular para outro cômodo enquanto eu ficava deitada no sofá vendo TV ou saía para fumar. Essas conversas duravam vinte minutos ou mais. Uma vez, assisti um episódio inteiro de *Arrested Development* antes de ele voltar para a sala, aquele em que atearam fogo no estande de bananas. Nunca ouvia nada do que Nick dizia ao telefone. Uma vez perguntei: ela não está desconfiando nem nada, está? E ele só balançou a cabeça e disse, não, está tudo bem. Nick não demonstrava fisicamente sua afeição por mim fora de seu quarto. Víamos TV juntos assim como veríamos se estivéssemos esperando Melissa chegar do trabalho. Ele me deixava beijá-lo se eu quisesse, mas eu sempre tinha de tomar a iniciativa.

Era complicado entender como Nick de fato se sentia. Na cama, ele nunca me pressionava a fazer nada e era sempre muito sensível ao que eu queria. Porém, havia algo de inexpressivo e retraído nele. Nunca dissera nada de bom sobre a minha aparência. Nunca me tocava ou beijava espontaneamente. Eu ficava nervosa sempre que nos despíamos, e da primeira vez que o chupei ele ficou tão quieto que parei para perguntar se estava machucando. Ele disse que não, mas quando recomecei, ele ficou totalmente calado. Não me tocou, não sabia nem se olhava para mim. Quando acabou me senti péssima, como se o tivesse obrigado a suportar algo que nenhum dos dois queria.

Depois que saí da agência, na quinta-feira daquela semana, passei por ele na cidade. Estava com Philip, indo do trabalho para ir tomar um café, e vimos Nick com uma mulher alta que conduzia um carrinho de bebê com uma mão e com a outra falava ao telefone. Nick segurava o bebê. O bebê usava chapéu vermelho. Nick acenou ao passar por nós, até nos olhamos rapidamente, mas eles não pararam para conversar. Naquela manhã ele tinha ficado olhando enquanto eu me vestia, deitado com as mãos atrás da cabeça. O bebê não é dele, é? Philip perguntou. Senti que estava jogando um video game sem saber nenhum dos comandos. Apenas encolhi os ombros e disse, acho que ele não tem filho, tem? Recebi uma mensagem de Nick pouco depois dizendo: minha irmã Laura e a filha dela. Desculpe por não parar, elas meio que estavam com pressa. Respondi: bebê fofa. Posso aparecer aí esta noite?

Naquela noite, durante o jantar, ele me perguntou, então você achou a bebê fofa mesmo? Eu disse que não deu para olhar direito, mas à distância ela me pareceu fofa. Ah, ela é incrível, disse Nick. Rachel. Não amo muitas coisas na vida, mas eu realmente amo essa menina. Quando vi ela pela primeira vez caí no choro, ela era tão pequenininha. Esse foi o máximo de emoção que ouvi Nick exprimir, e fiquei com ciúmes. Pensei em fazer piada do ciúme que sentia, mas achei bizarro ter ciúmes de uma bebê e duvidei que Nick fosse gostar disso. Que gracinha, eu disse. Ele pareceu sentir minha falta de entusiasmo e disse, sem jeito: de qualquer forma, você deve ser nova demais para ligar para bebês. Fiquei magoada e arrastei em silêncio meu garfo de risoto sobre o prato. Então eu disse, não, achei mesmo que você foi uma graça. Atípico.

Por quê, tipo, em geral eu sou rude e agressivo? perguntou. Dei de ombros. Continuamos a comer. Sabia que estava começando a deixá-lo nervoso, eu o via me observando do outro lado da mesa. Não era nem um pouco rude ou agressivo, e guardei a pergunta na minha cabeça para mais tarde, sentindo que sem querer ele havia revelado um medo particular.

Quando nos despimos naquela noite sentia o lençol gelado contra a minha pele, e mencionei como estava frio. A casa? ele perguntou. Você acha que ela fica fria à noite?

Não, estou falando de agora, expliquei.

Fui beijá-lo e ele permitiu, mas sem pensar sobre isso, e sem um sentimento genuíno. Em seguida, ele se afastou e disse: porque se você está sentindo frio à noite, eu posso ligar o aquecedor.

Não estou, disse. O lençol estava frio agora só, nada de mais. Entendi.

Transamos, foi bom, e depois ficamos deitados olhando para o teto. O ar se arrastou para dentro dos meus pulmões, me senti em paz. Nick tocou na minha mão e disse: está quentinha agora? Estou quentinha, eu disse. Sua preocupação com a minha temperatura é bem tocante. Bom, ele disse. Ficaria ruim pra mim se você morresse congelada. Mas ele acariciava minha mão enquanto dizia isso. A polícia pode te fazer perguntas, eu disse. Ele riu. É, ele concordou. Tipo, o que esse belo cadáver está fazendo na sua cama, Nick? Era uma piada, ele jamais me chamaria de bela de verdade. Mas gostei da piada mesmo assim.

Na noite de sexta-feira, antes de Melissa voltar de Londres, assistimos *Intriga internacional* e dividimos uma garrafa de vinho. Como Nick viajaria para o exterior na semana seguinte para filmar alguma coisa em Edimburgo, eu passaria um breve período sem vê-lo. Não me lembro de quase nada que falamos naquela noite. Lembro da cena no trem em que o personagem de Cary Grant flerta com a mulher loira e que por algum motivo repeti uma de suas falas em voz alta com um sotaque americano, comendo algumas letras. Eu disse: e não gosto *especialmente* do livro que comecei. Isso fez Nick rir muito, sem um verdadeiro motivo, ou talvez porque meu sotaque era péssimo.

Agora você faz o Cary Grant, pedi.

Em uma voz cinematográfica da Nova Inglaterra, Nick disse: no instante em que conheço uma mulher atraente, tenho de começar a fingir que não tenho nenhum desejo de fazer amor com ela.

Você em geral finge por muito tempo? perguntei.

Você é quem diz, Nick disse com a voz normal.

Acho que eu descobri bem rápido. Mas fiquei preocupada com a possibilidade de estar só me iludindo.

Ah, eu senti a mesma coisa em relação a você.

Ele pegou a garrafa e começou a encher nossas taças.

Então, é só sexo, eu disse, ou você gosta mesmo de mim?

Frances, você está bêbada.

Pode falar, não vou me ofender.

Não, eu sei que não, ele disse. Eu acho que você quer que eu diga que é só sexo.

Eu ri. Fiquei feliz por ele ter dito isso, porque era o que eu queria que ele pensasse e porque eu achava que ele soubesse disso e estivesse só de brincadeira.

Não se sinta mal, eu disse. É extremamente divertido. Talvez eu já tenha mencionado isso antes.

Só algumas vezes. Mas eu gostaria de ter isso por escrito, se possível. Uma coisa permanente, que eu possa olhar quando estiver no leito de morte.

Ele enfiou a mão entre os meus joelhos. Eu estava de vestido listrado e minhas pernas estavam descobertas; no instante em que me tocou senti calor e passividade, como se dormisse. Toda a força que tinha pareceu me abandonar totalmente e quando tentei falar gaguejei.

O que vai acontecer quando a sua esposa chegar? perguntei.

É. A gente vai dar um jeito.

10

Não falava com Bobbi desde aquela noite em que ela tinha dormido no meu apartamento. Como estava ficando com Nick e não pensava em mais nada, não tentei entrar em contato com ela ou pensar muito no porquê de ela não ter ligado. Então, depois que Melissa voltou para Dublin, recebi um e-mail de Bobbi com o assunto "ciúmes???".

olha, não me interessa se você tem uma queda pelo nick, e eu não estava tentando te constranger nem nada disso. desculpa se foi o que pareceu (e também não vou ser moralista quanto ao fato de ele ser casado, tenho quase certeza de que a melissa também tem seus casos). MAS foi uma merda grande da sua parte me acusar de ter ciúmes dele. é um estereótipo homofóbico acusar uma mulher gay de secretamente sentir ciúmes de homens, e eu sei que você sabe disso. mas ainda pior é a desvalorização da nossa amizade ao insinuar que estou competindo com um homem pela sua atenção. o que isso quer dizer sobre como você me vê? você realmente classifica nossa relação abaixo de seu interesse sexual passageiro por um cara casado de meia-idade? na verdade isso feriu a porra dos meus sentimentos.

Estava no trabalho quando recebi o e-mail, mas nenhuma das outras pessoas que trabalhavam lá estava por perto. Li a mensagem várias vezes. Por algum motivo o deletei rapidamente, e depois fui na minha lixeira para recuperá-lo quase na mesma hora. Em seguida, marquei como não lida e abri para lê-la de novo como se fosse a primeira vez. É claro que Bobbi tinha razão. Eu disse que ela estava com ciúmes para tentar magoá-la. Só não sabia que tinha funcionado, ou que era sequer possível magoá-la por mais que eu me esforçasse. Quando me dei conta não só de que tinha o poder de magoar Bobbi, mas de que tinha feito isso praticamente sem querer e sem perceber, fiquei incomodada. Perambulei pelo escritório e servi um pouco de água da geladeira num copo de plástico apesar de não estar com sede. Depois de um tempo acabei me sentando.

Precisei de vários rascunhos para terminar de escrever minha resposta.

Ei, você tem razão, foi esquisito e errado o que eu falei e não devia ter dito aquilo. Fiquei na defensiva e só queria te deixar brava. Estou me sentindo culpada por ter ferido seus sentimentos por uma bobagem. Me desculpa.

Enviei e em seguida saí do meu e-mail por um tempo para conseguir trabalhar.

Philip chegou por volta das onze e conversamos um pouco. Eu contei que não escrevia nada fazia uma semana e ele ergueu as sobrancelhas.

Pensei que você fosse a disciplina em pessoa, ele disse.

Eu era.

Está passando por um mês estranho? Parece que sim.

No meu horário de almoço entrei de novo no meu e-mail.

Bobbi havia respondido.

o.k. eu te perdoo. mas sério, o nick? é esse o seu tipo agora?
só acho que ele provavelmente lê artigos como "um truque
esquisito para conquistar o abdômen perfeito" sem um pingo de ironia

se tinha mesmo de ser um homem, imaginei que seria um
mirradinho e efeminado tipo o philip, isso é uma grande
surpresa.

Não respondi. Bobbi e eu sempre compartilhamos o desprezo pela busca fanática do domínio físico masculino. Inclusive, fazia pouco tempo que tínhamos sido convidadas a nos reti-
rarmos da Tesco por ler em voz alta trechos fúteis das revistas
masculinas sentadas no chão do mercado. Mas Bobbi estava enganada quanto a Nick. Ele não era assim. Na verdade, era do tipo que riria da imitação cruel que Bobbi faria dele e não tentaria corrigi-la. Mas não posso falar isso para ela. Não tinha dúvida
de que não poderia contar o que achava mais encantador nele,
o fato de que sentia atração por mulheres comuns e emocionalmente frias como eu.

Quando terminei o trabalho já estava cansada e com dor de
cabeça, uma dor daquelas. Fui andando para casa e resolvi ficar
um tempo deitada na cama. Eram cinco horas. Só acordei à
meia-noite.

Não voltei a ver Nick antes de ele partir para a Escócia.

Porque estava no set desde manhã cedinho, a única maneira de conversarmos era pela internet, tarde da noite. A essa altura, ele geralmente estava cansado e parecia introvertido, e passei a escrever apenas respostas concisas a suas mensagens ou não responder nada. Ele falava de coisas banais, como o quanto detestava os colegas de trabalho. Nunca disse que estava com saudade, ou sequer que pensava em mim. Quando eu fazia qualquer referência ao tempo que passamos juntos na casa dele, ele tendia a pular essa parte e falar de outro assunto. Como reação, eu sentia que estava me tornando fria e sarcástica.

Nick: a única pessoa sensata no set é a stephanie
eu: então por que você não tem um caso com ela?
Nick: bom eu acho que isso só faria mal à nossa relação profissional
eu: isso é uma indireta
Nick: além do mais ela tem pelo menos 60
eu: e você tem o quê... 63?
Nick: muito engraçado
Nick: posso sugerir a ela se você quiser
eu: ah por favor faça isso

Em casa eu ficava no YouTube assistindo a vídeos de suas aparições em filmes. Ele já tinha interpretado o jovem pai de uma vítima de sequestro em um episódio de uma série policial que existia há tempos, e em uma cena ele desabava e chorava em uma delegacia de polícia. Esse era o vídeo que eu mais assistia. Chorava exatamente do jeito que eu imaginava que choraria na vida real: odiando por chorar, mas se odiando tanto que isso só fazia com que chorasse ainda mais. Descobri que quando eu via esse vídeo antes de nos falarmos à noite, eu era mais propensa a ser simpática com ele. Ele tinha um site criado por fãs em um HTML bem básico que não era atualizado desde 2011, e eu o olhava de vez em quando durante nossas conversas.

Eu estava doente na época, tinha cistite. Por um tempo o incômodo persistente e a febre branda me pareceram psicologicamente adequados e não tomei nenhuma atitude, mas acabei indo me consultar com a médica da faculdade e ela me passou antibiótico e um analgésico que me deixava sonolenta. Passava as noites olhando minhas próprias mãos ou tentando me concentrar na tela do laptop. Eu me sentia nojenta, como se meu corpo estivesse repleto de bactérias malignas. Sabia que Nick não estava sofrendo efeitos colaterais semelhantes. Não havia nada de equivalente entre nós. Ele tinha me amassado na mão feito papel e me jogado fora.

Tentei voltar a escrever, mas tudo o que produzia estava cheio de uma amargura que me envergonhava. Alguns textos eu deletei, outros escondi em pastas que nunca olhava. Eu estava levando as coisas a sério demais. Agarrava-me aos supostos erros que Nick cometera contra mim, crueldades que dissera ou insinuara, assim poderia odiá-lo e então justificar a intensidade dos meus sentimentos por ele como ódio puro. Mas eu reconhecia que a única coisa que tinha feito para me magoar era recuar em seu afeto, o que ele tinha todo o direito de fazer. Sob todos os outros aspectos ele fora amável e atencioso. Em certos momentos eu achava que esse era o pior tormento que tinha enfrentado na vida, mas também era um tormento muito raso, que a qualquer momento poderia ser mitigado totalmente por uma palavra dele e transformado em uma estúpida felicidade.

Uma noite, perguntei se ele tinha tendências sádicas.

Nick: não que eu saiba
Nick: por que essa pergunta?
eu: você parece ser desses

Nick: hm
Nick: preocupante

Passou-se um tempo. Fitava a tela mas não digitava nada. Estava a um dia de terminar meus antibióticos.

Nick: você tem algum exemplo em mente?
eu: não
Nick: o.k.
Nick: acho que quando magoo as pessoas tende a ser por egoísmo
Nick: em vez de ser um fim em si mesmo
Nick: fiz alguma coisa que te magoou?
eu: não
Nick: tem certeza?

Deixei mais tempo passar. Com a ponta do dedo tapei o nome dele na tela do meu laptop.

Nick: você está aí?
eu: tô
Nick: ah
Nick: então imagino que não esteja muito a fim de conversa
Nick: tudo bem, tenho mesmo de ir para a cama

Na manhã seguinte ele me enviou um e-mail dizendo o seguinte:

dá pra perceber que você não está com muita vontade de manter contato agora, então vou parar de te mandar mensagem, o.k.? te vejo quando eu voltar.

89

Pensei em mandar um e-mail malicioso como resposta, mas preferi não responder nada.

Na noite do dia seguinte Bobbi sugeriu que víssemos um dos filmes de Nick.

Seria esquisito, eu disse.

Ele é nosso amigo, por que seria esquisito?

Ela estava no meu laptop, procurando na Netflix. Eu tinha feito um bule de chá de hortelã e estávamos esperando que ficasse pronto.

Está aqui, ela disse. Foi aqui que eu vi. É aquele em que a madrinha casa com o chefe dela.

Por que é que você foi olhar os filmes dele?

É um papel bem pequeno, mas tem uma hora em que ele tira a blusa. Você gosta dessas coisas, né?

De verdade, por favor, para com isso, pedi.

Ela parou. Estava sentada no chão de pernas cruzadas e se esticou para se servir de um gole de chá e ver se estava pronto.

Você gosta dele como pessoa? ela perguntou. Ou é só tipo, ele é bonito e casado com uma pessoa interessante?

Era perceptível que continuava magoada com o comentário sobre ciúmes, mas eu já tinha me desculpado. Não queria incentivar sua hostilidade em relação a Nick, principalmente porque não estava falando com ele na época. Era óbvio para mim que os sentimentos de Bobbi não estavam mais feridos de verdade, se é que estiveram em algum momento, e que ela simplesmente gostava de zombar de mim sempre que eu tinha sentimentos românticos. Olhei para ela como se fosse algo bem distante, uma amiga de outros tempos, ou alguém cujo nome não me lembrava.

A Melissa não é tão interessante assim, eu disse.

Quando Bobbi foi para casa procurei o filme do qual ela havia falado. Fazia seis anos que tinha sido lançado, quando eu tinha quinze anos. Nick aparecia como um personagem com o qual a protagonista transa uma vez e se arrepende. Achei um link para o vídeo e pulei para a cena em que ele saía do chuveiro da casa dela na manhã seguinte. Parecia mais novo, e o rosto estava diferente, embora mesmo nesse vídeo estivesse mais velho do que eu. Assisti à cena duas vezes. Depois que saiu, a protagonista ligou para a amiga e ambas riram histericamente porque o personagem de Nick era um babaca, o que foi um momento de fortalecimento da amizade entre elas.

Mandei um e-mail para ele depois de assistir. Escrevi:

Claro, se é isso o que você quer. Espero que a filmagem esteja correndo bem.

Ele respondeu por volta de uma da manhã.

eu devia ter te contado antes, mas vou passar boa parte de agosto no norte da frança com a melissa e várias outras pessoas. é um lugar enorme tipo vila em uma aldeia chamada étables. vai ter sempre gente chegando e indo embora, então fique à vontade para ir e passar um tempinho se quiser, mas entendo se você não se interessar.

Estava sentada na cama de pernas cruzadas tentando trabalhar em uma apresentação de *spoken word* quando a notificação de e-mail chegou. Respondi:

Então a gente ainda está de caso ou já acabou?

Ele demorou um tempo para responder. Imaginei que tivesse ido dormir, mas a possibilidade de ainda não ter ido me tirou a vontade de trabalhar. Fiz uma xícara de café instantâneo e assisti a alguns vídeos no YouTube de outros intérpretes de *spoken word*.

Depois de um tempo, uma notificação apareceu no bate-papo.

Nick: você está acordada
eu: estou
Nick: então olha só
Nick: não sei o que você quer
Nick: óbvio que não dá para a gente se ver com frequência
Nick: e ter um caso é bem estressante
eu: haha
eu: você está terminando comigo?
Nick: se a gente nunca se vê
Nick: então o caso consiste apenas em tipo
Nick: se preocupar com o caso
Nick: entende o que eu estou dizendo
eu: não acredito que você está terminando comigo pelo bate-papo
eu: eu achava que você ia largar sua esposa para a gente fugir junto
Nick: você não precisa ficar na defensiva
eu: como é que você sabe do que eu preciso
eu: talvez eu esteja chateada de verdade
Nick: você está?
Nick: eu nunca tenho a menor ideia do que você sente em relação a nada
eu: bom agora isso não tem mais importância, não é

Ele tinha de estar de volta ao set de manhã cedinho, então foi para a cama. Eu não parava de pensar na vez em que o chupei e ele ficou deitado em silêncio, deixando que eu o fizesse.

92

Eu nunca tinha feito aquilo antes, quis explicar. Você poderia ter me dito o que tinha de tão ruim em vez de simplesmente me deixar continuar. Não foi gentil. Me senti uma idiota. Mas eu sabia que na verdade ele não tinha feito nada errado. Pensei em ligar para Bobbi e contar tudo para ela, na esperança de que ela contasse para Melissa e a vida de Nick fosse destruída. Mas concluí que seria uma história humilhante demais para contar.

11

Faltei ao trabalho no dia seguinte porque perdi a hora. Mandei um e-mail me rebaixando para Sunny e ela respondeu: nós sobrevivemos. Era meio-dia quando tomei banho. Pus uma camiseta preta e saí para andar, mas estava quente demais para eu curtir a caminhada. O ar me parecia indefeso e aprisionado nas ruas. As vitrines das lojas refletiam feixes de sol ofuscantes e minha pele estava úmida. Me sentei sozinha na pista de críquete do campus e fumei dois cigarros, um atrás do outro. Estava com dor de cabeça, não tinha comido. Sentia meu corpo esgotado e inútil. Não queria mais pôr comida ou remédio nele.

Naquela tarde, quando voltei, tinha um novo e-mail de Nick.

então tenho a impressão de que a nossa conversa ontem foi meio esquisita. obviamente é difícil para mim saber o que você realmente quer e não sei se você estava brincando quando falou que estava magoada. é muito estressante conversar com você pela internet. espero que você não esteja chateada nem nada.

Respondi:

Esquece isso. Te vejo em setembro, espero que o clima esteja bom na França.

Ele não me mandou mais e-mails depois disso.

Três dias depois, Melissa convidou Bobbi e eu para passarmos alguns dias de agosto na vila de Étables. Bobbi não parava de me mandar links da Ryanair e de me dizer que devíamos ir nem que fosse só por uma semana, ou mesmo cinco dias apenas. Eu poderia bancar as passagens e Sunny não ligaria de eu tirar uns dias de folga.

Uma hora acabei dizendo: tudo bem. Vamos.

Bobbi e eu já tínhamos feito várias viagens juntas para o exterior. Sempre pegávamos os voos mais baratos, de manhã cedo ou tarde da noite, e como consequência em geral passávamos o primeiro dia da viagem irritadiças e tentando achar wi-fi de graça. No meu único dia em Budapeste nos sentamos em uma cafeteria com a bagagem enquanto Bobbi tomava espressos e se entregava a um acalorado debate on-line sobre ataques de drones, que me relatava em voz alta. Quando lhe disse que não tinha muito interesse em ouvir a discussão, ela retrucou: crianças estão morrendo, Frances. Depois disso, passamos horas em silêncio.

Nos dias anteriores à nossa viagem, Bobbi me mandava diversas mensagens de texto com itens que eu tinha de lembrar de pôr na mala. Era da minha natureza lembrar do que eu precisava, e muito da de Bobbi não se lembrar. Uma noite ela apareceu no apartamento com uma lista, e quando abri a porta ela estava segurando o celular entre o ombro e a orelha.

Ei, acabei de chegar na casa da Frances, ela disse. Tudo bem se eu te colocar no viva-voz?

Bobbi fechou a porta e me seguiu até a sala de estar, onde, sem cerimônia nenhuma, largou o celular na mesa, com o viva--voz ativado.

Oi, Frances, disse a voz de Melissa.

Eu disse olá, embora quisesse dizer: espero que você não tenha descoberto que dormi com o seu marido.

Então, de quem é a casa, exatamente? Bobbi perguntou.

É de uma amiga minha chamada Valerie, disse Melissa. Ou melhor, eu digo amiga, ela está na faixa dos sessenta anos. Está mais para mentora. Ela ajudou muito na publicação do livro e tal. Bom, dinheiro velho, bem velho. E ela gosta que as pessoas fiquem nas várias casas que tem quando ela não está.

Eu disse que ela parecia interessante.

Você ia gostar dela, Melissa disse. Quem sabe você não a conhece, ela passa um ou dois dias na casa de vez em quando. Geralmente ela mora em Paris.

Gente rica me dá nojo, disse Bobbi. Mas é, tenho certeza de que ela é ótima.

Como você tem andado, Frances? perguntou Melissa. Parece que faz um século que não te vejo.

Fiz uma pausa e então disse: estou bem, obrigada. E você? Melissa também fez uma pausa e depois respondeu: bem.

Como foi em Londres? perguntei. Você foi pra lá mês passado, não foi?

Foi no mês passado? O tempo é muito engraçado.

Ela disse que era melhor voltar ao jantar e desligou. Eu não via nada de engraçado no tempo, muito menos de "muito engraçado".

Depois que Bobbi foi embora naquela noite eu escrevi durante uma hora e meia, escrevi poemas em que caracterizava meu próprio corpo como um artigo de lixo, um embrulho vazio ou uma fruta mordida e jogada fora. Ao expor minha autodepreciação desse jeito não me senti melhor, mas pelo menos me esgotou. Depois me deitei de lado com A Critique of Postcolonial Reason apoiado meio aberto sobre o travesseiro ao meu lado. De vez em quando levantava o dedo para virar a página e deixava a sintaxe pesada e confusa escorrer pelos meus olhos e entrar no meu cérebro como um fluido. Estou me aprimorando, pensei. Vou ficar tão inteligente que ninguém vai me entender.

Antes de sairmos do país, mandei um e-mail para Nick avisando que ficaríamos lá. Disse: com certeza a Melissa já te falou, só quero te garantir que não está nos meus planos fazer uma cena. Ele respondeu dizendo: legal, vai ser bom te ver. Fiquei olhando aquela mensagem repetidas vezes, abrindo de novo e de novo para encará-la. Era tão despida de tom ou sentido que me enfureceu. Era como se, com nossa relação tendo chegado ao fim, ele tivesse logo me rebaixado à minha condição prévia de conhecida. O caso pode ter acabado, pensei, mas acabar não é a mesma coisa que nunca ter acontecido. Na minha raiva, comecei a procurar nos meus e-mails e mensagens "indícios" de nosso caso, que consistiam em algumas mensagens logísticas e tediosas falando de quando ele voltaria para a casa e a que horas eu deveria chegar. Não havia declarações passionais de amor ou mensagens de texto com descrições sexuais. Fazia sentido, já que o caso foi conduzido na vida real e não on-line, mas ainda assim senti que algo havia sido roubado de mim.

No avião, dividi meus fones de ouvido com Bobbi, que se esquecera dos dela. Tivemos de aumentar bem o volume para ouvir alguma coisa além dos motores. Bobbi ficava nervosa ao voar, ou dizia ficar, mas eu achava que em certa medida ela exagerava só pela diversão. Quando voávamos juntas ela me fazia segurar sua mão. Queria perguntar o que ela achava que eu deveria fazer, mas tinha certeza de que se ela soubesse do que havia acontecido ficaria estarrecida com a ideia de eu sequer ir a Étables. Por um lado eu também estava surpresa, mas por outro fascinada. Antes daquele verão eu não fazia ideia de que eu era o tipo de pessoa que aceitaria um convite da mulher com cujo marido eu dormi diversas vezes. Essa informação me provocava um interesse mórbido.

Bobbi cochilou durante boa parte do voo e só acordou quando aterrissamos. Ela apertou minha mão enquanto os outros passageiros se levantavam para pegar a bagagem, e disse: voar com você é muito relaxante. Você tem um temperamento muito estoico. O aeroporto tinha o cheiro artificial de purificador de ar, e Bobbi comprou dois cafés puros para nós enquanto eu tentava descobrir qual ônibus tínhamos de pegar. Bobbi tinha estudado alemão na escola e não falava uma palavra de francês, mas onde quer que fôssemos ela conseguia se comunicar efetivamente com as mãos e o rosto. Vi o sujeito atrás do balcão da cafeteria sorrindo para ela como um primo querido enquanto me desesperava repetindo os nomes de cidades e serviços de ônibus para a mulher no balcão das passagens.

Bobbi tinha a capacidade de pertencer a qualquer lugar. Embora afirmasse odiar os ricos, sua família era rica e outras pessoas abastadas a reconheciam como um deles. Viam sua posição política radical como uma espécie de autodepreciação burguesa, nada muito sério, e lhe falavam de restaurantes ou de onde se hospedar em Roma. Me sentia deslocada nessas situações, ignorante e amarga, mas também com medo de ser descoberta como uma pessoa moderadamente pobre e comunista. Ao mesmo tempo, eu me esforçava para entabular conversa com pessoas com a mesma formação que meus pais, receosa de que minhas vogais soassem pretensiosas ou de que meu enorme casaco do mercado de pulgas me deixasse com cara de rica. Philip também sofria pela aparência de rico, embora no caso dele fosse verdade. Nós dois frequentemente nos calávamos enquanto Bobbi batia papo com taxistas sobre as atualidades com desenvoltura. Eram seis da manhã quando embarcamos no ônibus para Étables. Estava exausta, e como uma dor de cabeça havia se instalado atrás dos meus olhos, tinha de semicerrá-los para ler as passagens. O ônibus nos levou pelo interior verdejante, sobre o qual uma neblina branca havia pousado, furada pelos raios de sol. No rádio do ônibus, vozes descontraídas conversavam em francês, com risadas ocasionais, e depois havia música. Passamos por fazendas de ambos os lados, vinhedos com placas pintadas à mão e padarias drive-thru impecáveis anunciadas em delicadas letras sem serifas. Pouquíssimos carros estavam na estrada, era cedo.

Às sete o céu tinha se diluído em um azul suave, límpido. Bobbi havia adormecido no meu ombro. Também cochilei e sonhei que tinha um problema nos dentes. Minha mãe estava sentada bem longe de mim, no canto da sala, e disse: é caro arrumar essas coisas, você sabe. Obediente, enfiei a língua debaixo do dente até ele se soltar na minha boca e eu cuspi-lo na mão. Só isso? minha mãe disse, mas não pude responder porque o buraco na minha boca esguichava sangue. O sangue era grosso, coagulado e salgado. Eu o sentia, vividamente, correndo garganta abaixo. Bom, cospe, disse minha mãe. Cuspi incontrolavelmente no chão. Meu sangue era da cor de amora-preta. Quando despertei o motorista do ônibus dizia: Étables. E Bobbi puxava o meu cabelo com delicadeza.

12

Melissa estava nos aguardando no ponto de ônibus, bem ao lado do cais. Usava um vestido transpassado vermelho, decotado e fechado com uma fita na cintura. Ela tinha seios grandes, um corpo avantajado, nada parecido com o meu. Estava debruçada no parapeito olhando o mar, liso feito uma folha de plástico. Ela se prontificou a nos ajudar com as bagagens mas dissemos que nós as carregaríamos e ela encolheu os ombros. A pele de seu nariz estava descascando. Ela estava bonita.

Quando chegamos na casa, a cachorra saiu correndo e começou a latir e saltitar nas patas traseiras como um animalzinho de circo. Melissa ignorou e abriu o portão. A casa tinha uma enorme fachada de pedras de cantaria, com venezianas pintadas de azul nas janelas e degraus brancos que levavam à porta da frente. Do lado de dentro, tudo estava impecavelmente em ordem e exalava um leve cheiro de produtos de limpeza e protetor solar. As paredes eram forradas com uma estampa de veleiros e percebi que as prateleiras estavam cheias de romances em francês. Nossos quartos ficavam embaixo, no subsolo: o de Bobbi tinha vista para o quintal, já o meu era de frente para o mar. Deixamos nossa bagagem lá dentro e Melissa disse que os outros estavam tomando o café da manhã no quintal.

No jardim, uma imensa tenda branca cobria a mesa e as cadeiras, com as portas de lona enroladas para cima e amarradas com uma fita. A cachorra acompanhava meus tornozelos e gania pela minha atenção. Melissa nos apresentou aos amigos, um casal chamado Evelyn e Derek. Pareciam ter a idade de Melissa, ou talvez fossem um pouquinho mais velhos. Estavam arrumando os talheres na mesa. A cachorra tornou a latir para mim e Melissa disse: ah, ela deve te adorar. Você sabia que ela precisa de passaporte para viajar para o exterior? É como ter um bebê. Eu ri do nada enquanto a cachorra batia a cabeça nas minhas canelas e choramingava.

Nick saiu da casa carregando pratos. Eu senti que engolia em seco, com força. Ele estava magro e parecia muito cansado. O sol batia em seus olhos e ele se esforçou para olhar em nossa direção como se não visse que tínhamos chegado. Então de fato nos viu. Ele disse, ah oi, como foi a viagem? Desviou o olhar de mim e a cachorra uivou. Tranquila, disse Bobbi. Nick pôs os pratos na mesa e passou a mão na testa como se estivesse molhada, embora não parecesse estar.

Você sempre foi magro assim? Bobbi perguntou. Eu lembrava de você maior.

Ele andou doente, disse Derek. Teve bronquite, é um assunto muito delicado para ele.

Foi pneumonia, disse Nick.

Agora você está bem? perguntei.

Nick olhou em direção aos meus sapatos e assentiu. Disse: Estou sim, claro, estou bem. Ele realmente estava diferente, o rosto estava mais magro e tinha círculos úmidos sob os olhos. Disse que os antibióticos tinham terminado. Apertei forte o lóbulo da minha orelha para me distrair.

Melissa pôs a mesa e me sentei ao lado de Bobbi, que disse coisas engraçadas e riu bastante. Todos pareciam encantados com ela. Havia uma toalha plástica, ligeiramente grudenta cobrindo a mesa e muitos croissants frescos, várias conservas e café quente. Não conseguia pensar em nada para dizer que não me deixasse com a sensação de que não era bem-vinda. Fiquei calada e enchi minha xícara de café três vezes. Em uma tigelinha ao lado de meu cotovelo havia um amontoado de cubos de açúcar brancos e reluzentes, os quais eu mergulhava na xícara e misturava um por um.

A certa altura, Bobbi disse algo sobre o aeroporto de Dublin e Derek disse: ah, o antigo point do Nick.

Você tem um amor especial pelo aeroporto? Bobbi perguntou.

Ele viaja muito, disse Evelyn. Praticamente vive lá.

Ele até já teve um caso louco com uma aeromoça, disse Derek.

Senti um aperto no peito, mas não ergui o olhar. Embora meu café já estivesse doce demais, peguei outro cubo de açúcar e o coloquei no meu pires.

Não era uma aeromoça, disse Melissa. Ela trabalhava na Starbucks.

Para com isso, pediu Nick. Elas vão achar que vocês estão falando sério.

Qual era o nome dela mesmo? perguntou Evelyn. Lola?

Louisa, corrigiu Nick.

Por fim olhei para ele, mas ele não estava me olhando. Sorria com metade da boca.

Nick marcou um encontro com uma moça que conheceu no aeroporto, Evelyn nos contou.

Eu não sabia, explicou Nick.

Bom, você deve ter percebido alguma coisa, disse Derek.

Nesse momento, Nick olhou para Bobbi com uma expressão de exasperação fingida, tipo: o.k., lá vamos nós. Mas na verdade não parecia ligar de contar a história.

Foi coisa de três anos atrás, disse Nick. Eu estava sempre no aeroporto nessa época, então eu conhecia essa moça de vista, a gente conversava de vez em quando enquanto eu esperava o meu pedido. Bom, teve uma semana que ela me pediu para ir tomar um café com ela na cidade. Eu pensei...

Em seguida, todo mundo voltou a falar, rindo e tecendo comentários ao mesmo tempo.

Pensei, repetiu Nick, que ela só quisesse mesmo um café.

O que aconteceu? perguntou Bobbi.

Bom, quando eu cheguei lá, me dei conta de que era para ser um encontro, disse Nick. E entrei em pânico, me senti péssimo.

Os outros recomeçaram com as exclamações, Evelyn gargalhando, Derek dizendo que duvidava que Nick tivesse se sentido péssimo. Sem tirar os olhos do prato, Melissa disse algo que não escutei.

Então falei para ela que eu era casado, Nick disse.

Você devia saber de alguma forma, disse Derek. O que ela estava querendo.

Sinceramente, disse Nick. As pessoas tomam café juntas o tempo inteiro, simplesmente não me passou pela cabeça.

Dá uma ótima matéria de capa, disse Evelyn. Se você tivesse tido um caso com ela.

Ela era atraente? perguntou Bobbi.

Nick riu e levantou a palma da mão ao estilo, o que você acha? Estonteante, ele respondeu.

Melissa riu do comentário e ele sorriu olhando para o próprio colo, como se estivesse satisfeito consigo por tê-la feito rir.

Debaixo da mesa pisei nos meus próprios dedos com o salto da sandália.

E ela era terrivelmente nova, não era? continuou Derek. Tinha vinte e três ou coisa assim.

Vai ver ela sabia que você era casado, disse Evelyn. Tem mulher que gosta de homem casado, é um desafio.

Pisei no meu pé com tanta força que a dor subiu pela minha perna e tive de morder o lábio para conseguir ficar quieta. Quando parei de pressionar, senti meus dedos latejarem. Eu realmente não acho que era isso, disse Nick. E ela pareceu bastante decepcionada quando mencionei esse fato.

Evelyn e Derek foram à praia depois do café da manhã, já Bobbi e eu ficamos para desfazer as malas. Ouvíamos Melissa e Nick conversando lá em cima, mas só a cadência das vozes, não as palavras em si. Um abelhão entrou pela janela e lançou uma vírgula de sombra no papel de parede antes de sair voando. Quando terminei de desfazer as malas, tomei banho e pus um vestido sem mangas de algodão cinza, enquanto escutava Bobbi cantar uma música de Françoise Hardy no quarto ao lado.

Eram duas ou três horas quando saímos todos juntos. O caminho até a praia subia um morro pavimentado, passava por duas casas e depois descia em zigue-zague os degraus construídos nas pedras do penhasco. A praia estava cheia de jovens famílias deitadas em toalhas coloridas, passando protetor solar uns nas costas dos outros. A maré tinha recuado até uma crosta de alga marinha verde e seca, e um grupo de adolescentes jogava vôlei perto dos rochedos. Nós os escutávamos berrando com sotaques estrangeiros. O sol batia na areia e eu começava a suar. Vimos Evelyn e Derek acenando para nós, Evelyn de maiô marrom, as coxas marcadas tinham a textura de chantilly.

Esticamos nossas toalhas e Melissa passou um pouco de protetor solar na nuca de Bobbi. Derek falou para Nick que a água estava "refrescante". O cheiro de sal ardia em minha garganta. Bobbi ficou só de biquíni. Desviei o olhar de Nick e Melissa quando se despiram juntos. Ela perguntou algo a ele e eu o ouvi dizer: não, estou bem. Evelyn disse, você vai se queimar. Você não vai entrar na água, Frances? Derek perguntou. Então todos se voltaram para mim. Toquei na lateral dos meus óculos escuros e levantei um ombro, sem nem dar de ombros totalmente. Prefiro ficar deitada no sol, disse. A verdade é que não queria ficar de roupa de banho na frente deles. Sentia que devia isso ao meu corpo. Ninguém ligou, me deixaram ali onde eu estava. Quando se afastaram tirei meus óculos para não correr o risco de ficar com marcas no rosto. Havia crianças ali perto mexendo com brinquedos de plástico e gritando em francês, o que me soava civilizado e sofisticado já que eu não entendia. Como estava deitada de bruços, não conseguia ver o rosto das crianças, mas de vez em quando minha visão periférica captava um borrão de cores primárias, uma espada ou um balde, ou o lampejo de um tornozelo. Um peso se instalara nas minhas articulações como areia. Pensei no calor do ônibus naquela manhã.

Depois que virei para me deitar de costas, Bobbi saiu da água, trêmula e extremamente pálida. Se enrolou em uma enorme toalha de praia, com outra toalha azul clara em cima da cabeça feito a Virgem Maria.

É o Báltico, ela disse. Achei que teria um ataque cardíaco.

Você devia ter ficado aqui. Estou achando um pouco quente demais, na verdade.

Ela tirou a toalha da cabeça e balançou o cabelo como um cachorro, até que uma chuva de gotas atingiu minha pele nua e praguejei. Você fez por merecer, ela disse. Então ela se sentou e abriu um livro, o corpo ainda envolto na toalha grande, que tinha uma figura do Super Mario.

Na descida rumo à água todo mundo estava falando de você, ela disse.

O quê?

É, teve uma conversinha coletiva sobre você. Ao que parece, você é muito impressionante. Para mim é novidade, obviamente.

Quem foi que falou? perguntei.

A gente pode fumar na praia?

Eu disse que achava que não era permitido fumar na praia. Ela deu um suspiro forçado e torceu o cabelo para tirar parte da água do mar que ainda estava lá. Como Bobbi se negava a dizer quem me elogiara, tive certeza de que fora ela mesma.

O Nick não falou nada, ela disse. Sobre você ser ou não impressionante. Mas eu fiquei de olho nele, ele parecia bastante sem jeito.

Talvez por você ter ficado de olho nele.

Ou talvez porque a Melissa estava.

Tossi e não falei nada. Bobbi tirou uma barra de cereais do fundo da bolsa e passou a mastigá-la.

Então, qual é o nível dessa queda, de um a dez? ela perguntou. Dez é o tipo de queda que você tinha por mim na escola.

E um é uma queda realmente séria?

Ela riu apesar de estar com a boca cheia de barra de cereal.

Não importa, ela disse. É tipo, você se diverte batendo papo com ele na internet, ou é tipo, você tem vontade de rasgar a pele dele e beber o sangue?

Não quero beber o sangue dele.

Pesei um pouco a mão na penúltima palavra da frase sem ter a intenção de fazê-lo, o que levou Bobbi a bufar. Não estou pronta para pensar no que mais você tem vontade de beber, ela disse. Que merda! Então pensei em contar o que aconteceu entre mim e Nick, já que poderia explicar a situação em forma de piada, e de qualquer maneira já estava acabado. Porém, por algum motivo, não falei nada, e ela disse apenas: sexo com homens, que estranho.

13

No dia seguinte estávamos tirando os pratos do café da manhã quando Melissa perguntou a Nick se ele poderia pegar o carro e ir a um complexo de lojas fora da cidade para comprar espreguiçadeiras novas. Ela disse ter se planejado para ir na véspera, mas que tinha se esquecido. Nick não pareceu muito animado com a sugestão, apesar de ter dito que iria. Ele disse algo como: ih, esse lugar fica longe pra cacete. Mas sem nenhuma convicção especial. Ele lavava os pratos na pia, eu os secava e os entregava a Melissa para que os guardasse no armário. Parada entre os dois, me senti sem jeito e indesejada, e tenho certeza que Bobbi percebia meu rubor. Ela estava sentada à mesa da cozinha balançando as pernas e comendo uma fruta.

Então leva as meninas junto, sugeriu Melissa.

Não chama a gente de meninas, Melissa, por favor, disse Bobbi.

Melissa lhe lançou um olhar e Bobbi mordeu a nectarina de um jeito inocente.

Então leva as moças junto, corrigiu Melissa.

Para quê, para ajudarem na minha diversão? perguntou Nick. Tenho certeza de que elas preferem ir à praia. Você pode levar as duas à lagoa, Melissa disse. Ou vocês podem ir a Châtelaudren. Aquele lugar ainda existe? ele perguntou. Eles discutiram se o lugar em Châtelaudren ainda existia. Então Nick se virou para Bobbi. Suas mãos e punhos estavam molhados. O que você acha de longos passeios de carro? ele perguntou. Não dê ouvidos a ele, não é tão longo assim, disse Melissa. Vai ser divertido.

Ela riu ao dizer isso, como se para indicar que sabia muitíssimo bem que não seria nada divertido. Ela nos deu uma caixa de doces e uma garrafa de vinho rosé para levarmos caso quiséssemos fazer um piquenique. E apertou a mão de Nick rapidamente ao lhe agradecer.

O carro ficara ao sol a manhã inteira e tivemos de baixar os vidros antes de sequer entrarmos. O interior cheirava a poeira e a plástico queimado. Me sentei no banco de trás e Bobbi encostou o rostinho na janela de passageiro como um terrier. Nick ligou o rádio e Bobbi afastou o rosto da janela e disse, não podemos colocar um CD? A gente pode ouvir música? Nick disse: claro, não tem problema. Bobbi começou a mexer nos CDs dizendo quais achava que eram dele ou de Melissa.

Quem gosta de Animal Collective, você ou a Melissa? ela perguntou.

Acho que nós dois.

Mas quem comprou o CD?

Não me lembro, ele disse. A gente divide essas coisas, sabe, não lembro o que é de quem.

Bobbi me olhou por cima das costas do banco. Eu a ignorei.

Frances? ela chamou. Você sabia que o Nick apareceu num documentário do canal 4 sobre crianças superdotadas em 1992?

Eu a encarei e disse: o quê? Nick já intervinha: como foi que você soube disso? Bobbi tinha pegado um dos doces da caixa, alguma coisa coberta de chantilly, e levava o creme até a boca com o dedo indicador.

A Melissa me contou, ela respondeu. A Frances também foi uma criança superdotada, então imaginei que ela fosse se interessar. Mas ela não participou de nenhum documentário. Também não era viva em 1992.

Daí fui ladeira abaixo, ele disse. Por que é que a Melissa anda te contando essas coisas?

Ela ergueu os olhos na direção dele, chupando o chantilly do dedo em um gesto que pareceu mais insolente do que sedutor.

Ela me faz confidências, Bobbi disse.

Olhei para Nick pelo espelho retrovisor, mas ele estava olhando para a estrada.

Faço sucesso com ela, afirmou Bobbi. Mas não sei se vai dar em alguma coisa, eu acho que ela é casada.

Com um atorzinho qualquer, disse Nick.

Bobbi precisou de três ou quatro mordidas para terminar o doce. Em seguida, pôs o CD do Animal Collective e aumentou bem o volume. Quando chegamos à loja, Bobbi e eu ficamos fumando no estacionamento enquanto Nick entrava para comprar as espreguiçadeiras. Ele voltou carregando-as debaixo do braço, de uma maneira muito máscula. Amassei o cigarro na sola da minha sandália quando ele abriu o porta-malas e disse, acho que esse lago vai ser uma grande decepção.

Vinte minutos depois, Nick estacionou o carro e todos descemos uma viela cercada de árvores. O lago era azul e calmo, e refletia o céu. Não havia ninguém por perto. Nos sentamos no gramado à beira da água, à sombra de um salgueiro, e comemos os doces com creme. Bobbi e eu nos revezamos com a garrafa de vinho, que estava quente e doce.

Dá para nadar nele? Bobbi perguntou. No lago.

Acho que sim, disse Nick.

Ela esticou as pernas no gramado. Disse que queria nadar.

Você não está de biquíni, eu disse.

E daí? ela retrucou. Não tem ninguém aqui mesmo.

Eu estou aqui, respondi.

Bobbi riu do comentário. Inclinou a cabeça para trás e gargalhou para as árvores. Ela usava uma blusa de algodão sem mangas, estampada com flores minúsculas, e seus braços pareciam finos e escuros por conta da sombra. Começou a desabotoar a blusa. Bobbi, chamei. Você não vai fazer isso mesmo.

Ele pode tirar a camisa, mas eu não? ela questionou.

Levantei as mãos. Nick tossiu, mas uma tossidela divertida.

Na verdade, não estava pensando em tirar a camisa, Nick disse.

Vou ficar ofendida se você reclamar, avisou Bobbi.

Frances está reclamando, não eu.

Ah, ela, retrucou Bobbi. Ela não vai morrer por conta disso.

Então deixou as roupas dobradas no gramado e foi andando até o lago. Os músculos das costas se mexiam com suavidade sob a pele, e na luminosidade do sol suas marcas de bronzeado eram quase invisíveis, portanto parecia inteira e completamente perfeita. O único som que veio em seguida foi o de seu corpo se movendo na água. Fazia bastante calor e tínhamos acabado com os doces. A luz se movera e não estávamos mais à sombra. Bebi mais vinho e olhei Bobbi.

Ela literalmente não tem nenhuma vergonha, eu disse. Queria ser mais assim.

Nick e eu estávamos sentados bem próximos, então se eu inclinasse a cabeça poderia encostar no ombro dele. A luz do sol estava extraordinariamente brilhante. Fechei os olhos e deixei figuras esquisitas se formarem atrás das minhas pálpebras. O calor escorria pelos meus cabelos e insetinhos murmuravam no matagal. Eu conseguia sentir o cheiro de roupa lavada de Nick, e do sabonete de laranja que usei quando fiquei na casa dele.

Foi esquisito ontem, ele disse. Falando da menina do aeroporto.

Tentei abrir um sorriso fofo, imparcial, mas o tom de sua voz fez com que eu tivesse dificuldade de respirar. Parecia que ele estava esperando a chance de falar comigo a sós, e no mesmo instante voltei a ser sua confidente.

Tem mulher que gosta de homem casado, eu disse.

Ele riu, eu escutei. Permaneci de olhos fechados e deixei que as figuras vermelhas nas minhas pálpebras se desdobrassem feito caleidoscópios.

Falei que não achava que era assim, ele disse.

É nobre da sua parte.

Fiquei com medo de que você pensasse que eles estavam falando sério.

Você não gostou dela? perguntei.

Da Louisa? Ah, sabe como é. Ela era legal. Não sonhava com ela à noite.

Nick decididamente nunca tinha me contado que sonhava comigo à noite, ou mesmo que gostava de mim de uma forma especial. Em termos de declarações verbais, "Não sonhava com ela à noite" era a primeira coisa que eu lembrava de ele dizer que insinuava que eu tinha algum status especial para ele.

Então, você anda saindo com alguém? ele perguntou.

Nesse momento abri os olhos. Ele não estava olhando para mim, mas examinando um dente-de-leão entre o polegar e o indicador. Não parecia estar de brincadeira. Apertei as pernas com força.

Bom, saí por um tempo, respondi. Mas temo que ele tenha terminado.

Ele girava o caule da flor para a frente e para trás, dando um sorriso relutante.

Ele fez isso? Nick disse. O que ele estava pensando?

Não faço a menor ideia, sabia?

Ele me olhou e tive medo da expressão que meu rosto faria.

Estou muito feliz por você estar aqui, ele disse. É bom te ver de novo.

Ergui a sobrancelha e virei o rosto. Enxergava a cabeça de Bobbi mergulhando e emergindo da água prateada como uma foca.

E me desculpa, ele disse.

Sorri automaticamente e disse: ah, por ferir meus sentimentos? Nick suspirou como se pusesse um peso no chão. Relaxou, senti sua postura mudar. Me deitei e deixei que as folhas cortantes de grama tocassem meus ombros.

Isso, se você tiver algum, ele retrucou.

Você já falou alguma coisa sincera na vida?

Eu pedi desculpas, fui sincero. Tentei te dizer que é bom te ver de novo. O que você quer? Eu poderia rastejar, mas não acho que você é do tipo de pessoa que gosta disso.

Você acha que me conhece bem? perguntei.

Ele me lançou um olhar, como se enfim largasse um fingimento antigo. Era um bom olhar, mas sabia que ele podia treiná-lo assim como todos os outros.

Bom, eu gostaria de te conhecer melhor, ele disse.

Vimos que Bobbi estava saindo da água, mas continuei deitada à sombra de Nick e ele não tirou o braço de onde estava, quase roçando minha bochecha. Bobbi chegou à ribanceira tremendo e torcendo o cabelo. Quando vestiu as roupas a blusa grudou na pele molhada e ficou quase transparente. Olhamos para cima e perguntamos como estava a água e ela falou: muito fria, está incrível.

No caminho de volta, me sentei no banco da frente e Bobbi se deitou de pernas esticadas no banco de trás. Quando Nick e eu nos olhávamos, desviávamos o olhar rapidamente, mas não tão rápido que nos impedisse de sorrir. Do banco de trás, Bobbi disse: qual é a graça? Mas perguntou com preguiça e não pressionou para obter resposta. Pus um CD da Joni Mitchell e olhei pela janela para sentir o ar frio no rosto. Era fim de tarde quando chegamos em casa.

Naquela noite Nick e eu nos sentamos juntos no jantar. Depois que acabamos de comer, Melissa abriu outra garrafa de vinho e Nick se debruçou para acender meu cigarro. Quando chacoalhou o fósforo ele pôs o braço no espaldar de minha cadeira de um jeito bem casual. Ninguém pareceu notar, na verdade, é provável que tenha parecido perfeitamente natural, mas achei impossível me concentrar enquanto ele fazia isso. Os outros conversavam sobre refugiados. Evelyn não parava de dizer: algumas dessas pessoas têm formação, nós estamos falando de médicos e professores. Eu já tinha reparado nessa tendência das pessoas de enfatizar as qualificações dos refugiados. Derek disse: que se dane o resto, imagine dar as costas a médicos. É uma loucura.

O que você quer dizer com isso? perguntou Bobbi. Que é para não deixá-los entrar a não ser que tenham diploma em medicina?

Evelyn disse que não era isso o que Derek queria dizer, e Derek interrompeu Evelyn para dizer algo sobre o sistema de valores ocidentais e o relativismo cultural. Bobbi declarou que o direito universal ao asilo era parte constituinte do "sistema de valores ocidentais", se é que isso existia. Ela fez o gesto de aspas.

O sonho ingênuo do multiculturalismo, Derek disse. Žižek é muito bom nesse assunto. As fronteiras existem por um motivo, sabe.

Você não tem noção de como está certo, disse Bobbi. Mas aposto que a gente discorda sobre a razão disso.

Nick caiu na risada. Melissa apenas desviou o olhar como se não estivesse prestando atenção à conversa. Puxei os ombros ligeiramente para trás a fim de sentir o braço de Nick na minha pele.

Estamos todos do mesmo lado, Derek disse. Nick, você é um macho branco opressor, me dá uma mão.

A verdade é que eu concordo com a Bobbi, declarou Nick. Mas sem dúvida sou opressor.

Ah, Deus do céu, disse Derek. Quem precisa da democracia liberal? Quem sabe a gente não põe fogo nos prédios públicos e vê o que a gente ganha com isso.

Eu sei que você está exagerando, disse Nick, mas está cada vez mais difícil entender por que não.

Quando foi que você ficou tão radical? Evelyn questionou. Você está passando tempo demais com universitários, eles estão enfiando ideias na sua cabeça.

Melissa bateu parte das cinzas do cigarro no cinzeiro que segurava com a mão esquerda. Estava sorrindo, um sorrisinho cômico.

É, Nick, você adorava o estado policial, disse Melissa. O que foi que aconteceu?

Você convidou um monte de universitários para passar as férias com a gente, ele retrucou. Não tive como resistir.

Ela se recostou na cadeira e olhou para ele em meio ao vislumbre da fumaça. Ele levantou o braço do espaldar da minha cadeira e apagou o cigarro no cinzeiro. A temperatura caiu perceptivelmente e vi tudo em cores mais opacas.

Vocês pararam no lago mais cedo? ela perguntou.

Na volta, sim, disse Nick.

A Frances se queimou no sol, Bobbi disse.

Na verdade não me queimei, mas meu rosto e meus braços ficaram meio rosados e a pele está quente. Dei de ombros. Bom, a Bobbi insistiu em tirar a roupa e entrar na água, eu disse.

Sua dedo-duro, disse Bobbi. Você devia se envergonhar. Melissa continuava olhando para Nick. Ele não parecia sentir nenhum incômodo em relação a isso; ele retribuiu o olhar e lhe deu um sorriso, um sorriso relaxado e espontâneo, que o deixava bonito. Ela balançou a cabeça num gesto de diversão ou exasperação, e por fim desviou o olhar. Todos nos deitamos tarde naquela noite, por volta das duas da manhã. Fiquei uns dez ou vinte minutos deitada na cama no escuro ouvindo a lamúria baixinha das tábuas do assoalho do andar de cima e o clique das portas ao se fechar. Nenhuma voz. O quarto de Bobbi, ao lado do meu, estava em total silêncio. Me sentei e depois tornei a me deitar. Senti que estava bolando um plano para subir e pegar um copo de água, apesar de não estar com sede. Conseguia até me ouvir justificando minha sede por causa do vinho tomado no jantar, como se mais tarde fossem me submeter a uma entrevista sobre o que estava fazendo lá em cima. Me sentei de novo, sentindo minha testa, a temperatura estava normal. Em silêncio me arrastei para fora da cama e escada acima, vestida com minha camisola branca estampada com botões de rosa pequenininhos. A luz da cozinha estava acesa. Meu coração disparou com força.

Na cozinha, Nick guardava as taças de vinho limpas no armário. Ergueu os olhos para mim e disse: ah, oi. No mesmo instante, como se recitasse algo, respondi: estava com vontade de tomar um copo de água. Ele fez uma cara divertida, como se não acreditasse em mim, mas me deu um copo mesmo assim. Coloquei a água e me encostei na porta da geladeira para bebê-la. Estava morna e tinha gosto de cloro. Um tempo depois Nick parou na minha frente e disse, não tem mais nenhuma taça de vinho, então. Estávamos nos olhando. Eu disse que ele era uma enorme vergonha e ele disse que tinha "plena consciência" disso. Pôs a mão na minha cintura e senti meu corpo inteiro se levantar na direção dele. Toquei na fivela do cinto dele e disse: se você quiser a gente pode dormir junto, mas é bom você saber que só estou fazendo isso ironicamente.

O quarto de Nick era no mesmo andar que a cozinha. Era o único quarto naquele andar da casa; os outros ficavam no andar de cima ou então no subsolo, como o meu. A janela dele estava aberta para o mar, então ele puxou as cortinas em silêncio e fechou-as enquanto eu me deitava na cama. Quando ele estava dentro de mim, enfiei a cabeça no ombro dele e perguntei: está gostoso?

Toda hora eu sinto vontade de dizer obrigado, ele disse. É esquisito, não é?

Pedi que ele falasse e ele falou. Então disse que estava gozando e ele fechou os olhos e disse, ah. Depois me sentei com as costas na parede, olhando-o de cima, e ele ficou deitado de costas, respirando.

Tive umas semanas complicadas, ele falou. Me desculpa pelo negócio na internet.

Sabia que estava sendo fria com você. Não sabia que você tinha tido pneumonia.

Ele sorriu, tocou na pele macia sob meu joelho.

Achei que você queria que eu te deixasse em paz, ele disse. Fiquei muito doente e sozinho, sabe? Parecia que você não queria nada comigo.

Pensei em dizer: não, queria que você me falasse que sonhava comigo à noite.

Eu também estava com problemas, disse. Vamos esquecer isso.

Bom, que generosidade. Acho que eu poderia ter lidado bem melhor com a situação.

Mas eu te perdoo, então agora está tudo bem.

Ele se apoiou nos cotovelos e olhou para mim.

É, mas assim, você me perdoou muito rápido, disse ele. Levando em conta que tentei terminar com você. Você podia ter prolongado isso por muito mais tempo se quisesse.

Não, eu só queria voltar a dormir com você.

Ele riu, como se isso o divertisse. Voltou a se deitar desviando o rosto da luz, os olhos fechados.

Não achava que eu era tão bom assim, ele disse.

Você é o.k.

Achava que eu era uma enorme vergonha.

Você é, mas eu sinto pena de você, disse. E o sexo é bem bom.

Ele não disse nada. De qualquer forma, eu não podia dormir no quarto dele naquela noite, já que alguém poderia me ver saindo de manhã. Preferi voltar para a minha cama e ficar sozinha, encolhida o máximo que eu pudesse.

14

No dia seguinte me senti aquecida e sonolenta como uma criança. Comi quatro fatias de pão no café da manhã e tomei duas tigelas inteiras de café com creme e açúcar. Bobbi me chamou de porquinha, embora tenha dito que queria dizer "num sentido fofo". E rocei a perna de Nick debaixo da mesa e o observei tentando segurar o riso. Fui tomada por uma alegria exuberante, praticamente vingativa.

Três dias inteiros se passaram assim em Étables. Nas refeições que fazíamos no jardim, Nick, Bobbi e eu nos sentávamos juntos em uma das pontas da mesa e nos interrompíamos bastante. Nick e eu achávamos Bobbi escandalosamente engraçada e sempre ríamos de tudo que ela dizia. Uma vez, Nick chorou durante o café porque Bobbi imitou um amigo deles chamado David. Só tínhamos encontrado David uma vez, brevemente, em alguma coisa literária de Dublin, mas Bobbi captara sua voz com perfeição. Nick também nos ajudou a aprimorar nossas habilidades linguísticas falando conosco em francês e pronunciando repetidas vezes o som do "r" segundo pedidos. Bobbi lhe disse que eu já sabia falar francês e que eu estava fingindo para ganhar aulas dele. Percebemos que isso o fez corar, e ela me lançou olhares do outro lado da sala.

À tarde, na praia, Melissa se sentava debaixo do guarda-sol e lia o jornal enquanto nos deitávamos ao sol, tomávamos garrafas de água e repassávamos o protetor solar nos ombros uma da outra. Nick gostava de nadar e emergia da água reluzindo, molhado, parecendo um anúncio de perfume. Derek disse que achava isso emasculante. Virei a página do meu livro de Robert Fisk e fingi não escutar. Derek disse: Melissa, ele passa muito tempo na frente do espelho? Melissa não levantou os olhos do jornal. Ela respondeu, não, ele é lindo por natureza, sinto dizer. É nisso que dá casar por conta da beleza. Nick riu. Virei outra página do livro apesar de não ter lido a anterior.

Por duas noites seguidas, fui para a cama sozinha até ouvir a casa se aquietar e então subi para o quarto de Nick. Não estava cansada demais para ficar acordada até tarde, mas durante o dia volta e meia cochilava na praia ou no jardim. Era impossível que estivéssemos dormindo mais que quatro ou cinco horas por noite, mas ele não reclamava de cansaço ou me mandava sair logo do quarto mesmo quando estava bem tarde. Após a primeira noite, ele parou de beber vinho no jantar. Acho que não bebeu mais nada. Derek vivia destacando esse fato e reparei que Melissa lhe oferecia vinho mesmo depois de ele dizer que não queria.

Uma vez, ao sairmos juntos do mar depois de nadar, perguntei para ele: você não acha que eles sabem, acha? Ainda estávamos com a água até a cintura. Ele protegeu os olhos com a palma da mão e olhou para mim. Os outros estavam na costa, com as toalhas, nós os víamos. Sob a luz do sol, meus braços tinham um tom branco violáceo e formavam covinhas com o arrepio.

Não, ele disse. Acho que não.

Pode ser que eles ouçam coisas durante a noite.

Acho que nós somos bem silenciosos.

Acho que é bastante arriscado o que estamos fazendo, disse.

É, é claro que é. Você só pensou nisso agora?

Enfiei as mãos no mar e elas arderam com o sal. Levantei um punhado de água e deixei-a cair da palma da minha mão na superfície.

Então por que você está fazendo isso? perguntei.

Ele afastou a mão dos olhos e começou a balançar a cabeça. Estava todo branco, como mármore. Havia algo muito austero naquela imagem.

Você está flertando comigo? ele perguntou.

Vamos lá. Diz que você me deseja.

Ele estapeou um punhado de água na minha pele nua. Espirrou no meu rosto e estava tão gelada que quase doeu. Ergui os olhos para a tampa azul imaculada do céu.

Sai fora, disse ele.

Eu gostava dele, mas ele não precisava saber disso.

Depois do jantar, na quarta noite, fomos passear todos juntos pela aldeia. Sobre o porto, o céu estava de uma cor coral pálida e o oceano escuro feito chumbo. Filas de iates assentiam no estaleiro e pessoas bonitas de pés descalços seguravam garrafas de vinho no deque. Melissa estava com a câmera pendurada no ombro e de vez em quando tirava algumas fotos. Eu usava um vestido de linho azul-marinho com botões.

Do lado de fora da sorveteria meu celular começou a tocar. Meu pai estava ligando. Ao atender, me afastei dos outros por instinto, como se estivesse me blindando. A voz dele estava abafada e parecia haver algum barulho ao fundo. Comecei a roer a unha do meu polegar enquanto ele falava, sentindo a textura com os dentes.

Está tudo bem? perguntei.

Ah, está ótimo. Não posso dar uma ligada para a minha única filha de vez em quando?

Enquanto ele falava, o tom da voz dele subia e descia. Sua embriaguez fez com que eu me sentisse suja. Queria tomar banho ou comer uma fruta fresca. Me afastei um pouco dos outros nesse momento, mas não queria deixá-los totalmente para trás. Em vez disso, fiz hora perto de um poste de luz enquanto todos debatiam se tomavam sorvete ou não.

Não, é óbvio que pode, respondi.

Então, como estão as coisas? Como é que anda o trabalho?

Você sabe que eu estou na França, né?

Como assim?

Estou na França.

Fiquei constrangida em repetir uma frase tão simples, apesar de achar que ninguém estava escutando.

Ah, você está na França, é? ele disse. É verdade, perdão. Como é que vão as coisas por aí?

Têm sido ótimas, obrigada.

Que bom. Escuta, a sua mãe vai te dar o dinheiro do próximo mês, o.k.? Da faculdade.

O.k., tudo bem, eu disse. Tudo bem.

Bobbi me fez sinal de que iriam entrar na sorveteria; sorri de um jeito que provavelmente pareceu maníaco e acenei para que eles entrassem.

Você não está mal de grana, está? perguntou meu pai.

O quê? Não.

A velha poupança, sabe? É um grande hábito para se adquirir.

É, respondi.

Pelas janelas da sorveteria eu via a longa exposição de sabores de sorvete sob o vidro e a silhueta de Evelyn no balcão, gesticulando.

Quanto você tem na poupança agora? ele perguntou.

Sei lá. Não muito.

Um grande hábito, Frances. Hein? É isso. Poupar.

O telefonema acabou um pouco depois disso. Quando os outros saíram da loja, Bobbi segurava duas casquinhas de sorvete, ela me deu uma. Senti uma gratidão extrema por ela ter me comprado um sorvete. Peguei a casquinha e lhe agradeci; ela examinou meu rosto e perguntou, está tudo bem? Quem foi que ligou? Pisquei e disse, só foi meu pai. Nada de novo. Ela sorriu e disse, ah, o.k. Bom, de nada pelo sorvete. Eu tomo se você não quiser. De soslaio, vi Melissa levantar a câmera e virei o rosto irritada, como se ela tivesse me feito mal ao levantar a câmera ou por fazer alguma outra coisa muito tempo atrás. Sabia que tinha sido um gesto petulante, mas não tive certeza se Melissa percebeu.

Fumamos muito naquela noite, e Nick ainda estava chapado quando fui para o quarto dele, depois de todo mundo ter ido dormir. Estava totalmente vestido, sentado na lateral da cama, lendo algo no computador, mas espremia os olhos como se não enxergasse bem o texto, ou como se estivesse confuso. Estava lindo desse jeito. Talvez estivesse um pouco queimado de sol. Acho que eu também estava chapada. Me sentei no chão, aos pés dele, e apoiei a cabeça em sua panturrilha.

Por que você está no chão? ele perguntou.

Eu gosto daqui de baixo.

Ah, quem foi que te ligou mais cedo?

Fechei os olhos e pressionei a cabeça mais forte contra ele até ele dizer para com isso.

Foi o meu pai, disse.

Ele não sabia que você está aqui?

Então me levantei para a cama e me sentei atrás de Nick, com os braços em volta de sua cintura. Pude ver o que ele estava lendo, era um longo artigo sobre o Acordo de Camp David. Eu ri e disse, é isso o que você faz quando fica chapado, lê artigos sobre o Oriente Médio?

É interessante, ele disse. Ei, o seu pai sabia que você está aqui ou não?

Eu falei para ele, é que ele não presta muita atenção.

Esfreguei o nariz de leve e depois pus a testa nas costas de Nick, no tecido branco de sua camiseta. Ele cheirava a limpeza, como sabão, e também um pouco de água salgada.

Ele tem problemas com álcool, eu disse.

Seu pai? Você nunca me contou isso.

Fechou o computador e olhou ao meu redor.

Nunca contei isso para ninguém.

Nick encostou na cabeceira e perguntou: quais tipos de problemas?

Ele parece estar bêbado quase sempre que me liga, expliquei. A gente nunca conversou a fundo sobre isso nem nada. Não somos próximos.

Me enfiei no colo de Nick, assim ficávamos de frente um para o outro, e ele passou a mão no meu cabelo num gesto mecânico, como se achasse que eu era outra pessoa. Geralmente, nunca me tocava desse jeito. Mas estava olhando para mim, então imagino que soubesse quem eu era.

A sua mãe sabe disso? ele perguntou. Quer dizer, sei que eles não estão juntos.

Dei de ombros e disse que ele sempre tinha sido assim. Sou uma péssima filha, eu disse. Nunca converso de verdade com o meu pai. Mas ele me dá uma mesada enquanto estou na faculdade, é péssimo, não é?

É mesmo? disse Nick. Você quer dizer que está dando corda para ele porque aceita a mesada, mas não pega no pé dele por causa da bebida.

Olhei para Nick e ele olhou de volta para mim com uma expressão ligeiramente vidrada, sincera. Percebi que ele realmente estava sendo sincero, e que realmente queria tocar meu cabelo daquele jeito, afetuosamente. É, eu disse. Acho que sim. Mas o que você deveria fazer? ele perguntou. Toda a situação da dependência financeira é tão foda. Sem dúvida tudo melhorou para mim quando parei de ter que pedir dinheiro emprestado para os meus pais.

Mas você gosta dos seus pais. Você se dá bem com eles.

Ele riu e disse, meu Deus, não me dou, não. Está de brincadeira? Imagine só que essas são as pessoas que me fizeram aparecer na TV quando eu tinha dez anos usando blazer e falando de Platão.

Eles te obrigaram a fazer isso? perguntei. Imaginei que fosse ideia sua.

Não, não. Fiquei bem perturbado na época. Pergunte para o meu psiquiatra.

Você vai mesmo ao psiquiatra ou isso faz parte da piada?

Ele soltou um ruído como hum, e tocou na minha mão meio que com curiosidade. Definitivamente continuava chapado.

Não, eu tenho esses surtos depressivos, ele contou. Tomo remédio e tudo.

Sério?

É, fiquei bem doente por um tempo no ano passado. E, hum. Tive uma ou duas semanas ruins lá em Edimburgo, com a pneumonia e tudo mais. Isso provavelmente é bem desinteressante de te contar. Mas, de qualquer forma, agora estou me sentindo o.k.

Não é desinteressante, afirmei.

Tinha certeza de que Bobbi saberia o que dizer nessa situação, porque ela tinha muitas opiniões sobre saúde mental no discurso público. Em voz alta, eu disse: a Bobbi acha que a depressão é uma reação humana às condições do capitalismo tardio. Isso fez com que ele sorrisse. Perguntei se ele queria conversar sobre ficar doente e ele disse que não, não muito. Ele estava com os dedos no meu cabelo, na minha nuca, e seu toque me fez ter vontade de ficar quieta.

Por um tempo nos beijamos e não falamos nada, a não ser às vezes, quando eu dizia algo como: quero tanto. Ele estava ofegante e dizia coisas como hum, e ah, que bom, como sempre. Enfiou a mão debaixo do meu vestido e acariciou a parte interna da minha coxa. Segurei o braço dele em um impulso repentino e ele me olhou. É isso o que você quer? perguntei. Ele ficou confuso, como se eu estivesse propondo uma charada que poderia responder por ele caso não conseguisse. Bom, é, ele disse. É isso... o que você quer? Sentia minha boca se estreitando, o maquinário triturador de meu próprio maxilar.

Sabe, às vezes você não parece muito entusiasmado, eu disse. Ele riu, reação simpática que não era exatamente a que eu esperava. Ele olhou para baixo, o rosto estava meio corado. Não pareço? perguntou.

Fiquei magoada, e continuei: quer dizer, eu falo bastante de como eu te desejo e de quanto eu estou me divertindo e nunca é recíproco. Tenho a sensação de que, em boa parte do tempo, eu não te satisfaço.

Ele levantou a mão e esfregou a própria nuca. Ah, ele disse. O.k. Bom, desculpa.

Estou me esforçando, você sabe. Se estou fazendo alguma coisa errada, quero que você me diga.

Em uma voz ligeiramente aflita, ele disse: você não está fazendo nada errado. Sou eu, sabe, eu só sou esquisito.

Foi só isso o que ele disse. Eu não sabia o que acrescentar, e de todo modo ficou claro que independentemente do quão direta eu fosse para conquistar a confirmação dele, ele não me daria. Continuamos nos beijando e tentei não pensar no assunto. Ele perguntou se eu queria ficar de quatro dessa vez e eu disse com certeza. Nos despimos sem olharmos um para o outro. Enfiei o rosto no colchão e o senti tocar meu cabelo. Ele pôs o braço em torno do meu corpo e disse: vem aqui um segundo. Me ajoelhei de costas eretas, sentia o peito dele contra minhas costas, e quando virei o rosto sua boca encostou no lóbulo da minha orelha. Frances, eu te quero tanto, ele disse. Fechei os olhos. As palavras pareciam atravessar minha mente, como se fossem direto para o meu corpo e ficassem lá. Quando eu falava, minha voz soava grave e provocante. Você morreria se não pudesse ficar comigo? perguntei. E ele disse: sim.

Quando ele estava dentro de mim, senti como se tivesse esquecido como respirar. Ele estava com as mãos em volta da minha cintura. Eu não parava de pedir que ele fosse mais fundo, embora doesse um pouco quando fazia isso. Ele dizia coisas como, tem certeza de que não dói? Eu lhe disse que queria que doesse, mas não sei se queria mesmo. E Nick só dizia, tudo bem. Passado um tempo, estava tão bom que eu não conseguia mais enxergar com nitidez, e não tinha certeza se era capaz de pronunciar frases inteiras. Não parava de dizer, por favor, por favor, embora não soubesse o que estava pedindo. Ele encostou o dedo nos meus lábios como se fosse mandar que me calasse e eu o enfiei na boca, até que ele tocou na parte posterior da minha garganta. Eu o ouvi dizer: ah, não, não faz isso. Mas já era tarde demais, ele gozou. Estava suando, e ficava repetindo: porra, me desculpa. Porra. Eu tremia muito. Tinha a impressão de que não entendia o que estava acontecendo entre nós.

A essa altura, clareava lá fora e eu tinha de ir embora. Nick se sentou, observando-me pôr o vestido. Não sabia o que dizer a ele. Olhamos um para o outro com expressões agoniadas e depois desviamos o olhar. Lá embaixo, no meu quarto, não consegui dormir. Sentei-me na cama, segurando os joelhos contra o peito e vendo a luz se mexer entre as fendas da veneziana. Acabei abrindo a janela e observando o mar. Amanhecia e o céu estava azul prateado e maravilhoso. Ouvia Nick andando de um lado para o outro no andar de cima. Se fechasse os olhos me sentiria perto dele, tão perto a ponto de ouvir sua respiração. Me sentei perto da janela daquele jeito até escutar as portas abrirem lá em cima e a cachorra latir e a cafeteira ser ligada para o café da manhã.

15

Na noite seguinte, Evelyn quis fazer uma brincadeira em que nos dividíamos em equipes e púnhamos nomes de pessoas famosas em uma tigela grande. Sorteava-se um nome e os colegas de equipe tinham de fazer perguntas que pudessem ser respondidas com sim ou não sobre o nome até descobrirem quem era. Estava escuro e estávamos sentados na sala de estar com as luzes acesas e as cortinas abertas. Ocasionalmente uma mariposa entrava pela janela e Nick a pegava com as mãos e a soltava lá fora, enquanto Derek o incentivava a matá-la. Bobbi pediu a Derek que parasse e ele disse, não me diga que agora os direitos dos animais se aplicam a mariposas? Os lábios de Bobbi estavam manchados de vinho, ela estava bêbada.

Não, disse Bobbi. Se você quer que ela morra, você pode matar o bicho com as suas próprias mãos.

Melissa, Derek e eu estávamos na mesma equipe; Nick, Bobbi e Evelyn estavam na outra. Melissa trouxe mais uma garrafa de vinho enquanto escrevíamos os nomes e os colocávamos na tigela, embora já tivéssemos bebido bastante no jantar. Nick tampou o copo de água vazio quando Melissa lhe ofereceu. Pareceram trocar um olhar significativo antes de ela encher de novo o próprio copo.

A outra equipe iria começar, e Nick sorteou os nomes. Ele leu o primeiro, franziu a testa e depois disse ah, o.k. Bobbi perguntou se era homem e ele disse não. É mulher? ela indagou. É, é sim. Evelyn perguntou se era política ou atriz ou atleta, ela não era nada disso. Bobbi sugeriu, é musicista? E Nick disse, não que eu saiba, não.

A pessoa é famosa? perguntou Bobbi.

Bom, defina famosa, ele disse.

Todos nós sabemos quem é essa pessoa? perguntou Evelyn.

Vocês duas sabem, com certeza, declarou Nick.

Ah, disse Bobbi. Tudo bem, então, é alguém que a gente conhece da vida real?

Ele disse que era. Melissa, Derek e eu ficamos sentados, calados, observando. Estava bastante ciente da taça de vinho na minha mão, segurei a haste com bastante força com meu polegar.

É alguém de quem você gosta? Bobbi perguntou. Ou não gosta?

Eu, pessoalmente? É, eu gosto dela.

E ela gosta de você? perguntou Bobbi.

Isso vai mesmo te ajudar a descobrir quem é ela? ele perguntou.

Talvez, disse Bobbi.

Sei lá, ele disse.

Então você gosta dela, mas não sabe se ela gosta de você, disse Bobbi. Você não a conhece muito bem? Ou ela é misteriosa?

Ele fez que não e riu sozinho, como se achasse essa linha de questionamento muito idiota. Reparei que Melissa, Derek e eu havíamos ficado imóveis. Ninguém mais falava ou bebia.

Acho que é um pouco dos dois, ele explicou.

Você não a conhece muito bem e ela é misteriosa? perguntou Evelyn.

Ela é mais inteligente do que você? Bobbi perguntou.

É, mas muita gente é. Essas perguntas não me parecem muito estratégicas.

Está bem, está bem, concordou Bobbi. Essa pessoa é mais emotiva ou mais racional?

Ah, eu acho que é racional.

Tipo, desprovida de emoção, disse Bobbi. Sem inteligência emocional.

O quê? Não. Não foi isso o que eu disse.

Um calor opaco subiu pelo meu rosto e olhei para a minha taça. Achei que Nick parecia meio agitado, ou pelo menos não tão tranquilo e relaxado como em geral fingia ser, e então fiquei me perguntando quando eu havia concluído que ele fingia.

Extrovertida ou introvertida? perguntou Evelyn.

Acho que é introvertida, disse Nick.

Nova ou velha? continuou Evelyn.

Nova, sem sombra de dúvida nova.

A pessoa é uma criança? perguntou Bobbi.

Não, não, ela é adulta. Meu Deus.

Uma mulher adulta, tudo bem, disse Bobbi. E você acha que a consideraria atraente em trajes de banho?

Nick olhou para Bobbi por um segundo dolorosamente longo e depois pôs o papel em cima da mesa.

A Bobbi já sabe quem é, afirmou Nick.

Todo mundo já sabe quem é, Melissa disse baixinho.

Eu não sei, retrucou Evelyn. Quem é? É você, Bobbi?

Bobbi deu um sorrisinho malicioso e disse, é a Frances. Eu a observava, mas não conseguia entender a quem ela dirigia essa atuação. Apenas Bobbi achou a situação divertida, mas isso não parecia incomodá-la; parecia que a situação havia se desenrolado exatamente como ela pretendia. Percebi, com uma lentidão idiota, que com quase toda a certeza tinha sido ela a pôr meu nome na brincadeira. Fui forçada a lembrar de sua impetuosidade, sua propensão a entrar nas coisas e quebrá-las de dentro para fora, e tive medo dela, não pela primeira vez. Ela queria expor algo privado sobre a forma como eu me sentia, transformá-lo de segredo em outra coisa, uma piada ou um jogo.

A atmosfera da sala mudou depois que essa rodada terminou. De início, temi que os outros soubessem de nós, que as pessoas nos ouvissem à noite, que até Melissa soubesse, mas depois notei que era uma tensão de outra natureza. Derek e Evelyn pareceram ficar sem jeito em nome de Nick, como se imaginassem que ele vinha tentando esconder seus sentimentos por mim; e por mim expressaram uma espécie de preocupação tácita, talvez como se eu estivesse ofendida ou chateada. Evelyn não parava de me olhar com uma expressão de simpatia. Depois de Melissa chutar corretamente o nome de Bill Clinton, pedi licença para ir ao banheiro, do outro lado do corredor. Deixei a água fria cair em minhas mãos e molhei a pele sob os olhos, então sequei o rosto com uma toalha limpa.

No corredor, Melissa esperava para usar o banheiro. Antes que eu pudesse dar um passo à frente, ela disse: está tudo bem?

Estou bem, respondi. Por quê?

Ela apertou os lábios. Estava usando um vestido azul naquele dia, com decote cavado e uma saia plissada. Eu, uma calça jeans com a barra dobrada e uma camisa branca amarrotada.

Ele não fez nada, fez? ela perguntou. Quer dizer, ele não está te incomodando.

Me dei conta de que se referia a Nick e fraquejei.

Quem? perguntei.

Ela me lançou um olhar contrariado, um olhar que insinuava sua decepção comigo.

Tudo bem, ela disse. Esquece isso.

Me senti culpada, sabia que ela fazia um esforço para cuidar de mim, um esforço que provavelmente lhe era doloroso. Eu disse baixinho: não, olha, é claro que não. Eu sei lá... Acho que não é nada. Desculpa. Acho que é só a Bobbi mesmo.

Bom, é uma quedinha ou algo assim, ela disse. Tenho certeza de que é inofensivo, só quero que você saiba que pode me contar se acontecer alguma coisa que te deixe desconfortável.

Eu agradeço, é muita bondade da sua parte. Mas sério, não me... não me incomoda.

Então ela sorriu para mim, como se estivesse aliviada porque eu estava bem e porque o marido não andava cometendo nenhuma inconveniência. Retribuí com um sorriso grato e ela enxugou as mãos na saia do vestido.

Não é do feitio dele, ela disse. Mas acho que você faz o tipo dele.

Baixei os olhos para nossos pés, sentia tontura.

Ou será que estou me achando a tal? ela disse.

Nesse momento eu encontrei os olhos dela e entendi que tentava me fazer rir. Ri de gratidão por sua bondade e sua aparente confiança.

Acho que eu é que deveria me achar, respondi.

Não por ele, ele é um inútil. Mas tem ótimo gosto para mulher.

Ela apontou para o banheiro. Saí do caminho e ela entrou. Enxuguei o rosto com o punho e senti que estava úmido. Fiquei me perguntando o que quis dizer ao chamar Nick de "inútil". Não conseguia entender se tinha sido afetuosa ou ácida: ela tinha um jeito de fazer com que as duas coisas fossem iguais.

Não brincamos por muito mais tempo depois disso. Não falei com Bobbi antes de ela se deitar. Fiquei sentada no sofá até todo mundo também ir embora, e uns minutos depois Nick voltou. Ele fechou as cortinas e depois se encostou no parapeito. Bocejei e mexi no cabelo. Ele disse ei, foi esquisito, não foi? Com a Bobbi. Concordei que foi esquisito. Nick parecia tomar cuidado quando o assunto era Bobbi, como se não soubesse direito o que eu sentia em relação a ela.

Você parou de beber? perguntei.

É que me deixa cansado. E, de toda forma, prefiro ficar sóbrio para isso tudo.

Ele se sentou no braço do sofá, como se esperasse se levantar em breve. Perguntei: o que você quer dizer com isso tudo? E ele disse, ah, todas essas conversas estimulantes que a gente tem tarde da noite.

Você não gosta de transar bêbado? perguntei.

Acho que provavelmente é melhor para todo mundo eu não estar.

Como assim, é uma questão de desempenho? Não tenho do que reclamar.

Não, você é bem fácil de agradar, ele disse.

Não gostei de ele ter dito isso, embora fosse verdade e ele provavelmente pensasse assim. Ele tocou na parte interna do meu braço e me vi trêmula.

Na verdade não, retruquei. Mas eu sei que você gosta quando eu fico lá deitada te dizendo como você é incrível.

Ele fez uma careta e disse: isso foi cruel. Eu ri e disse, ih, estou destruindo a sua fantasia? Vou voltar a suspirar pela sua força e virilidade, se é assim que você prefere. Ele não disse nada.

Tenho de ir para a cama, de qualquer forma, eu disse. Estou exausta.

Ele pôs a mão nas minhas costas, com um gesto que me pareceu atipicamente carinhoso. Não me mexi.

Por que você nunca tinha tido um caso? perguntei.

Ah. Acho que é porque não tinha conhecido ninguém.

Como assim?

Por um instante, realmente pensei que ele diria: não tinha conhecido ninguém que eu desejasse como desejo você. Porém, ele disse: é, não sei. Fomos muito felizes por bastante tempo, então eu não pensava nisso. Sabe como é, você está apaixonado, de fato não pensa nessas coisas.

Quando foi que deixaram de estar apaixonados?

Ele afastou a mão nesse momento, então nenhuma parte de nossos corpos se tocavam.

Não acho que eu deixei de estar, ele disse.

Então você está dizendo que ainda ama ela.

Bom, amo.

Fitei a luminária no teto. Estava apagada. Em vez dela, tínhamos ligado o abajur antes de a brincadeira começar, e ele projetava sombras alongadas na direção da janela.

Me desculpa se isso te magoa, ele disse.

Não, claro que não. Mas se é assim, esse é um jogo que você está fazendo com ela? Você está tentando chamar a atenção dela tendo um caso com uma universitária?

Nossa. O.k. Chamar a atenção dela?

Bom, não é como se ela não tivesse visto você me olhando. Ela me perguntou se você estava me incomodando.

Meu Deus, ele exclamou. O.k. Estou?

Como não estava com vontade de dizer que não, revirei os olhos e levantei do sofá, alisando minha camisa.

Então você vai para a cama, ele constatou.

Eu disse sim. Pus meu celular na bolsa para levar para o quarto e não olhei para ele.

Sabe, isso me machucou, ele disse. O que você acabou de dizer.

Peguei meu cardigã do chão e o joguei sobre a bolsa. Minhas sandálias estavam enfileiradas ao lado da lareira.

Você acha que eu agiria assim só pela atenção, ele disse. O que te leva a pensar isso de mim?

Vai ver é porque você ainda é apaixonado pela sua mulher apesar de ela não ter mais interesse em você.

Ele riu, mas não olhei para ele. Dei uma olhada no espelho acima da lareira e meu rosto estava horrível, tão horroroso que fiquei chocada. Minhas bochechas estavam inchadas como se alguém tivesse me estapeado e meus lábios estavam ressecados e quase brancos.

Você não está com ciúmes, está, Frances? ele perguntou.

Você acha que eu estou apaixonada por você? Que constrangedor.

Então desci a escada. Quando deitei em minha cama me senti horrível, não tanto de tristeza, mas de choque e de um tipo estranho de exaustão. Sentia como se alguém tivesse me segurado pelos ombros e me chacoalhado com firmeza, ainda que eu suplicasse para que parassem. Sabia que a culpa era minha: tinha feito de tudo para provocar Nick a brigar comigo. Agora, deitada sozinha na casa silenciosa, tinha a sensação de ter perdido o controle de tudo. A única coisa que podia decidir era transar ou não com Nick; não conseguia decidir como me sentir a respeito disso ou o que isso significava. E embora pudesse decidir brigar com ele, e por qual motivo brigaríamos, não conseguia decidir o que ele diria, ou o quanto me magoaria. Encolhida na cama de braços cruzados pensei amargamente: ele tem todo o poder e eu não tenho nenhum. Não era exatamente verdade, mas nessa noite percebi com clareza pela primeira vez o quanto havia subestimado minha vulnerabilidade. Tinha mentido para todo mundo, para Melissa, até mesmo para Bobbi, só para ficar com Nick. Não me restava ninguém para fazer confidências, ninguém que fosse sentir qualquer empatia pelo que eu tinha feito. E no final das contas, ele estava apaixonado por outra. Fechei os olhos com força e apertei a cabeça no travesseiro. Pensei na noite anterior, quando ele disse que me queria, em como tinha me sentido. Admite logo, pensei. Ele não te ama. É isso o que te magoa.

16

Durante o café da manhã seguinte, véspera de Bobbi e eu voltarmos para casa, Melissa nos contou que Valerie faria uma visita. Houve um debate acerca de qual quarto seria arrumado enquanto eu observava uma joaninha vermelha de aparência metálica cruzar destemidamente a mesa em direção aos cubos de açúcar. O inseto parecia um robô em miniatura com pernas robóticas.

E a gente tem que comprar coisas de jantar, Melissa dizia. Alguns de vocês podiam ir ao supermercado, né? Vou fazer a lista.

Não me importo de ir, disse Evelyn.

Melissa emplastrava de manteiga com sal um croissant aberto e depois bradava a faca vagamente enquanto falava.

O Nick pode te levar de carro, ela disse. A gente precisa de sobremesa, uma das boas, das frescas. E flores. Leve mais alguém para te ajudar. Leve a Frances. Você não liga de ir, né?

A joaninha chegou ao açucareiro e começou a ascender até a borda esmaltada branca. Ergui o olhar com o que esperava ser uma expressão educada e disse: claro que não.

E Derek, você pode montar a mesa de jantar maior no jardim para a gente, pediu Melissa. Bobbi e eu vamos arrumar a casa.

Após organizar o itinerário, terminamos o café da manhã e levamos os pratos para dentro. Nick foi procurar as chaves do carro e Evelyn se sentou nos degraus de entrada com os cotovelos apoiados nos joelhos, parecendo uma adolescente atrás dos óculos. Melissa estava apoiada no parapeito da janela da cozinha escrevendo a lista, e Nick levantava as almofadas do sofá e perguntava: alguém viu? Fiquei parada no corredor com as costas retas contra a parede, tentando não ficar no caminho. Estão no gancho, afirmei, mas tão baixinho que ele não me ouviu. Vai ver que deixei no bolso ou sei lá, disse Nick. Melissa abria os armários da cozinha para ver se tinham um ou outro ingrediente. Você viu? ele perguntou, mas ela o ignorou.

Após um tempo peguei as chaves do gancho em silêncio e as pus na mão de Nick quando ele estava passando por mim. Ah, aí estão elas, ele disse. Bom, obrigado. Ele evitava meus olhos, mas não de um jeito pessoal. Parecia evitar o olhar de todo mundo. Você achou? Melissa perguntou da cozinha. Você olhou no gancho?

Evelyn, Nick e eu fomos para o carro. Era uma manhã nublada, mas Melissa disse que o céu clarearia mais tarde. Bobbi apareceu na janela do quarto no instante em que me virei para procurá-la. Estava abrindo a cortina. É isso aí, ela disse. Me abandona. Vai lá se divertir com seus novos amigos no supermercado.

Talvez eu não volte nunca mais, declarei.

Não volte, disse Bobbi.

Entrei no banco traseiro do carro e pus o cinto. Evelyn e Nick entraram e fecharam as portas, cerrando-nos em uma privacidade compartilhada da qual não me sentia parte. Evelyn soltou um suspiro expressivamente fatigado e Nick ligou o motor.

Você resolveu aquele negócio do seu carro? Nick perguntou a Evelyn.

Não, o Derek não me deixa ligar para a concessionária, ela disse. Ele "está tomando as providências".

Partimos estrada afora em direção à praia. Evelyn esfregava os olhos atrás dos óculos e balançava a cabeça. A neblina era cinza como um véu. Sonhei em me dar socos no estômago. Ah, tomando providências, o.k., disse Nick. Você sabe como ele é.

Nick soltou um ruído sugestivo como: hum. Seguíamos à margem do porto, onde navios se insinuavam como conceitos por trás da cerração. Encostei o nariz na janela do carro.

Ela estava se comportando muito bem, Evelyn disse. Foi o que eu achei. Até hoje.

Bom, é a produção para a Valerie, ele justificou.

Mas até tudo isso começar, disse Evelyn. Ela estava relativamente relaxada, não é?

Não, você tem razão. Estava, sim.

Nick ligou a seta para virar à esquerda e não disse mais nada. Era claro que falavam de Melissa. Evelyn tirou os óculos e limpou as lentes no algodão macio da saia. Colocou-os de novo e se olhou no espelho. Notou meu reflexo e fez uma espécie de careta.

Nunca se case, Frances, ela recomendou.

Nick riu e disse: a Frances jamais se rebaixaria a uma instituição tão burguesa. Ele estava girando o volante para dobrar uma esquina e não tirou os olhos da pista. Evelyn sorriu e olhou os barcos pela janela.

Não sabia que a Valerie estava chegando, eu disse.

Não te contei? perguntou Nick. Eu ia te falar ontem à noite. Ela só vem jantar, talvez nem fique. Mas ela sempre é tratada como um bebê da realeza.

A Melissa tem essa maniazinha com ela, disse Evelyn.

Nick virou o rosto para olhar pelo vidro de trás, mas não olhou para mim. Gostava do fato de ele estar ocupado dirigindo porque isso significava que poderíamos conversar sem a intensidade e necessidade de reconhecermos a existência um do outro. É óbvio que não contara de Valerie na noite anterior porque preferiu me falar que ainda amava a mulher e que eu não significava nada para ele. O papo sobre Valerie que andara planejando insinuava uma espécie de intimidade pessoal que agora eu sentia termos perdido para sempre.

Tenho certeza de que vai dar tudo certo, disse Evelyn.

Nick não respondeu, e eu tampouco. O silêncio dele era expressivo e o meu não, porque a opinião dele sobre tudo dar certo, ao contrário da minha, era importante.

Na pior das hipóteses, não vai ser totalmente insuportável, ela continuou. A Frances e a Bobbi estarão lá para aliviar a tensão.

É isso o que elas fazem? ele perguntou. Tenho me questionado.

Evelyn deu outro sorrisinho para o espelho e disse: bom, elas também são bastante decorativas.

Discordo desse comentário, ele disse. Completamente.

O supermercado era um edifício grande e envidraçado fora da cidade, com bastante ar-condicionado. Nick pegou um carrinho e andamos atrás dele por meio das únicas portas direto para a parte de livros brochuras e relógios masculinos à mostra dentro de caixas de plástico com fitas magnéticas antifurto. Nick disse que as únicas coisas que realmente tinham de ser levadas na mão eram a sobremesa e as flores, todo o resto poderia ir no carrinho. Ele e Evelyn debateram que tipo de sobremesa provavelmente daria menos possibilidades de uma briga e decidiram-se por algo caro cheio de morangos cristalizados. Ela foi para o corredor de sobremesas e Nick e eu andamos pelo nosso.

Vou com você pegar as flores na saída, ele disse.

Não precisa.

Bom, se a gente acabar comprando errado, prefiro dizer que a culpa foi minha.

Estávamos no corredor de cafés quando Nick parou para examinar os diversos tipos de café moído em pacotes de tamanhos diferentes.

Você não precisa ser tão cavalheiro, eu disse.

Não, só acho que eu não conseguiria aguentar uma briga entre você e a Melissa hoje.

Enfiei as mãos nos bolsos da saia enquanto ele colocava diversos pacotes de café de embalagem preta no carrinho.

Pelo menos a gente sabe do lado de quem você ficaria, eu disse.

Ele ergueu o olhar com um saco de café etíope na mão esquerda e uma expressão levemente cômica.

De quem? perguntou. Da que não tem mais interesse em mim ou da que está me usando só para sexo?

Senti meu rosto inteiro ser invadido por um rubor substancial. Nick largou o saco de café, mas antes que pudesse dizer alguma coisa eu já tinha me afastado. Fui até o balcão da delicatéssen e ao tanque de crustáceos vivos no fundo do supermercado. Os crustáceos pareciam de eras antigas, como ruínas mitológicas. Batiam as garras em vão contra os vidros laterais do tanque e me fitavam com olhares acusatórios. Pus o lado frio da minha mão contra o rosto e os encarei com raiva.

Evelyn voltou passando pela delicatéssen, segurando uma caixa grande de plástico azulado fino com uma torta de morango dentro.

Não me diga que tem lagosta na lista, ela disse.

Não, que eu saiba não.

Ela me olhou e lançou outro sorriso incentivador. Por alguma razão, o incentivo parecia ser o principal modo de Evelyn se relacionar comigo.

Todo mundo está com os nervos meio que à flor da pele hoje, ela disse.

Vimos Nick saindo de outro corredor com o carrinho, mas ele virou sem nos ver. Estava com a lista escrita por Melissa na mão direita e guiava o carrinho com a esquerda. Houve um pequeno incidente no ano passado, ela explicou. Com a Valerie.

Ah.

Caminhamos juntas atrás do carrinho de Nick enquanto eu esperava que ela detalhasse o caso, mas ela não o fez. O supermercado tinha seu próprio florista perto dos caixas, com plantas recém-envasadas e baldes de cravos e crisântemos cortados. Nick escolheu dois buquês de rosas cor-de-rosa e um buquê misto. As rosas tinham pétalas enormes, sensuais, e miolos estreitos, que nada revelavam, como uma espécie de pesadelo sexual. Não olhei para ele quando me passou os buquês. Carreguei-os até o caixa em silêncio.

Saímos juntos do supermercado, sem dizer muita coisa. A chuva gotejava em nossa pele e cabelo e os carros estacionados pareciam insetos mortos. Evelyn começou a contar uma história de quando ela e Derek trouxeram o carro de balsa e furaram o pneu a caminho de Étables e Nick teve de ir com o carro dele trocar o pneu. Deduzi que a intenção da história, indiretamente e talvez nem sequer conscientemente, era animar Nick relembrando atitudes legais que tivera no passado. Nunca na vida fiquei tão feliz de te ver, disse Evelyn. Você poderia ter trocado o pneu sozinha, retrucou Nick. Se não fosse casada com um autocrata.

Quando estacionamos diante da casa, Bobbi saiu correndo com a cachorra atrás dela. Ainda estava nublado, embora já fosse quase meio-dia. Bobbi usava um short de linho e suas pernas pareciam compridas e bronzeadas. A cachorra latiu duas vezes. Deixa que eu ajudo com as coisas, disse Bobbi. Nick lhe entregou com gentileza uma sacola de compras e ela olhou para ele como se tentasse lhe comunicar algo.

Tudo correu bem durante a nossa saída? ele perguntou.

A tensão está alta, disse Bobbi.

Ai meu Deus, disse Nick.

Ele lhe entregou outra sacola, que ela segurou contra a barriga. Ele pegou o resto das compras no braço enquanto Evelyn e eu entrávamos com cautela, levando as flores e a sobremesa como duas melancólicas serviçais eduardianas.

Melissa estava na cozinha, que parecia vazia sem as cadeiras e a mesa. Bobbi subiu para terminar de varrer o quarto de Valerie. Nick pôs as sacolas no parapeito da janela sem dizer nada, e começou a guardar as compras enquanto Evelyn punha a caixa da sobremesa em cima da geladeira. Como não sabia muito bem o que fazer com as flores, continuei a segurá-las. O aroma era fresco e suspeito. Melissa enxugou os lábios com o dorso da mão e disse: ah, vocês resolveram voltar, afinal.

A gente não demorou tanto assim, demorou? questionou Nick.

Está parecendo que vai chover, disse Melissa, então vamos ter que mudar a mesa e as cadeiras para a sala de jantar da frente. Está um horror, as cadeiras nem combinam.

As cadeiras são da Valerie, ele disse. Com certeza ela sabe se combinam ou não.

Eu tinha a impressão de que Nick não fazia o melhor para acalmar o gênio de Melissa. Fiquei ali parada, segurando as flores e esperando para dizer algo como: onde vocês querem que eu deixe isso aqui? Mas as palavras não saíam. Agora Evelyn ajudava Nick a desempacotar as compras enquanto Melissa inspecionava as frutas que tínhamos comprado.

E você se lembrou do limão, não lembrou? perguntou Melissa.

Não, disse Nick. Ele estava na lista?

Melissa tirou a mão das nectarinas e levou-a à testa, como se estivesse prestes a desmaiar.

Não acredito nisso, ela exclamou. Eu disse quando você estava de saída, eu enfatizei que era para você não esquecer o limão.

Bom, não escutei, ele disse.

Houve uma pausa. Percebi que a pele macia da base do meu polegar estava apertada contra um espinho e começava a ficar roxa. Tentei arrumar as flores para que não me ferissem, mas sem chamar atenção para a minha presença contínua no ambiente.

Vou comprar um pouco no mercado da esquina, Nick acabou dizendo. Não é o fim do mundo.

Não acredito nisso, Melissa repetiu.

Onde eu ponho isso? perguntei. Quer dizer, posso pôr em um vaso ou?

Todo mundo no cômodo se virou para me olhar. Melissa tirou um buquê dos meus braços e o examinou. O caule tem de ser cortado, ela disse.

Eu faço isso, ofereci.

Ótimo, disse Melissa. O Nick vai te mostrar onde a gente guarda os vasos. Vou ajudar o Derek a arrumar a sala de jantar. Obrigada a todos pelo empenho desta manhã.

Ela saiu do cômodo e bateu a porta com força. Pensei: essa mulher? É essa a mulher que você ama? Nick pegou as flores dos meus braços e as deixou em cima da bancada da cozinha. Os vasos estavam no armário debaixo da pia. Evelyn observava Nick com ansiedade.

Me desculpa, disse Evelyn.

Você não peça desculpa, retrucou Nick.

Talvez seja melhor eu ir lá ajudar.

Claro, faz bem.

Nick estava cortando os embrulhos de plástico dos buquês com a tesoura quando Evelyn saiu. Eu posso fazer tudo isso, declarei. Vai comprar o limão. Ele não me olhou. Ela gosta dos caules cortados na diagonal, explicou. Entende o que eu estou querendo dizer, na diagonal? Assim, olha. E ele cortou uma das pontas de forma inclinada. Eu também não escutei ela dizer nada sobre o limão, afirmei. Ele sorriu e Bobbi entrou na cozinha, parando atrás de nós. Agora você vai ficar do meu lado, é? ele disse.

Eu sabia que você estava fazendo amigos sem mim, disse Bobbi.

Achei que você estivesse arrumando o quarto, disse Nick.

É um quarto, respondeu Bobbi. Tem um limite de arrumação. Você está tentando se livrar de mim?

O que aconteceu quando a gente não estava aqui? ele perguntou.

Bobbi se empoleirou no parapeito e ficou balançando as pernas, para a frente e para trás, enquanto eu cortava os caules um por um, deixando as pontas extirpadas caírem na pia.

Acho que a sua esposa está nervosa hoje, disse Bobbi. Ela não ficou muito impressionada mais cedo com a minha técnica para dobrar linho. Ela também falou que não quer que eu "faça nenhum comentário pejorativo sobre gente rica" quando a Valerie estiver aqui. Ela falou com essas palavras.

Nick riu bastante disso. Bobbi sempre o divertia e encantava, e se fôssemos colocar na balança, eu parecia lhe causar mais sofrimento do que alegria.

Pelo resto da tarde, Melissa nos mandou fazer várias tarefas insignificantes. Achava que os copos não estavam muito limpos, então os lavei de novo na pia. Derek levou um dos vasos de flores para o quarto de Valerie, além de uma garrafa de água com gás e um copo limpo para a mesinha de cabeceira. Bobbi e Evelyn passaram algumas fronhas na sala de estar. Nick saiu para comprar limão e tornou a sair depois para comprar cubos de açúcar. No fim da tarde, enquanto Melissa cozinhava e Derek lustrava a prataria, Nick e Evelyn, Bobbi e eu sentamos no quarto de Nick olhando para o nada e falando muito pouco. Como crianças atrevidas, disse Evelyn.

Vamos abrir uma garrafa de vinho, sugeriu Nick.

Você está querendo morrer? perguntou Bobbi.

Vamos sim, disse Evelyn.

Nick foi à garagem e voltou com copos de plástico e uma garrafa de Sancerre. Bobbi estava deitada na cama dele de barriga para cima, exatamente do jeito que eu ficava ali depois que ele me fazia gozar. Evelyn e eu estávamos sentadas lado a lado no chão. Nick pôs o vinho nos copos e escutamos Derek e Melissa conversando na cozinha.

Como é a Valerie, afinal? Bobbi perguntou.

Evelyn tossiu e não disse nada.

Ah, disse Bobbi.

Depois de todos terminarmos nosso primeiro copo de vinho, ouvimos Melissa chamar Nick da cozinha. Ele se levantou e me entregou a garrafa. Evelyn anunciou: vou com você. Saíram juntos e fecharam a porta. Bobbi e eu ficamos no quarto, caladas. Valerie dissera que estaria na cidade às sete. Já eram seis e meia. Voltei a encher o copo de Bobbi e o meu, depois me sentei de novo com as costas apoiadas na cama.

Você sabe que o Nick sente uma coisa por você, não sabe? Bobbi disse. Todo mundo notou. Ele sempre olha para ver se você está rindo das piadas dele.

Mordi a beirada do meu copo de plástico até ouvir um estalo. Quando olhei para baixo, uma linha branca vertical havia se formado a partir da borda. Pensei no que Bobbi tinha feito no jogo da noite anterior.

A gente se dá bem, acabei dizendo.

Poderia muito bem acontecer. Ele é um ator fracassado e o casamento dele está morto, são os ingredientes perfeitos. Ele não está mais para um ator mais ou menos bem-sucedido?

Bom, ao que parece, a expectativa era de que ele se tornasse famoso e não foi o que aconteceu, e agora ele está velho demais ou algo assim. Ter um caso com uma mulher mais nova provavelmente faria bem à autoestima dele.

Ele só tem trinta e dois anos, retruquei.

Mas eu acho que o agente dele se demitiu. Bom, ele me parece ter vergonha de estar vivo.

Tive uma sensação crescente de pavor, um pavor tênue e físico que começava nos meus ombros à medida que escutava. No começo, não entendia o que era. Parecia tontura, ou o estranho embaçar que antecede uma doença brutal. Tentei pensar no que poderia estar causando isso, as coisas que tinha comido ou o passeio de carro mais cedo. Foi só quando me lembrei da noite anterior que soube o que era. Estava me sentindo culpada.

Tenho quase certeza de que ele ainda é apaixonado pela Melissa, eu disse.

As pessoas podem estar apaixonadas e ter casos.

Ficaria deprimida se dormisse com alguém que amasse outra pessoa.

Então Bobbi se sentou, eu conseguia escutar. Ela pôs as pernas para fora da cama e soube que estava me olhando, para meu couro cabeludo.

Tenho a impressão de que você já pensou bastante no assunto, ela disse. Ele tentou ou falou alguma coisa?

Não é isso. Só acho que eu não gostaria de ser a segunda opção de alguém.

Não é isso?

Quer dizer, é provável que ele só esteja tentando fazer ela ficar com ciúmes, expliquei.

Ela escorregou da cama, segurando a garrafa de vinho, que passou para mim. Estávamos sentadas no chão, nossos braços se espremendo. Joguei um pouco de vinho no meu copo de plástico rachado.

Você pode amar mais de uma pessoa, ela disse.

Isso é discutível.

Por que seria diferente de ter mais de um amigo? Você é minha amiga e também tem outros amigos, isso significa que você não me valoriza de verdade?

Não tenho outros amigos, respondi.

Ela deu de ombros e pegou a garrafa de vinho de volta. Girei o copo para que nada caísse pela fenda e traguei duas goladas quentes.

Ele deu em cima de você? ela perguntou.

Não. Só estou dizendo que não estaria interessada se ele desse.

Sabe, uma vez eu beijei a Melissa. Nunca te contei, não é?

Me virei e a encarei, esticando o pescoço para enxergar o rosto dela. Bobbi riu. Estava com uma expressão engraçada, sonhadora, que a deixou ainda mais atraente que o costume.

Como assim? perguntei. Quando?

Eu sei, eu sei. Foi na festa de aniversário dela, no jardim. Nós duas estávamos bêbadas, você estava na cama. Foi uma idiotice.

Ela encarava o interior da garrafa de vinho. Olhei para seu rosto de perfil, a estranha metade dele. Ela tinha um cortezinho minúsculo ao lado da orelha, talvez tivesse se arranhado, era vermelho-vivo, como uma flor.

O quê? ela disse. Você está me julgando?

Não, não.

Ouvi o carro de Valerie se aproximar da garagem e enfiamos a garrafa de vinho debaixo do travesseiro de Nick. Bobbi passou o braço por baixo do meu e deu um beijinho na minha bochecha, o que me surpreendeu. Sua pele estava muito macia e o cabelo cheirava a baunilha. Eu estava enganada a respeito de Melissa, ela disse. Engoli em seco e falei: bom. Todo mundo se engana sobre as coisas.

17

Jantamos pato com batatinhas assadas e salada. A carne estava doce feito cidra e se separava dos ossos em pedaços escuros, amanteigados. Tentei comer devagar para ser educada, mas estava faminta e exausta. A sala de jantar era ampla, forrada com painéis de madeira e tinha uma janela que dava para a rua chuvosa. Valerie falava com um sotaque de britânico endinheirado, rica demais para ser cômica. Ela e Derek falavam do mercado editorial e o restante de nós estava em silêncio. Valerie achava que muitas pessoas da área editorial eram charlatãs e picaretas, mas parecia considerar isso engraçado e não deprimente. A certa altura tirou uma sujeira da taça de vinho com a ponta do guardanapo e todos assistimos à cara de Melissa, que se contraiu e pareceu uma mola de arame.

Apesar de Melissa ter tido o cuidado de apresentar todos nós no início do jantar, Valerie perguntou qual de nós era a Bobbi na hora da sobremesa. Quando Bobbi se identificou, Valerie replicou: ah, sim, claro. Mas um rosto como esse não dura, sinto dizer. Posso falar isso porque agora sou uma mulher velha.

A sorte é que a Bobbi não foi abençoada apenas com uma boa aparência, disse Evelyn.

Bom, case cedo, é este o meu conselho, disse Valerie. Os homens são muito volúveis.

Legal, respondeu Bobbi. Mas, na real, eu sou gay.

Melissa enrubesceu e encarou a própria taça. Apertei meus lábios sem dizer nada. Valerie ergueu uma das sobrancelhas e apontou o garfo para um ponto entre Bobbi e eu.

Entendi, disse Valerie. E vocês duas são...?

Não, não, disse Bobbi. Antigamente, mas agora não.

Não, imagino que não, disse Valerie.

Bobbi e eu nos olhamos e desviamos o olhar para não rir ou gritar.

A Frances é escritora, declarou Evelyn.

Bom, mais ou menos, repliquei.

Não diga mais ou menos, retrucou Melissa. Ela é poeta.

Ela é boa? Valerie perguntou.

Ela não tinha voltado os olhos para mim durante essa conversa.

Ela é boa, disse Melissa.

Bom, disse Valerie. Sempre achei que poesia não tem muito futuro.

Como uma amadora sem uma opinião verdadeira sobre o futuro da poesia, e, de todo modo, por Valerie não ter parecido notar minha presença, não me pronunciei. Bobbi pisou no meu dedão sob a mesa e tossiu. Depois da sobremesa, Nick foi para a cozinha fazer café e, assim que ele saiu, Valerie largou o garfo e espiou a porta fechada.

Ele não parece estar muito bem, não é? disse. Como ele tem andado de saúde?

Fixei o olhar nela. Não tinha dirigido nenhum comentário ou pergunta diretamente a mim, e sabia que fingiria não perceber que eu a olhava.

Tem seus altos e baixos, esclareceu Melissa. Ficou bem por um tempo mas acho que teve um episódio no mês passado. Em Edimburgo.

Bom, ele teve pneumonia, Evelyn lembrou.

Não foi só pneumonia, disse Melissa.

É uma pena, disse Valerie. Mas na verdade ele é muito passivo. Ele se deixa dominar por essas coisas. Você se lembra de como foi no ano passado.

A gente não precisa botar as meninas dentro dessa história, não é? Evelyn disse.

Não há motivos para segredo, respondeu Valerie. Somos todos amigos aqui. O Nick tem depressão, receio eu.

É, eu disse. Eu sei.

Melissa olhou para mim e eu a ignorei. Valerie olhou para o arranjo floral e, distraída puxou um botão ligeiramente para a esquerda.

Você é amiga dele, não é, Frances? Valerie perguntou.

Achei que fôssemos todos amigos aqui, respondi.

Enfim ela me olhou. Usava joias artísticas de resina marrom e belos anéis nos dedos.

Bom, sei que ele não se importaria de eu perguntar sobre a saúde dele, disse Valerie.

Então quem sabe você não pergunta quando ele estiver aqui, retruquei.

Frances, repreendeu-me Melissa. A Valerie é uma velha amiga nossa.

Valerie riu e disse: por favor, Melissa, não sou tão velha assim, né? Meu maxilar tremia. Afastei minha cadeira da mesa e pedi licença para sair da sala. Evelyn e Bobbi ficaram me olhando como bonecos de cachorros balançando a cabeça na janela traseira de um carro que vai desaparecendo. Nick estava no corredor, trazendo duas xícaras de café. Oi, ele disse. Ih, o que foi?

Balancei a cabeça e dei de ombros, gestos bobos que não significavam nada. Passei por ele, desci a escada dos fundos e fui para o jardim. Não o ouvi me seguindo, imaginei que tivesse ido para a sala de jantar para ficar com os outros.

Andei até o fim do jardim e abri o portão para a viela dos fundos. Chovia e eu estava com uma blusa de manga curta, mas não sentia frio. Bati o portão e fui me afastando da casa rumo à praia. Meus pés começavam a ficar molhados e esfreguei o rosto com força com o dorso da mão. Os faróis dos carros passavam em chamas brancas, mas não havia outros pedestres. O caminho para a praia não estava iluminado por postes e então comecei a ficar com frio. Não podia voltar para a casa. Fiquei tremendo de braços cruzados, sentindo a chuva encharcar minha blusa, o algodão grudando na minha pele.

Parecia improvável que Nick se afligisse com o que Valerie dissera. Provavelmente daria de ombros, mesmo se descobrisse. Minha angústia por ele parecia não ter relação com nada que ele mesmo pudesse sentir, um fenômeno que eu já tinha vivido. Em nosso último ano de escola, Bobbi se candidatara a presidente do conselho estudantil e um dos garotos a vencera por trinta e quatro votos a doze. Bobbi ficara frustrada, eu pude perceber, mas não chateada. Ela sorrira e parabenizara o vencedor e depois o sinal tocou e fomos recolher nossos livros. Em vez de ir para a aula, me tranquei numa cabine do banheiro do segundo andar e chorei até ouvir o sinal do almoço, chorei até meus pulmões doerem e meu rosto ficar em carne viva de tanto enxugá-lo. Não pude explicar o que me fez sentir aquela angústia tão feroz, profunda, mas às vezes quando penso naquela eleição meus olhos ainda se enchem estupidamente de lágrimas.

Uma hora ouvi o portão de trás abrir-se novamente e o ruído de sandálias, e a voz de Bobbi dizendo: sua tonta. O que deu em você? Entra para tomar um café. A princípio não a enxerga-

153

va na escuridão, mas depois senti ela passar o braço por baixo do meu, o farfalhar de sua capa de chuva. Foi uma bela performance, ela disse. Fazia um tempo que não via você perder a cabeça desse jeito.

Foda-se, eu disse.

Não fique chateada.

Ela aninhou a cabecinha quente no meu pescoço. Pensei nela tirando a roupa toda no lago.

Detesto aquela mulher, eu disse.

Sentia a respiração de Bobbi no meu rosto, o amargo de café sem açúcar, e então ela beijou meus lábios. Segurei seu braço quando ela se afastou, tentando fitá-la, mas estava escuro demais. Ela escapuliu das minhas mãos como um pensamento.

A gente não devia fazer isso, ela disse. É óbvio. Mas você fica uma graça quando dá uma de certinha.

Deixei meu braço cair ao meu lado, sem motivo, e Bobbi começou a andar de volta para a casa. Sob a luz dos faróis que passavam vi que estava com as mãos no bolso da capa de chuva e pisava nas poças. Eu a segui, sem nada mesmo para dizer.

Dentro da casa, o grupo havia se dividido entre a sala de estar e a cozinha, e havia música tocando. Eu estava pingando e no espelho meu rosto tinha um tom rosa lívido, anormal. Fui com Bobbi até a cozinha, onde Evelyn, Derek e Nick estavam de pé em roda, bebendo café. Ah, Frances, exclamou Evelyn. Você está ensopada. Nick estava encostado na pia e encheu uma xícara de café do bule e a entregou a mim. Nossos olhos pareciam travar uma conversa própria. Desculpe, eu disse. Evelyn tocou no meu braço. Engoli o café e Bobbi disse: vou pegar uma toalha para ela, que tal? Vocês, hein. Ela bateu a porta ao sair.

Me desculpa, tornei a falar. Perdi o controle.

É, estou com pena de ter perdido, disse Nick. Não sabia que você tinha tantas coisas para controlar.

Não parávamos de nos olhar. Bobbi voltou para o cômodo e me passou uma toalha. Pensei em sua boca, no estranho gosto familiar que tinha, e tremi. Achei que não tinha mais nenhum poder sobre o que estava acontecendo, ou sobre o que aconteceria. Parecia ter sido acometida por uma febre longa e simplesmente teria de ficar deitada e esperar a doença passar.

Depois que meu cabelo secou fomos encontrar Melissa e Valerie na outra sala. Valerie agiu com um deleite exagerado ao me ver e demonstrou interesse em ler meu trabalho. Dei um sorriso fraco e olhei ao redor em busca de algo para dizer ou fazer. Claro, eu disse. Mandarei algumas coisas, claro. Nick pegou um conhaque e quando serviu uma dose para Valerie ela segurou seu braço maternalmente e disse, ah Nick, se pelo menos meus filhos fossem tão lindos quanto você. Ele lhe entregou a taça e disse: alguém é?

Depois que Valerie foi para a cama mergulhamos num silêncio tenso, ressentido. Evelyn e Bobbi tentaram falar de um filme que ambas tinham assistido, mas no fim estavam pensando em dois filmes diferentes, o que estancou a discussão. Melissa se levantou para levar as taças vazias para a cozinha e disse: Frances, você podia me dar uma mãozinha. Levantei. Sentia Nick me observar, como uma criança vendo a mãe entrar na sala do diretor da escola.

Recolhemos o resto das taças e fomos para a cozinha, que estava escura. Melissa não acendeu a luz. Depositou as taças na pia e ficou ali parada, cobrindo o rosto com as mãos. Deixei o que eu segurava em cima da bancada e perguntei se ela estava bem. Ela fez uma pausa tão longa que imaginei que estivesse prestes a gritar ou atirar algum objeto. Em seguida, com um gesto brusco abriu a torneira e começou a encher a pia.

Sabe, eu também não gosto dela, disse Melissa.

Fiquei observando. Na semiescuridão a pele dela estava prateada e fantasmagórica.

Não quero que você pense que eu gosto dela, continuou Melissa, ou que gosto do jeito como ela fala do Nick, ou que acho o comportamento dela adequado. Não acho nada disso. Desculpa por você ter se chateado durante o jantar.

Não, eu é que peço desculpa. Desculpa por ter feito aquela cena. Não sei por que agi assim.

Não se desculpe. É o que eu teria feito se tivesse coragem.

Engoli em seco. Melissa fechou a torneira e começou a enxaguar as taças na pia, de qualquer jeito, sem nenhum cuidado de ver se continuavam sujas.

Não acho que eu conseguiria publicar esse próximo livro sem ela, declarou Melissa. É meio que humilhante te dizer isso.

Não, não deveria ser.

E me desculpe pela minha falta de sensatez esta tarde. Eu sei o que você deve pensar de mim. É que fiquei muito aflita depois do que aconteceu no ano passado. Mas eu queria te dizer que não costumo falar com o Nick daquele jeito. É óbvio que as coisas entre nós não são perfeitas, mas eu amo ele, sabe? Amo de verdade.

Claro, respondi.

Ela continuou enxaguando as taças. Fiquei parada ao lado da geladeira sem saber o que dizer. Ela levantou uma das mãos molhadas e mexeu em algo debaixo dos olhos e voltou à pia.

Você não está dormindo com ele, está, Frances? ela perguntou.

Meu Deus, respondi. Não.

Tudo bem. Desculpa. Não devia ter perguntado.

Ele é seu marido.

É, eu sei disso.

Continuei parada ao lado da geladeira. Estava suando. Sentia o suor escorrer da nuca para o meio das costas. Não falei nada, mordi a língua.

Você pode voltar e sentar com o pessoal se quiser, ela disse.

Não sei o que dizer, Melissa.

Pode ir, não tem problema.

Voltei para a sala de estar. Todos viraram o rosto para me olhar. Acho que vou dormir, disse. Todo mundo concordou que era uma boa ideia.

Naquela noite, quando bati na porta de Nick, ele estava de luz apagada. Eu o escutei dizendo para entrar, e quando fechei a porta, sussurrei: é a Frances. Bom, espero mesmo que seja, ele disse. Ele se sentou e acendeu o abajur, e eu fiquei de pé ao lado da cama. Eu lhe contei o que Melissa me perguntara e ele disse que ela havia perguntado a mesma coisa para ele, só que mais cedo, quando estava lá fora pegando chuva.

Respondi que não, Nick disse. Você falou que não?

Claro que eu falei que não.

A garrafa de Sancerre estava guardada na mesinha de cabeceira. Peguei e tirei a rolha. Nick ficou me olhando beber e aceitou a garrafa quando eu a ofereci. Ele secou o que restava e depois a pôs de volta em cima da mesinha. Ele examinou suas unhas e depois o teto.

Não sou muito bom nessas conversas, ele disse.

A gente não precisa conversar, eu disse.

O.k.

Entrei na cama e ele levantou minha camisola. Passei os braços em torno de seu pescoço e o segurei bem perto de mim. Ele beijou o inchaço duro da minha barriga, ele beijou a parte interna da minha coxa. Quando ele me chupou mordi a mão para ficar quieta. Sua boca parecia dura. Meus dentes começaram a tirar sangue do meu polegar e meu rosto estava molhado. Quando olhou para cima, ele perguntou, está bom? Fiz que sim e senti a cabeceira bater na parede. Ele se ajoelhou e deixei minha boca formar uma sílaba longa, murmurada, como a que um animal soltaria. Nick me tocou e eu fechei as pernas de repente e disse não, eu estou quase. Ah, que bom, ele disse. Ele pegou a caixa da gaveta da mesinha e fechei meus olhos. Então senti seu corpo, seu calor e peso complexo. Segurei sua mão com força entre o dedo e o polegar, como se tentasse reduzi-la a um tamanho possível de absorver. Isso, eu disse. Tentei fazer com que não terminasse rápido demais. Ele estava tão dentro de mim que senti que poderia morrer. Cruzei as pernas em torno de suas costas e ele disse, Meu Deus, eu adoro isso, adoro quando você faz isso. Sussurramos o nome um do outro diversas vezes. Então acabou.

Depois fiquei deitada com a cabeça em seu peito e escutei seu coração bater.

A Melissa me parece uma boa pessoa, declarei. Sabe, lá no fundo.

É, acredito que seja mesmo.

Isso nos torna más pessoas?

Espero que não, ele disse. Você não, em todo caso. Eu, talvez.

Seu coração continuou batendo feito um relógio empolgado ou infeliz. Pensei na leitura seca e ideológica de Bobbi acerca do amor não monogâmico e tive vontade de falar do assunto com Nick, talvez como piada, sem levar totalmente a sério, só para sugerir uma possibilidade para ver o que ele achava.

Você já pensou na possibilidade de contar de nós para ela? perguntei.

Ele suspirou, o tipo de suspiro audível que é como uma palavra. Me sentei e ele me fitou com um olhar triste, como se o assunto fosse um fardo.

Sei que deveria contar para ela, ele disse. Eu me sinto mal

de fazer você mentir pelo meu bem. E eu nem sei mentir direito. Outro dia a Melissa perguntou se eu sentia alguma coisa por você e eu disse que sim.

A palma da minha mão estava parada em seu esterno e eu ainda sentia seu sangue bombeando sob a superfície da pele. Ah, eu disse.

Mas o que acontece se eu falar para ela? ele disse. Quer dizer, o que você gostaria que acontecesse? A minha impressão não é de que você gostaria que eu fosse morar com você.

Eu ri e ele também. Embora ríssemos da impossibilidade da nossa relação, a sensação ainda era boa.

Não, respondi. Mas ela teve casos e nunca saiu da sua casa.

É, mas sabe como é, as circunstâncias eram bem diferentes. Olha, é óbvio que o ideal seria eu contar para ela e ela dizer, bom, vai em frente, viva a sua vida, não me importo. Não estou nem dizendo que isso não aconteceria, só estou dizendo que talvez não aconteça.

Passei o dedo na clavícula dele e disse: não me lembro de ter pensado nisso no começo. Que essa história estava predestinada a ter um final infeliz.

Ele assentiu, me olhando. Eu pensei, disse ele. Mas achei que valeria a pena.

Por alguns instantes ficamos em silêncio. O que você acha agora? perguntei. Eu acho que depende do quão infeliz vai acabar.

Não, respondeu Nick. É estranho, mas não acho que dependa. Olha, eu vou contar para ela, está bem? A gente vai dar um jeito.

Antes que eu pudesse dizer alguma coisa, ouvimos passos subindo a escada dos fundos. Ficamos em silêncio e os passos foram se aproximando da porta. Houve uma batida e a voz de Bobbi chamou: Nick? Ele apagou a luz e disse: oi, um segundo. Levantou-se da cama e vestiu uma calça de moletom. Fiquei deitada no colchão, observando-o. Então ele abriu a porta. Não consegui ver Bobbi sob o feixe de luz, só enxergava a silhueta das costas de Nick e seu braço encostado no batente da porta.

A Frances não está no quarto dela, Bobbi disse. Não sei onde ela está.

Ah.

Olhei no banheiro e lá fora, no jardim. Você acha que eu devo sair atrás dela? Acha uma boa a gente acordar os outros?

Não, não precisa, disse Nick. Ela está, hum. Ai, meu Deus do céu. Ela está aqui comigo.

Houve um longo silêncio. Não enxergava a cara de Bobbi ou a dele. Pensei nela beijando minha boca mais cedo e me chamando de metida a certinha. Era terrível que Nick tivesse lhe contado dessa forma. Eu percebia como era terrível.

Não tinha me dado conta, disse Bobbi. Desculpa.

Não, que isso.

Bom, desculpa. Boa noite, então.

Ele lhe desejou boa-noite e fechou a porta. Escutamos seus passos descendo a escada dos fundos até os quartos no subsolo. Que merda, disse Nick. Merda. Sem expressão, afirmei: ela não vai contar para ninguém. Nick soltou um ruído de suspiro irritado e disse: bom, é, espero que não. Parecia estar distraído, como se não percebesse mais que eu estava no quarto. Pus minha camisola e disse que dormiria lá embaixo. Claro, tudo bem, ele disse.

Nick ainda estava na cama quando Bobbi e eu saímos na manhã seguinte. Melissa nos acompanhou até a estação com a bagagem e ficou nos observando, quieta, ao embarcarmos no ônibus.

PARTE DOIS

18

Era fim de agosto. No aeroporto, Bobbi me perguntou: há quanto tempo isso está rolando, entre vocês dois? E eu contei. Ela deu de ombros como se estivesse tudo bem. No ônibus de volta do aeroporto de Dublin, ouvimos uma notícia sobre uma mulher que morrera no hospital. Era um caso que eu acompanhava fazia um tempo e do qual tinha me esquecido. De toda forma, estávamos cansadas demais para falar do assunto naquele momento. Chovia contra as janelas do ônibus quando ele parou diante da faculdade. Ajudei Bobbi a tirar a mala do bagageiro e ela desdobrou as mangas da capa de chuva. Chibatas, ela disse. Típico. Eu ia pegar o trem de volta a Ballina para passar umas noites com a minha mãe, e disse a Bobbi que ligaria. Ela chamou um táxi e eu andei até o ponto de ônibus para pegar o 145 a caminho de Heuston.

Naquela noite, ao chegar em Ballina, minha mãe esquentou um bolonhesa e me sentei à mesa da cozinha arrancando os nós do meu cabelo. Do outro lado da janela as folhas gotejavam como quadrados molhados de seda. Ela comentou que eu estava bronzeada. Deixei algumas pontas duplas caírem dos meus dedos no chão da cozinha e disse: ah, estou? Eu sabia que estava.

Você teve alguma notícia do seu pai enquanto estava lá? ela perguntou.

Ele me ligou uma vez. Não sabia onde eu estava, parecia estar bêbado.

Ela tirou um pacote plástico de pão de alho da geladeira. Minha garganta doía e eu não sabia o que falar.

Ele não foi sempre ruim desse jeito, não é? perguntei. Piorou com o tempo.

Ele é seu pai, Frances. Me diga você.

Eu não convivo com ele no dia a dia.

A chaleira ferveu, soltando uma nuvem de vapor sobre a prateleira e a torradeira. Tremi. Nem acreditava que havia acordado na França naquela manhã.

Quer dizer, ele era assim quando você se casou com ele? perguntei.

Ela não respondeu. Olhei para o jardim, para o comedouro pendurado na bétula. Minha mãe preferia mais umas espécies de pássaros a outras; o comedouro era para os pequenos e sedutoramente vulneráveis. Corvos eram totalmente indesejados. Ela os afugentava quando os flagrava. São todos pássaros, ressaltei. Ela disse sim, mas alguns são pássaros capazes de se defender sozinhos.

Senti uma dor de cabeça chegando enquanto punha a mesa, mas não quis mencioná-la. Sempre que dizia à minha mãe que tinha dores de cabeça ela falava que era porque eu não comia bem e tinha hipoglicemia, mas eu nunca tinha pesquisado a ciência por trás daquela alegação. Quando a comida ficou pronta, eu também sentia dor nas costas, uma espécie de dor muscular ou no nervo que tornava incômodo me sentar com a coluna ereta.

164

Depois de comermos, ajudei a encher o lava-louças e minha mãe disse que ia assistir televisão. Carreguei a mala para o meu quarto, embora à medida que eu subia os degraus achasse fisicamente cada vez mais difícil andar reta. Minha visão parecia mais nítida e vivaz do que de costume. Tinha medo de me movimentar com vigor demais, como se tivesse medo de extirpar a dor para fora e piorá-la. Devagar, fui até o banheiro, fechei a porta e estabilizei as mãos na pia.

Sangrava de novo. Dessa vez o sangue tinha ensopado minhas roupas e eu não me sentia forte o bastante para tirá-las de uma vez. Pouco a pouco, usando a pia para me equilibrar, consegui me despir. Minhas roupas saíam molhadas como a pele de uma ferida. Me enrolei num roupão de banho que estava pendurado atrás da porta, depois me sentei na beirada da banheira com as mãos apertando forte meu abdômen, as roupas ensanguentadas jogadas no chão. Primeiro me senti melhor, depois pior. Queria tomar banho, mas estava preocupada por estar fraca demais e acabar caindo ou desmaiando.

Reparei que no sangue havia coágulos cinza e grossos do que parecia ser pele. Nunca tinha visto nada parecido e fiquei tão assustada que a única ideia reconfortante que me passava pela cabeça era: talvez isso não esteja acontecendo. Retornava a esse pensamento sempre que sentia o pânico voltar, como se ficar louca e alucinar com uma realidade alternativa fosse menos apavorante do que aquilo que de fato acontecia. Talvez não esteja acontecendo. Deixei as mãos tremerem e esperei elas voltarem ao normal, então me dei conta de que não era apenas uma sensação, algo que poderia renegar para mim mesma. Era uma realidade exterior que eu não seria capaz de mudar. A dor não era parecida com nada que eu já tivesse sentido.

Me agachei para pegar o celular e então liguei para o número fixo. Quando minha mãe atendeu, eu disse: você pode subir aqui um segundo? Não estou me sentindo muito bem. Eu a escutei subindo a escada chamando: Frances? Querida? Quando ela entrou, contei o que tinha acontecido. Estava com dor demais para me sentir constrangida ou melindrada.

A sua menstruação atrasou? Ela perguntou.

Tentei pensar no assunto. Minhas menstruações nunca tinham sido regulares, e calculei que a última viera cinco semanas antes, embora talvez estivesse mais para seis.

Não sei, talvez, respondi. Por quê?

Posso supor que não tem nenhuma possibilidade de você estar grávida?

Engoli em seco. Não falei nada.

Frances? ela disse.

É extremamente improvável.

Não é impossível?

Bom, praticamente nada é impossível.

Bom, não sei o que te dizer. Vamos ter que ir para o hospital se você está com tanta dor assim.

Agarrei a borda da banheira com a mão esquerda até os nós dos meus dedos empalidecerem. Então virei a cabeça e vomitei na banheira. Alguns segundos depois, sabendo que não vomitaria mais, enxuguei a boca com o dorso da mão e disse: é, talvez a gente deva ir para o hospital sim.

Após muita espera me deram uma cama na ala de Acidentes e Emergências. Minha mãe disse que iria para casa e dormiria algumas horas, e que eu ligasse em caso de novidade. A dor havia diminuído um pouco, mas não tinha passado. Segurei sua mão quando ela se despediu, aquela grande superfície quente, como algo que pudesse brotar da terra.

Depois que me deitei na cama, uma enfermeira me pôs um soro, mas não me disse o que ele pingava. Tentei olhar com calma para o teto e fazer uma contagem regressiva de cabeça. Os pacientes que eu via da cama em geral eram idosos, mas havia um rapaz na ala que parecia embriagado ou chapado. Não o via, mas escutava seu choro e seu pedido de desculpas a todas as enfermeiras que passavam. E as enfermeiras diziam coisas ao estilo, tudo bem, Kevin, você está bem, fique quietinho.

O médico que veio tirar meu sangue não parecia muito mais velho do que eu. Parecia precisar de muito sangue, e também uma amostra da urina, e ele me fez perguntas sobre meu histórico sexual. Eu lhe disse que nunca tinha feito sexo sem proteção, e ele movimentou o lábio inferior com incredulidade e disse: nunca, o.k. Tossi e disse: bom, não completamente. Então ele me fitou por cima da prancheta. Estava claro pela expressão que ele me achava uma idiota.

Não completamente desprotegida? perguntou. Não estou entendendo.

Senti meu rosto queimar, mas respondi na voz mais seca e despreocupada possível.

Não, quero dizer que não foi completamente sexo, expliquei. Entendi.

Então olhei para ele e disse: quero dizer que ele não gozou dentro de mim, não está claro? Ele tornou a olhar para a prancheta. Dava para perceber que nos odiávamos muito. Antes de ir, ele disse que usariam minha urina para um teste de gravidez. Normalmente os níveis de HCG continuariam elevados por até dez dias, foi o que ele informou antes de ir embora.

Eu sabia que eles fariam um teste de gravidez porque achavam que eu tinha tido um aborto espontâneo. Fiquei pensando se os coágulos de tecido os levavam a pensar assim. Uma ansiedade intensa se desenvolveu dentro de mim com essa ideia, da mesma maneira que sempre acontecia independentemente do estímulo externo que a desencadeava: primeiro a percepção de que eu morreria, depois a de que todo mundo morreria, e depois a de que o universo em si um dia sofreria a morte térmica, uma espécie de sequência de pensamentos que se expandia infinitamente para fora, em formas imensas demais para ficarem contidos dentro do meu corpo. Eu tremia, minhas mãos estavam suadas, tive certeza de que vomitaria de novo. Soquei minha perna sem razão, como se isso fosse impedir a morte do universo. Então achei meu celular debaixo do travesseiro e liguei para o Nick.

Ele atendeu depois de vários toques. Não ouvia minha própria voz quando eu falava, mas acho que disse algo sobre querer conversar com ele. Batia os dentes e talvez estivesse falando coisas sem sentido. Quando ele falava, era sussurrando.

Você bebeu? Ele indagou. O que é que você está fazendo me ligando assim?

Eu disse que não sabia. Meus pulmões ardiam e minha testa estava molhada.

São duas horas da manhã aqui, sabia? Ainda estão todos acordados, eles estão na outra sala. Você está tentando me causar problemas?

Falei de novo que não sabia e ele falou de novo que eu parecia bêbada. Sua voz continha sigilo e raiva numa combinação especial: o sigilo intensificava a raiva, a raiva relacionava-se ao sigilo.

Qualquer um poderia ter visto você me ligar, ele afirmou. Meu Deus, Frances. Como é que eu vou explicar se alguém perguntar?

Comecei a ficar chateada, o que era melhor do que ficar em pânico. Está bem, eu disse. Tchau. E desliguei o celular. Ele não me ligou de volta, mas enviou uma mensagem de texto composta de uma fileira de interrogações. Estou no hospital, escrevi. Então apertei o botão de deletar até essa mensagem desaparecer, caractere após caractere uniformemente ritmados. Depois enfiei o celular de volta debaixo do travesseiro. Tentei me obrigar a pensar nas coisas de forma lógica. A ansiedade era apenas um fenômeno químico que produzia sentimentos ruins. Sentimentos não passavam de sentimentos, não tinham substância material. Se eu estivesse grávida, então provavelmente estava sofrendo um aborto. E daí? A gravidez já tinha acabado e eu não precisava pensar em coisas como o direito constitucional irlandês, o direito de viajar, meu saldo bancário atual e assim por diante. Porém, significaria que a certa altura carreguei sem saber o filho de Nick, ou melhor, uma criança constituída de uma misteriosa mistura meio a meio de mim e de Nick, dentro do meu próprio corpo. Parecia ser algo a que teria de me adequar, embora não soubesse como ou o que queria dizer "adequar" ou se eu ainda estava agindo de forma estritamente lógica a respeito do tema. A essa altura, eu estava exausta e de olhos fechados. Me peguei pensando se teria sido um menino

O médico voltou horas depois e confirmou que eu não estava grávida, que não tinha sido um aborto espontâneo, e que não havia sinal de infecção ou outras irregularidades na minha função sanguínea. Ele notou enquanto falava comigo que eu tremia, meu rosto estava úmido, eu provavelmente parecia um cachorro assustado, mas ele não me perguntou se eu estava bem. E daí, pensei, eu estou bem. Disse que a ginecologista me veria quando começasse seu turno, às oito. Em seguida foi embora, deixando para trás a cortina aberta. Começava a ficar claro lá fora e eu não tinha dormido. O bebê inexistente inaugurou uma nova categoria de inexistência, isto é, a de coisas que não tinham deixado de existir, mas que na verdade jamais tinham existido. Me senti tola, e a ideia de que estivera grávida agora me parecia melancolicamente ingênua.

A ginecologista chegou às oito. Fez algumas perguntas sobre meu ciclo menstrual e em seguida fechou as cortinas para me fazer um exame pélvico. Não sabia muito bem o que ela estava fazendo com as mãos, mas fosse o que fosse, era cruelmente doloroso. Parecia que uma ferida extremamente sensível dentro mim estava sendo torcida. Depois passei os braços em torno do peito e assenti para o que ela dizia, apesar de não ter certeza de que conseguia escutá-la de verdade. Ela tinha acabado de enfiar a mão dentro de mim e causado uma das piores dores que já tinha vivenciado, e o fato de continuar falando como se esperasse que eu fosse lembrar do que dizia me pareceu uma verdadeira loucura.

Lembro que ela me falou que precisava de um ultrassom, e que poderia ter sido diversas coisas. Em seguida, fez a receita de pílula anticoncepcional e me disse que se eu quisesse poderia emendar duas caixas de pílula e só menstruar a cada seis semanas. Eu disse que faria isso. Ela falou que eu receberia uma carta a respeito do ultrassom dali a alguns dias.

É isso, ela concluiu. Você está de alta.

Minha mãe me pegou na frente do hospital. Quando fechei a porta do passageiro, ela disse: você parece ter voltado da guerra. Eu disse que se o parto fosse em algo parecido com aquele exame pélvico era surpreendente que a raça humana tivesse sobrevivido há tanto tempo. Ela riu e acariciou meu cabelo. Pobre Frances, disse ela. O que é que a gente faz com você?

Quando cheguei em casa dormi no sofá até de tarde. Minha mãe deixou um bilhete informando que tinha ido trabalhar e que era para eu avisar caso precisasse de algo. Já me sentia bem o suficiente para andar sem me encurvar e fazer um café instantâneo com torrada. Passei uma camada grossa de manteiga na torrada e comi em mordidas pequenas, vagarosas. Depois tomei banho até me sentir limpa de verdade e voltei para o meu quarto enrolada em toalhas. Sentei-me na cama, a água caía do meu cabelo nas minhas costas, e chorei. Estava tudo bem chorar porque ninguém podia me ver, e eu nunca contaria a ninguém. No momento em que acabei, sentia muito frio. As pontas dos meus dedos começavam a ficar com um sinistro tom cinza--esbranquiçado. Sequei minha pele com a toalha e o cabelo com o secador até ele crepitar. Então encostei na parte interna do meu cotovelo esquerdo e belisquei com tanta força entre o indicador e o polegar que rasguei a pele. Foi isso. Estava terminado. Tudo ficaria bem.

19

Minha mãe chegou cedo do trabalho naquela tarde e preparou um frango enquanto eu fiquei sentada à mesa tomando chá. Ela parecia meio distante durante o preparo e não falou direito comigo até nos sentarmos para jantar.

Então você não está grávida, ela constatou.

Não.

Você não parecia ter muita certeza ontem à noite.

Bom, o teste é bastante conclusivo.

Ela deu um sorrisinho engraçado e pegou o saleiro. Com cuidado, pôs um pouquinho de sal no frango e colocou o saleiro de volta ao lado do moedor de pimenta.

Você não me contou que estava saindo com alguém, ela disse.

Quem disse que estou saindo com alguém?

Não é aquele amigo seu com quem você viajou. Aquele cara bonito, o ator.

Engoli o chá calmamente, mas não estava mais com vontade de comer.

Você sabe que foi a esposa dele quem nos convidou para ir viajar, eu disse.

Não ouço mais nada sobre ele. Você costumava falar bastante o nome dele.

E por algum motivo você ainda parece não conseguir se lembrar qual é.

Ela gargalhou diante do comentário. Ela disse, lembro sim, é Nick alguma coisa. Nick Conway. Cara bonitão. Eu o vi na televisão uma noite, acho que pus na Sky Plus por sua causa.

Que gentileza a sua, mãe.

Bom, não gostaria de imaginar que tem algo a ver com ele.

Eu disse que a comida estava boa, e que agradecia por tê-la preparado para mim.

Você ouviu que eu estava falando com você, Frances? ela perguntou.

Não estou com disposição para isso, não mesmo.

Terminamos de comer em silêncio. Depois subi para o quarto e olhei meu braço no espelho, para o ponto em que o beliscara. Estava vermelho e um pouco inchado e, quando eu encostava, ardia.

Fiquei alguns dias em casa, deitada, lendo. Tinha muitas leituras acadêmicas que poderia adiantar antes que o período letivo começasse, mas o que comecei a ler foi o Evangelho. Por algum motivo minha mãe havia deixado um exemplar pequeno de capa de couro do Novo Testamento na estante do meu quarto, espremido entre *Emma* e uma antologia dos primórdios da literatura americana. Li na internet que o bom era começar por Marcos e depois ler os outros evangelhos na seguinte ordem: Mateus, depois João, depois Lucas. Acabei Marcos bem rápido. Era dividido em partes pequenininhas que facilitavam a leitura, e anotei os trechos interessantes em um caderno vermelho. Jesus não falava muito durante o evangelho de Marcos, o que me deixou mais interessada em ler os outros. Detestava religião quando criança. Minha mãe me levou à missa todos os domingos até meus catorze anos, mas ela não acreditava em Deus e tratava a missa como um rito social ante o qual me obrigava a lavar o cabelo. Ainda assim, cheguei à Bíblia a partir da perspectiva de que Jesus provavelmente tinha um bom ponto de vista filosófico. Acabei descobrindo que muito do que dizia era obscuro e até desagradável. Àquele que não tem, até aquilo que tem lhe será tirado, não gostei disso, embora também não tivesse certeza de que tinha entendido plenamente. Em Mateus havia um trecho em que os fariseus perguntavam a Jesus sobre o casamento, que eu estava lendo às oito ou nove horas da noite, enquanto minha mãe examinava alguns papéis. Jesus disse que no casamento, homem e esposa já não são mais dois, mas uma só carne. Portanto, o que Deus havia unido nenhum homem pode separar. Me senti muito mal ao ler isso. Larguei a Bíblia, mas foi em vão.

No dia seguinte ao hospital, recebi um e-mail de Nick.

ei, desculpa pelo jeito que agi no telefone ontem à noite. era só medo de que alguém visse seu nome na tela e isso virasse um problema. mas ninguém viu e eu falei que era minha mãe ligando (não vamos entrar muito no aspecto psicológico disso). mas percebi que você estava estranha. está tudo bem?

ps todo mundo diz que estou de mau humor desde que você foi embora. além disso a evelyn acha que estou "sofrendo" por você, o que é bizarro.

Li inúmeras vezes, mas não respondi. Na manhã seguinte a carta do hospital chegou, marcando o ultrassom para novembro. Achei a espera muito longa, mas minha mãe disse que saúde pública era assim mesmo. Mas eles não sabem qual é o meu problema, respondi. Ela disse que se fosse algo sério, jamais teriam me dado alta. Eu não sabia se isso era verdade. De qualquer modo, peguei minha receita de comprimidos e comecei a tomá-los. Liguei para o meu pai algumas vezes, mas ele não atendeu nem retornou as chamadas. Minha mãe sugeriu que eu "desse uma passada" na casa dele, do outro lado da cidade. Disse que continuava me sentindo mal e que não queria aparecer lá a troco de nada, já que ele não retornava meus telefonemas. Diante disso, ela disse apenas: ele é seu pai. Era uma espécie de mantra religioso para ela. Deixei a questão de lado. Ele não estava tentando contato.

Minha mãe detestava o jeito como eu falava do meu pai, como se fosse uma pessoa normal qualquer em vez de meu distinto benfeitor pessoal, ou uma subcelebridade. Essa irritação era dirigida a mim, mas também era sintoma de sua decepção porque meu pai tinha falhado em conquistar o respeito que ela queria que eu sentisse por ele. Sabia que ela tinha que dormir com a carteira enfiada na fronha quando eram casados. Eu a peguei chorando quando ele adormeceu só de cueca na escada. Eu o vi deitado ali, gigantesco e rosado, a cabeça aninhada em um dos braços. Roncava como se fosse o melhor sono de sua vida. Ela não conseguia entender que eu não o amava. Você tem de amá-lo, ela me falou quando eu tinha dezesseis anos. Ele é o seu pai.

Quem disse que eu tenho de amá-lo? perguntei.

Bom, quero acreditar que você é do tipo de pessoa que ama os próprios pais.

Acredite no que quiser.

Acredito que te criei para ser bondosa com os outros, ela disse. É nisso que eu acredito.

Eu tinha sido bondosa com os outros? Era difícil achar uma resposta. Me preocupava o fato de que se tivesse mesmo uma personalidade, seria uma das maldosas. Será que só me preocupava com essa questão porque, como mulher, me sentia obrigada a pôr as necessidades alheias à frente das minhas? Seria "bondade" apenas outro termo para a submissão diante do conflito? Esses eram os tipos de coisas sobre os quais eu escrevia no meu diário quando era adolescente: como feminista tenho o direito de não amar ninguém.

Achei o vídeo do documentário que Bobbi mencionara na França, uma produção televisiva de 1992 chamada *Criança Gênio!*. Nick não era a criança gênio principal do programa, havia seis crianças, cada uma com uma área de interesse diferente. Pulei até achar uma sequência de Nick olhando livros, enquanto um narrador explicava que com apenas dez anos, "Nicholas" tinha lido várias obras importantes da filosofia antiga e escrito ensaios sobre metafísica. Quando criança, Nick era magricela como um bicho-pau. A primeira imagem mostrava uma casa gigantesca em Dalkey com dois carros parados do lado de fora. Mais adiante, Nick aparecia com um fundo azul e uma entrevistadora lhe fazia perguntas sobre o idealismo platônico, às quais ele respondeu com competência, sem parecer esnobe. A certa altura a entrevistadora perguntou: o que te leva a adorar tanto o mundo antigo? Então Nick olha ao redor com nervosismo como se procurasse os pais. Bom, eu não adoro, ele explicou. Só estudo. Você não se vê como um rei da filosofia em desenvolvimento? perguntou a entrevistadora, bem-humorada. Não, Nick disse com muita seriedade. Ele arregaçou as mangas do blazer. Continuava olhando ao redor como se esperasse alguém aparecer para ajudá-lo. Seria meu pior pesadelo, ele disse. A entrevistadora riu e Nick nitidamente relaxou. Mulheres rindo sempre o relaxaram, pensei.

Alguns dias após o hospital, liguei para Bobbi para perguntar se ainda éramos amigas. Senti minha voz tornar-se idiota quando perguntei isso, como se eu tentasse fazê-la soar como uma piada. Achei que você fosse me ligar naquela noite, ela reclamou. Estava no hospital, respondi. Minha língua parecia enorme e traiçoeira dentro da boca.

Como assim? ela perguntou.

Expliquei o que acontecera.

Eles acharam que você estava sofrendo um aborto espontâneo, ela disse. Isso é meio forte, não é?

É? Sei lá, não sabia o que sentir a respeito da situação.

Ela suspirou audivelmente no telefone. Queria explicar que eu não sabia em que medida tinha direito de sentir algo, ou em que medida o que senti no hospital eu ainda tinha o direito sentir agora. Entrei em pânico, queria contar para ela. Voltei a pensar na morte térmica do universo. Liguei para Nick e desliguei na cara dele. Mas fiz todas essas coisas porque achei que algo estava acontecendo dentro de mim, e no final das contas não estava. A ideia do bebê, com toda a sua enorme importância emocional e seu potencial para o sofrimento constante, se transformou em nada. Eu nunca estive grávida. Era impossível, talvez até ofensivo, sofrer por uma gravidez que nunca existira, embora as emoções fossem genuínas no momento em que as senti. Antigamente, Bobbi era receptiva às análises de meus próprios tormentos, mas dessa vez eu não podia confiar em mim mesma para transmitir o sentimento sem chorar ao telefone.

Me desculpa se você acha que eu menti sobre o Nick para você, eu disse.

Você está se desculpando por eu achar isso, o.k.

Foi meio complicado.

É, disse Bobbi. Acho que é assim que os casos extraconjugais são.

Você ainda é minha amiga?

Sou. Então, quando é que você vai fazer esse ultrassom?

Eu lhe disse que seria em novembro. Também contei do médico perguntando sobre sexo sem proteção, o que a levou a bufar. Eu estava sentada na cama, os meus pés sob a coberta. No espelho da parede oposta eu via minha mão esquerda, a mão livre, subindo e descendo com nervosismo pela costura da fronha. Relaxei e fiquei olhando-a cair inerte sobre a colcha.

Mesmo assim, não acredito que o Nick tentaria escapar sem usar camisinha, disse Bobbi. Que canalhice.

Murmurei qualquer coisa defensiva do tipo: ah, a gente não... sabe, não foi mesmo...

Não estou botando a culpa em você, ela explicou. Só estou surpresa com ele, só isso.

Tentei pensar em algo para dizer. Nenhuma das coisas idiotas que fizemos pareciam ser culpa de Nick porque ele sempre aderia às minhas sugestões.

Foi minha ideia, provavelmente, eu disse.

Você parece ter sofrido lavagem cerebral quando fala assim.

Não, mas na verdade ele é bem passivo.

Certo, mas ele poderia ter dito não, Bobbi retrucou. Vai ver que ele gosta de agir passivamente para não ter que levar a culpa de nada.

No espelho notei que minha mão tinha começado a fazer aquela coisa de novo. Não era essa a conversa que eu estava tentando travar.

Pelo jeito como você fala, parece que ele é muito calculista, eu disse.

Não quis dizer que ele agiu conscientemente. Você contou para ele que esteve no hospital?

Eu disse que não. Senti minha boca se abrir novamente para explicar do telefonema em que ele me acusou de estar bêbada, mas resolvi não contar, e enunciei: é, não.

Mas você é próxima dele, ela disse. Você conta as coisas para ele.

Sei lá. Eu não sei realmente o quanto somos próximos.

Bom, você conta mais para ele do que para mim.

Não, rebati. Menos do que para você. É bem provável que ele pense que nunca conto nada para ele.

Naquela noite decidi reler as antigas conversas que tive com Bobbi na internet. Já tinha feito um projeto semelhante uma vez, pouco depois do nosso rompimento, e agora tinha vários anos de mensagens a mais para ler. Me confortava saber que minha amizade com Bobbi não estava limitada apenas à memória, e que as provas textuais de seu antigo carinho por mim sobreviveriam ao seu carinho de fato se necessário. Essa ideia se destacava na minha mente também na época do término, por motivos óbvios. Considerava importante que Bobbi jamais pudesse negar que a certa altura havia gostado muito de mim.

Dessa vez baixei nossas conversas como um único e imenso arquivo de texto com registro de data. Disse a mim mesma que era grande demais para ler do começo ao fim, e que também não seria uma narrativa coesa, então resolvi ler procurando palavras ou expressões específicas e lendo os trechos em que apareciam. A primeira que tentei foi "amor", que trouxe à tona a seguinte conversa, de seis meses atrás:

Bobbi: se você olhar o amor como algo além de um fenômeno interpessoal

Bobbi: e tentar entendê-lo como um sistema de valores sociais

Bobbi: é ao mesmo tempo antitético ao capitalismo, por desafiar o axioma do egoísmo

Bobbi: que dita toda a lógica da desigualdade
Bobbi: e também é subserviente e facilitador
Bobbi: isto é, mães criando os filhos altruisticamente sem nenhum interesse monetário
Bobbi: o que parece contradizer as demandas do mercado por um lado
Bobbi: e na verdade só funciona para suprir trabalhadores sem custo nenhum
eu: sim
eu: o capitalismo se aproveita do "amor" pelo lucro
eu: o amor é a prática discursiva e o trabalho não remunerado é o efeito
eu: mas, quer dizer, eu entendo, sou contra o amor como tal
Bobbi: que sem graça, frances
Bobbi: você tem que fazer alguma coisa além de se dizer contra as coisas

Saí da cama depois de ler esse trecho e tirei a roupa para me olhar no espelho. De tempos em tempos me pegava fazendo isso por uma espécie de compulsão, embora nada em mim parecesse mudar. Os ossos dos meus quadris ainda saltavam de forma nada atraente das laterais da minha pélvis, e meu abdômen continuava duro e redondo ao toque. Eu parecia algo que caíra da colher rápido demais, antes de ficar no ponto. Meus ombros eram salpicados por capilares quebrados, de cor violeta. Por um tempo, fiquei parada só me olhando e sentindo a repulsa se aprofundar mais e mais, como se fizesse um experimento para ver o quanto eu sentia. Por fim, ouvi um toque vindo da minha bolsa e fui tentar achá-la.

Quando peguei o celular, apareceu que eu tinha perdido uma ligação de meu pai. Tentei ligar de volta mas ele não atendeu. A essa altura começava a sentir frio, então vesti a roupa toda outra vez e desci para contar à minha mãe que daria uma passada na casa de meu pai. Ela estava sentada à mesa lendo o jornal; não levantou os olhos. Boa garota, disse ela. Diz que perguntei por ele.

Andei pela mesma rota de sempre pela cidade. Não tinha levado casaco, e na casa dele toquei a campainha, pulando de uma perna para a outra para me aquecer. Minha respiração embaçava o vidro. Toquei de novo e nada aconteceu. Quando abri a porta, não escutei nada dentro da casa. A entrada cheirava a umidade e também a algo pior do que umidade, algo meio azedo. Um saco de lixo estava amarrado e abandonado sob a mesinha da entrada. Chamei o nome de meu pai: Dennis?

Como vi que a luz estava acesa na cozinha, empurrei a porta e num reflexo levei a mão ao rosto. O cheiro era tão rançoso que o sentia fisicamente, como o calor ou um toque. Diversas refeições comidas pela metade haviam se acumulado na mesa e nas bancadas, em vários estados de decomposição, cercadas de lenços sujos e garrafas vazias. A porta da geladeira estava entreaberta, derramando um triângulo de luz amarela no chão. Uma varejeira azul rastejava por uma faca abandonada em um pote grande de maionese, e outras quatro se debatiam contra a janela da cozinha. Na lixeira vi um punhado de larvas brancas se contorcendo às cegas como arroz fervendo. Saí do cômodo de costas e fechei a porta.

No corredor tentei ligar de novo para o Dennis. Ele não atendeu. Estar em sua casa era como observar um conhecido sorrir para mim, mas de boca desdentada. Quis me ferir de novo a fim de sentir que havia retornado à segurança do meu próprio corpo. Em vez disso, dei meia-volta e fui embora. Cobri a mão com a manga da blusa para fechar a porta.

20

Meu estágio na agência terminou formalmente no início de setembro. Todos tivemos uma última reunião com Sunny para falarmos de nossos planos para o futuro e do que havíamos aprendido com as nossas experiências, embora imaginasse não ter nada a dizer sobre isso. Entrei no escritório dela no meu último dia e ela me pediu para fechar a porta e me sentar.

Bom, você não quer trabalhar em uma agência literária, ela disse.

Sorri como se fosse uma piada, enquanto ela olhava uns papéis e os deixava de lado. Ela apoiou os cotovelos na mesa, segurando o queixo com as mãos, contemplativa.

Fico pensando em você, ela disse. Você não me parece ter um plano.

É, isso é uma coisa que definitivamente eu não tenho.

Você só está esperando alguma coisa cair no seu colo.

Olhei pela janela atrás dela os belos edifícios georgianos e os ônibus que passavam. Chovia outra vez.

Me conta da viagem, ela pediu. Em que pé está a matéria da Melissa?

Contei sobre Étables, sobre Derek, que Sunny conhecia, e sobre Valerie, de quem ela já tinha ouvido falar. Sunny chamou-a de "mulher formidável". Dei um sorrisinho amarelo e nós duas rimos. Percebi que não queria ir embora do escritório de Sunny, que sentia que abria mão de algo que ainda não tinha terminado.

Não sei o que eu vou fazer, eu disse.

Ela assentiu e em seguida deu de ombros de um jeito expressivo, tolerante.

Bom, seus relatórios sempre foram ótimos, ela afirmou. Se um dia quiser uma carta de referência, você sabe onde me encontrar. E tenho certeza de que vou te ver de novo em breve.

Obrigada, eu disse. Por tudo.

Ela me lançou um último olhar compassivo ou desesperançado e voltou à papelada em sua mesa. Ela pediu que eu chamasse Philip ao sair. Obedeci.

Naquela noite, no meu apartamento, fiquei acordada até tarde retocando as vírgulas em um poema longo que estava escrevendo. Vi que Nick estava on-line e mandei uma mensagem: olá. Estava sentada à mesa da cozinha tomando chá de hortelã porque o leite da geladeira tinha azedado. Ele respondeu perguntando se eu tinha recebido seu e-mail de cinco dias atrás e eu disse que sim, e que ele não se preocupasse com a ligação estranha. Não queria lhe contar que estivera no hospital, ou o porquê. Era uma história sem conclusão e de qualquer modo era constrangedora. Ele me disse que todos estavam com saudades de Bobbi e de mim lá na França.

eu: igualmente?

Nick: haha

Nick: bom talvez eu sinta, tipo, um pouquinho mais de saudade

eu: obrigada

Nick: é, eu continuo acordando de noite quando ouço gente na escada

Nick: e aí eu lembro que você foi embora

Nick: decepção aterradora

Ri sozinha embora ninguém estivesse me vendo. Adorava que ele estivesse assim disponível para mim, quando nossa relação era como um documento de Word que escrevíamos e editávamos juntos, ou uma longa piada interna que ninguém mais podia entender. Gostava de achar que ele era meu colaborador. Gostava de pensar nele acordando no meio da noite e pensando em mim.

eu: isso na verdade é bem fofo

eu: estou com saudade da sua carinha linda

Nick: queria te mandar uma música mais cedo porque ela me lembra de você

Nick: mas imaginei sua resposta sarcástica e me acovardei

eu: hahaha

eu: manda por favor!

eu: prometo não ser sarcástica

Nick: tudo bem se eu ligar para o seu celular

Nick: estava bebendo e o esforço para digitar está me matando

eu: ah você está bêbado, por isso está sendo legal

Nick: acho que john keats tinha um nome para mulheres que nem você

Nick: um nome francês
Nick: você está percebendo que rumo eu estou tomando
eu: por favor me liga

Ele me ligou. Na verdade, não parecia bêbado, mas sonolento de um jeito bom. Dissemos de novo que estávamos com
saudade um do outro. Segurava a xícara de chá de hortelã entre
os dedos, sentindo-a esfriar. Nick se desculpou nóvamente pela
ligação daquela noite. Sou uma pessoa horrível, ele disse. Eu pedi que não falasse assim. Não, eu sou ruim, ele afirmou. Sou um
cara ruim. Ele me falou do que andavam fazendo em Étables,
do tempo e de um castelo que tinham ido visitar. Contei do término do meu estágio, e ele disse que de qualquer modo eu nunca pareci muito interessada nele. Talvez eu estivesse distraída
com o drama da minha vida pessoal, respondi.

Ah, é, estou pra te perguntar, ele disse. Como estão as coisas entre você e a Bobbi? Imagino que aquela não tenha sido a
melhor maneira de ela descobrir sobre nós dois.

É, estão esquisitas. Estão meio que me incomodando.

É a primeira relação que você tem desde que vocês duas ficaram juntas, não é?

Acho que sim, eu disse. Você acha que é por isso que é esquisito?

Bom, vocês não parecem ter se separado tanto assim depois
que terminaram. No sentido de que vocês ainda estão juntas o
tempo todo.

Foi ela quem terminou comigo.

Nick se calou, e quando falou parecia estar sorrindo com
curiosidade. É, eu sei disso, disse ele. É relevante?

Revirei os olhos, mas estava gostando da conversa. Pus a xícara de chá na mesa. Ah, entendi, eu disse. Entendi por que você está me ligando, o.k.

O quê?

Você quer fazer sexo por telefone.

Ele caiu na risada. Era isso que eu queria e me deleitei com o resultado. Ele riu bastante. Eu sei, ele disse. Típico da minha parte. Nesse momento, quis contar do hospital, já que ele estava tão bem-humorado comigo, e talvez dissesse coisas para me consolar, mas eu sabia que tornaria a conversa séria. Não gostava de obrigá-lo a ter conversas sérias. Falando nisso, ele disse, hoje eu vi uma garota na praia que parecia você.

As pessoas vivem dizendo que alguém parece comigo, eu disse. E aí quando vejo a pessoa ela é sempre sem graça e eu tenho de fingir que não me importo.

Ah, essa mulher não. Essa era bem atraente.

Você está me contando de uma estranha atraente que viu, que fofo.

Ela parecia com você! ele retrucou. Mas devia ser menos hostil. Talvez eu devesse ter um caso com ela.

Tomei uma golada de chá. Me senti tola por não responder ao e-mail depois de tanto tempo e grata por ele não ter estendido o assunto ou agido com mágoa. Perguntei o que tinha feito naquele dia e ele me disse que estava evitando os telefonemas dos pais e sentindo culpa por isso.

Seu pai é tão bonito quanto você? perguntei.

Por quê, você está pensando em entrar nessa? Ele é bem de direita. Eu ia ressaltar que ele também é casado, mas isso nunca foi empecilho para você, não é?

Ah, que legal. Quem é hostil agora?

Desculpa, ele disse. Você tem toda a razão, deveria seduzir o meu pai.

Você acha que faço o tipo dele?

Ah, faz. No sentido de você ser muito parecida com a minha mãe, de qualquer modo.

Caí na risada. Foi um riso sincero mas ainda assim queria garantir que ele ouviria.

É uma piada, disse Nick. Você está rindo ou está chorando? Você não parece com a minha mãe.

Seu pai é realmente de direita ou isso também foi uma piada? Ah, não, ele é um grande gerador de riquezas. Odeia mulheres. Detesta os pobres com todas as forças. Então dá para imaginar que ele me ame, o filho ator afetado.

Eu estava rindo para valer. Você não é afetado, retruquei. Você é agressivamente heterossexual. Você tem até uma amante de vinte e um anos.

Isso o meu pai aprovaria com certeza. A sorte é que ele nunca vai ficar sabendo.

Olhei em volta da cozinha vazia e declarei: limpei meu quarto hoje por conta da sua volta da França.

É sério? Adorei. Acho que agora esse papo realmente vale como sexo por telefone.

Você vai me visitar?

Depois de um instante de silêncio ele disse: claro. Não sentia exatamente que o havia perdido, mas sabia que ele estava pensando em outra coisa. Então ele disse: você parecia estar fora de si naquela noite, você estava bêbada?

Vamos esquecer isso.

Você em geral não é uma pessoa muito boa de telefone. Você não estava chateada nem nada assim, estava?

Ouvi algo no fundo do lado de Nick e em seguida um estalido. Oi? ele chamou. Uma porta se abriu e escutei a voz de Melissa dizendo: ah, você está no telefone. Nick disse: é, me dá um segundo. A porta tornou a se fechar. Não falei nada.

Vou te visitar, ele disse baixinho. Tenho de ir, está bem?

Claro.

Desculpa.

Vai lá, eu disse. Vive a sua vida.

Ele desligou.

No dia seguinte, nossa amiga Marianne chegou do Brooklyn e nos contou tudo sobre as celebridades que havia conhecido. Ela nos mostrou fotografias no celular enquanto tomávamos café: Brooklyn Bridge, Coney Island, a própria Marianne sorrindo com um homem borrado que eu secretamente não acreditava ser de fato Bradley Cooper. Uau, exclamou Philip. Que legal, concordei. Bobbi lambeu a parte de trás da colher de chá e não disse nada.

Estava feliz de rever Marianne, feliz de escutar os problemas dela como se minha própria vida estivesse indo exatamente da forma que sempre fora. Perguntei de seu namorado, Andrew, do que ele achava do novo emprego, do que tinha acontecido com a ex dele que lhe mandava mensagens pelo Facebook. Me vangloriei com ela a respeito do estágio de Philip na agência, de que ele se tornaria um agente literário predador e ganharia milhões, e deu para ver que eu o agradava. Melhor que comércio de armas, ele declarou. Bobbi bufou. Caramba, Philip, é esse o seu parâmetro de excelência? ela perguntou. Pelo menos não estou vendendo armas?

A essa altura a conversa me escapou. Antes que eu pudesse dirigir outra pergunta a Marianne, Philip passou a nos fazer perguntas sobre Étables. Nick e Melissa ainda estavam lá, só voltariam dali a duas semanas. Bobbi lhe disse que tínhamos "nos divertido".

Já teve sorte com o Nick? ele me perguntou.

Eu o encarei. Para Marianne, ele acrescentou: a Frances está de caso com um homem casado.

Não estou, não, retruquei.

O Philip está brincando, disse Bobbi.

O famoso Nick? perguntou Marianne. Quero saber de tudo.

A gente é amigo, respondi.

Mas ele sem dúvida tem uma quedinha, disse Philip.

Frances, sua sedutora! exclamou Marianne. Ele não é casado?

E felicíssimo, acrescentei.

Para mudar de assunto, Bobbi mencionou algo sobre a vontade de sair de casa e achar um apartamento mais perto da cidade. Marianne disse que havia uma crise de moradia, contou que ouvira sobre isso no noticiário.

E não aceitam estudantes, disse Marianne. Estou falando sério, olhe os anúncios.

Você está saindo da sua casa? perguntou Philip.

Deveria ser ilegal dizer "não aceitamos estudantes", afirmou Marianne. É discriminação.

Onde é que você está procurando? perguntei. Você sabe que a gente vai alugar o outro quarto do meu apartamento.

Bobbi olhou para mim e soltou uma risadinha.

Nós podíamos dividir o apartamento, ela constatou. Quanto?

Vou falar com o meu pai, respondi.

Não falava com meu pai desde que visitara sua casa. Quando liguei para ele após o café naquela noite, ele atendeu, parecendo relativamente sóbrio. Tentei reprimir a imagem do pote de maionese, o barulho das varejeiras azuis batendo contra o vidro. Queria falar com alguém que morasse em uma casa limpa, ou alguém que fosse apenas uma voz, de cuja vida eu não precisasse saber. Ao telefone falamos do outro quarto do apartamento. Disse que o irmão dele tinha arranjado umas visitas e expliquei que Bobbi estava procurando lugar para morar.

Quem? ele disse. Quem é Bobbi?

Você conhece a Bobbi. Estudou comigo na escola.

Ela é sua amiga, é? Qual amiga?

Bom, a verdade é que eu só tinha uma amiga.

Imaginei que você quisesse uma menina para morar com você.

A Bobbi é menina.

Ah, é a menina filha dos Lynch, não é?

Na verdade o sobrenome de Bobbi era Connolly, mas já que o nome da mãe era Lynch, deixei passar. Ele declarou que o irmão poderia dar o quarto para ela por seiscentos e cinquenta por mês, um preço que o pai de Bobbi estava disposto a pagar. Ele quer que eu tenha um lugar sossegado para estudar, ela explicou. Mal sabe ele.

No dia seguinte, o pai a levou de jipe com todos seus pertences. Ela também levou umas roupas de cama e uma luminária articulada amarela, além de três caixas de livros. Quando descarregamos o carro, o pai dela foi embora e ajudei Bobbi a fazer a cama. Ela começou a colar uns cartões postais e fotografias na parede enquanto eu enfiava os travesseiros nas fronhas. Ela pôs uma fotografia de nós duas de uniforme da escola, sentadas na quadra de basquete. Estávamos de saia longa xadrez e sapatos feios com furinhos, mas estávamos rindo. Olhamos juntas para a foto, nossos dois rostinhos nos perscrutando como se fôssemos ancestrais, ou talvez nossas próprias filhas.

O período letivo só começaria dali a uma semana, e nesse meio-tempo Bobbi comprou um ukulele vermelho e adotou o hábito de deitar no sofá e ficar tocando "Boots of Spanish Leather" enquanto eu fazia o jantar. Ela começou a se sentir em casa ao mudar os móveis de lugar quando eu passava o dia fora e ao grudar recortes de revistas nos espelhos. Teve grande interesse em conhecer a vizinhança. Um dia paramos no açougue para comprar picadinho de carne e Bobbi perguntou ao cara atrás do balcão como estava a mão dele. Eu não fazia ideia do que ela estava falando, não sabia nem que já tinha estado ali, mas reparei que o cara usava um gesso azul no punho. Parado, disse ele. Agora precisa de cirurgia e tudo. Ele enfiava a carne vermelha no saco plástico. Poxa, disse Bobbi. Quando é que vai ser? Ele lhe disse que no Natal. Nem fodendo eu consigo um dia de folga, disse o cara. Você tem que ir parar na funerária para conseguir uma folga desse lugar. Ele lhe entregou o saco de carne e acrescentou: só no caixão.

O perfil foi publicado logo antes de nossas aulas recomeçarem. Fui à livraria na manhã em que saiu e folheei a revista à procura do meu nome. Parei numa imagem de página inteira de Bobbi e de mim, tirada no jardim de Étables. Não me lembrava de Melissa ter tirado essa foto. Nos mostrava sentadas à mesa do café da manhã, eu inclinada como se fosse sussurrar algo no ouvido de Bobbi, e Bobbi rindo. Era uma imagem cativante, a luz era linda, e transmitia espontaneidade e ternura de um jeito que as fotografias posadas de antes não transmitiam. Me perguntei o que Bobbi diria sobre ela. O artigo na sequência era curto, falava bem de nossas apresentações e da cena de *spoken word* de Dublin, de modo geral. Nossos amigos leram e disseram que estávamos bem na foto, e Sunny me enviou um e-mail legal sobre o assunto. Durante um tempo, Philip gostava de carregar um exemplar da revista para cima e para baixo para ler trechos com um sotaque fajuto, mas em dado momento a piada acabou se esgotando. Matérias assim eram publicadas em revistas pequenas o tempo todo, e de qualquer modo fazia meses que Bobbi e eu não nos apresentávamos juntas.

Depois que o semestre começou, tinha o trabalho acadêmico para me manter ocupada novamente. Philip e eu íamos juntos para as aulas discutindo levemente acerca de vários romancistas do século XIX, que sempre terminavam com ele dizendo algo do estilo: olha, você deve ter razão. Uma noite, Bobbi e eu ligamos para Melissa para agradecer pelo artigo. Colocamos no viva-voz para podermos nos sentar à mesa para falar. Melissa nos contou tudo do que perdemos em Étables, das tempestades e do dia em que visitaram o castelo, coisas sobre as quais já tinha ouvido. Contamos que estávamos morando juntas e ela pareceu contente. Bobbi disse: você precisa vir aqui uma hora dessas. E Melissa disse que adoraria. Ela nos disse que voltariam para casa no dia seguinte. Cobri a mão com a manga da blusa e esfreguei distraidamente uma manchinha no tampo da mesa.

Continuei lendo o registro de minhas conversas com Bobbi, procurando termos que pareciam deliberadamente calculados para me irritar. A busca da palavra "sentimentos" desencavou esta conversa, do nosso segundo ano de faculdade:

> Bobbi: bom você não fala muito dos seus sentimentos
> eu: você se agarrou a essa visão de mim
> eu: como alguém que tem uma espécie de vida emocional oculta
> eu: só não sou muito emotiva
> eu: não falo disso porque não tenho do que falar
> Bobbi: não acho que "não emotivo" seja uma qualidade que alguém possa ter
> Bobbi: é como alegar não ter pensamentos
> eu: você vive uma vida emocional intensa então acha que todo mundo é igual
> eu: e se as pessoas não estão falando do assunto é porque estão escondendo alguma coisa
> Bobbi: bom, o.k.
> Bobbi: somos diferentes nisso

Nem todos os papos eram assim. A busca por "sentimentos" também trouxe à tona a seguinte conversa, de janeiro:

eu: quer dizer, eu sempre tive sentimentos negativos a respeito de autoridades

eu: mas na verdade só quando te conheci é que transformei os sentimentos em crenças

eu: você sabe o que estou querendo dizer

Bobbi: mas você teria chegado lá sozinha

Bobbi: você tem intuição comunista

eu: bom, não, é bem provável que eu só odiasse autoridades porque fico ressentida quando me dizem o que fazer

eu: se não fosse por você eu poderia ter virado a líder de um culto

eu: ou uma fã de ayn rand

Bobbi: ei, eu fico ressentida por me dizerem o que fazer!!!

eu: sim mas por pureza espiritual

eu: não por vontade de poder

Bobbi: você é, sob muitos aspectos, a pior das psicólogas

Me lembrava de ter tido essa conversa; lembrava do quanto me fora penosa, no sentido de que Bobbi estava me interpretando mal ou até propositadamente desviando o olhar do que eu tentava dizer. Estava sentada no quarto no segundo andar da casa de minha mãe, debaixo da coberta, e minhas mãos estavam geladas. Como estava passando o Natal em Ballina, longe de Bobbi, queria lhe dizer que estava com saudades. Foi isso o que comecei dizendo, ou pensei em dizer.

Nick foi ao meu apartamento poucos dias depois que voltaram, numa tarde em que Bobbi estava ocupada com suas aulas. Quando abri a porta nos olhamos por alguns segundos e senti como se bebesse água gelada. Estava bronzeado, o cabelo mais claro do que antes. Que merda, você está tão bonito, eu disse.

Isso fez com que ele sorrisse. Seus dentes eram lindamente brancos. Ele deu uma olhada no corredor e disse: é, belo apartamento. É bem central, quanto é o aluguel? Expliquei que o irmão do meu pai era o dono e ele me olhou e disse: ah, sua filhinha de papai. Você não me contou que sua família tinha imóveis nas Liberties. É o prédio todo ou só o apartamento? Soquei de leve o braço dele e disse: só o apartamento. Ele tocou na minha mão e então estávamos nos beijando de novo e num sussurro eu dizia: isso, isso.

21

Na semana seguinte, Bobbi e eu fomos ao lançamento de um livro no qual um dos ensaios de Melissa fora publicado. O evento era em Temple Bar e eu sabia que Melissa e Nick estariam lá juntos. Escolhi uma blusa de que Nick gostava muito e deixei-a parcialmente desabotoada para meu colo ficar visível. Passei vários minutos disfarçando com todo o cuidado as imperfeições do meu rosto com maquiagem e pó. Quando Bobbi estava pronta para sair, bateu à porta do banheiro e disse: anda logo. Não comentou minha aparência. Estava de blusa cinza de gola alta e mesmo assim estava muito melhor do que eu.

Nick e eu tínhamos nos visto algumas vezes durante a semana, sempre quando Bobbi estava na aula. Ele trazia presentinhos quando me visitava. Um dia trouxe sorvete e na quarta-feira foi uma caixa de sonhos da barraca da O'Connell Street. Os sonhos ainda estavam quentes quando chegou, e os comemos tomando café e conversando. Ele me perguntou se estava falando com meu pai ultimamente e eu tirei uma crosta de açúcar dos lábios e disse: acho que ele não anda muito bem. Contei a

Nick sobre a casa. Meu Deus, ele disse. Parece traumático. Traguei uma golada de café. É, concordei. Foi perturbador. Depois dessa conversa me perguntei por que conseguia falar de meu pai com Nick, apesar de nunca ter sido capaz de abordar o assunto com Bobbi. Era verdade que Nick era um ouvinte inteligente e em geral me sentia melhor após conversarmos, mas essas coisas também valiam para Bobbi. Era mais por que a empatia de Nick parecia incondicional, como se torcesse por mim independentemente de como eu agisse, enquanto Bobbi tinha princípios firmes que aplicava a todo mundo, inclusive a mim. Não temia a opinião negativa de Nick assim como temia a de Bobbi. Ele ficava feliz em me escutar mesmo quando meus pensamentos eram inconclusivos, mesmo quando eu contava histórias de comportamentos meus que me mostravam sob um prisma pouco lisonjeiro.

Nick usava roupas boas quando visitava o apartamento, como sempre fazia, roupas que eu desconfiava que eram caras. Em vez de largá-las no chão ao se despir, ele as dobrava sobre o espaldar da cadeira do quarto. Gostava de usar camisetas de cores claras, às vezes aquelas de linho que parecem um pouquinho amarrotadas, às vezes camisas com colarinho abotoado, sempre de mangas dobradas até os cotovelos. Tinha uma jaqueta de golfe de brim que parecia adorar, mas nos dias de frio usava um casaco de cashmere cinza com forro de seda azul. Eu adorava esse casaco, adorava seu cheiro. Só tinha uma gola fina e uma única fileira de botões.

Na quarta-feira experimentei o casaco enquanto Nick estava no banheiro. Levantei da cama e enfiei meus braços nus nas mangas, sentindo a seda fria cair sobre minha pele. Os bolsos estavam pesados de objetos pessoais: o celular e a carteira, as chaves dele. Eu os pesei nas mãos como se fossem meus. Me olhei no espelho. Dentro do casaco de Nick meu corpo parecia bem magro e pálido, uma vela branca. Ele voltou para o quarto e riu de mim, bem-humorado. Ele sempre se vestia para ir ao banheiro para o caso de Bobbi chegar em casa antes do esperado. Nossos olhares se encontraram no espelho.

Você não vai ficar com ele, ele disse.

Eu gosto dele.

Infelizmente, eu também gosto.

Foi caro? perguntei.

Ainda nos olhávamos pelo espelho. Ele parou atrás de mim e levantou o casaco com os dedos. Eu o observei olhando para mim.

Foi, hm... ele disse. Não me lembro quanto foi.

Mil euros?

O quê? Não. Duzentos ou trezentos, talvez.

Queria ter dinheiro, respondi.

Ele escorregou a mão para dentro do casaco e tocou no meu seio. O jeito sexual com que você fala de dinheiro é meio que interessante, ele disse. Mas também é perturbador, obviamente. Você não quer que eu te dê dinheiro, quer?

De certa forma eu quero. Mas eu não necessariamente levaria esse impulso a sério.

É, é esquisito. Eu tenho dinheiro de que não preciso com urgência, e eu prefiro que você fique com ele. Mas a transação de entregá-lo a você me deixaria incomodado.

Você não gosta de se sentir poderoso demais. Ou não gosta de ser lembrado de como gosta de se sentir poderoso.

Ele deu de ombros. Continuava me tocando por baixo do casaco. Era bom.

Acho que eu já me debato bastante com a ética da nossa relação, ele disse. Então te dar dinheiro provavelmente seria ir longe demais para mim. Mas não sei. É provável que você ficasse mais feliz com o dinheiro.

Olhei para ele, vendo meu próprio rosto com a visão periférica, meu queixo um pouco levantado. Ligeiramente embaçada na periferia, achei que eu estava um tanto formidável. Tirei o casaco e deixei que ele o segurasse. Voltei para a cama e passei a língua entre os lábios.

Você se sente confuso a respeito da nossa relação? perguntei.

Ele ficou parado, segurando sem firmeza o casaco nas mãos. Dava para ver que estava se divertindo e distraído demais para pensar em pendurá-lo.

Não, ele respondeu. Bom, sim, mas só em termos abstratos.

Você não vai me largar?

Ele sorriu, um sorriso tímido. Você teria saudades de mim se eu te largasse? ele perguntou.

Me deitei na cama, rindo de nada. Ele pendurou o casaco. Levantei uma das pernas para o ar e cruzei-a sobre a outra lentamente.

Teria saudades de te dominar nas conversas, eu disse.

Ele se deitou ao meu lado e esticou a mão sobre a minha barriga. Vai em frente, ele disse.

Acho que você também teria saudades disso.

De ser dominado? Claro que teria. Para nós isso é tipo preliminares. Você diz coisas enigmáticas que eu não entendo, eu dou respostas inadequadas, você ri de mim e depois a gente transa.

Eu ri. Ele se ergueu um pouco para me ver rindo.

É legal, ele disse. Me dá a oportunidade de curtir o fato de ser tão inadequado.

Me apoiei em um dos cotovelos e beijei sua boca. Ele se recostou, como se realmente quisesse ser beijado, e senti a afobação de meu próprio poder sobre ele.

Eu te faço se sentir mal quanto a você mesmo? perguntei.

Você é meio dura comigo de vez em quando. A verdade é que não te culpo por isso. Mas não, acho que a gente está se dando bem por enquanto.

Olhei para minhas mãos. Com cuidado, como se estivesse me desafiando, eu disse: se eu te ataco é porque você não parece ser muito vulnerável ao ataque.

Então ele me olhou. Nem sequer riu, era apenas um olhar de testa franzida, como se achasse que eu estivesse zombando dele. Está bem, ele disse. Bom. Acho que ninguém gosta de ser atacado.

Mas o que eu quero dizer é que você não tem uma personalidade vulnerável. Tipo, acho difícil te imaginar provando roupas. Você não dá a impressão de ter uma relação consigo mesmo em que você olha o próprio reflexo e fica pensando se está bonito com uma peça. Você parece ser do tipo que acha isso constrangedor.

Certo, ele disse. Assim, eu sou um ser humano, eu provo as roupas antes de comprar. Mas acho que entendi o que você quer dizer. As pessoas tendem a me achar frio e tipo, não muito divertido.

Fiquei empolgada por partilharmos uma experiência que me era tão pessoal, e disse logo: as pessoas me acham fria e não muito divertida.

Sério? ele indagou. Você sempre me pareceu um encanto.

Fui tomada pelo ímpeto súbito e esmagador de dizer: eu te amo, Nick. Não foi uma sensação ruim, especificamente; era levemente divertido e louco, como quando você se levanta da cadeira e de repente percebe o quanto está bêbado. Mas era verdade. Estava apaixonada por ele.

Eu quero o casaco, afirmei.

Ah, é. Não posso te dar.

Quando chegamos ao lançamento na noite seguinte, Nick e Melissa já estavam lá. Estavam juntos de pé conversando com outras pessoas que conhecíamos: Derek e alguns outros. Nick nos viu entrar, mas não ficou me olhando quando tentei fitá-lo.

Ele me notou e desviou o olhar, foi só isso. Bobbi e eu folheamos o livro e não o compramos. Dissemos oi às outras pessoas que conhecíamos, Bobbi mandou mensagem para Philip perguntando onde ele estava, e fingi ler as biografias dos autores. Em seguida, começaram as leituras.

Ao longo da leitura de Melissa, Nick observou seu rosto atentamente e riu nas horas certas. A descoberta de que estava apaixonada por Nick, não só encantada, mas profundamente apegada a ele de um modo que teria consequências duradouras para minha felicidade, me levava a sentir um novo tipo de ciúmes em relação a Melissa. Não conseguia acreditar que ele ia para casa com ela todas as noites, ou que jantavam juntos e às vezes assistiam a filmes na TV deles. Sobre o que conversavam? Um divertia o outro? Discutiam suas vidas afetivas, trocavam confidências? Ele tinha mais respeito por Melissa do que por mim? Gostava mais dela? Se ambas fôssemos morrer em um edifício em chamas e ele só pudesse salvar uma de nós, será que era óbvio que salvaria Melissa e não eu? Era praticamente diabólico transar com alguém que mais tarde deixaria você morrer queimada.

Após sua leitura, Melissa sorria enquanto aplaudíamos. Quando ela se sentou Nick disse algo em seu ouvido e seu sorriso se transformou, agora era um sorriso genuíno, com os dentes e os cantos dos olhos. Ele sempre a chamava de "minha esposa" na minha frente. No começo achei que fosse brincadeira, talvez meio sarcástico, como se ela não fosse esposa dele de verdade. Agora eu via de outra forma. Ele não se importava que eu soubesse que amava outra, ele queria que eu soubesse, mas tinha horror à ideia de Melissa descobrir nossa relação. Era algo de que se envergonhava, algo de que queria protegê-la. Eu estava encerrada em uma parte da vida dele para a qual ele não queria olhar ou sobre a qual não queria pensar quando estava com outras pessoas.

Depois de terminadas todas as leituras, fui pegar uma taça de vinho. Evelyn e Melissa estavam ali perto segurando copos de água com gás, e Evelyn acenou para mim. Parabenizei Melissa pela leitura. Atrás de seu ombro vi Nick se aproximando, e então ele me viu e hesitou. Evelyn falava do editor do livro. Nick chegou no ombro dela e se abraçaram com tanto carinho que bateram nos óculos de Evelyn e ela teve de arrumá-los. Nick e eu nos cumprimentamos acenando com a cabeça educadamente. Dessa vez ele me fitou um segundo a mais do que o necessário, como se se desculpasse por nos encontrarmos assim.

Você está ótimo, Evelyn lhe disse. Está mesmo.

Ele está praticamente morando na academia, explicou Melissa.

Tomei um gole grande de vinho branco e lavei os dentes com ele. É isso o que ele diz pra você, pensei.

Bom, está dando certo, declarou Evelyn. Você parece estar com uma saúde radiante.

Obrigado, ele disse. Estou me sentindo bem.

Melissa observava Nick com uma espécie de orgulho, como se sob seus cuidados ele tivesse recuperado a saúde após uma longa doença. Fiquei pensando sobre o que ele queria dizer com "estou me sentindo bem", ou o que ele queria que eu entendesse a partir disso.

E você, Frances? perguntou Evelyn. Como tem passado?

Bem, obrigada, respondi.

Você está com uma cara meio abatida hoje, disse Melissa.

Com entusiasmo, Evelyn disse: eu estaria meio abatida se fosse você, passando todo o seu tempo com gente arcaica como nós. Cadê a Bobbi?

Ah, ela está ali, respondi. Gesticulei em direção ao caixa, embora não soubesse onde ela estava.

Você está se cansando de gente arcaica? perguntou Melissa.

Não, de jeito nenhum, respondi. Na verdade, poderia ser gente mais arcaica ainda.

Nick fitava o próprio copo.

Vamos arrumar uma namorada legal e mais velha para você, disse Melissa. Alguém com muito dinheiro.

Não tive coragem de olhar para Nick. Meu dedo contornou a haste da minha taça de vinho e enfiei a unha do meu polegar na lateral do meu dedo até doer.

Não sei qual seria o meu papel nessa relação, eu disse.

Você poderia escrever sonetos de amor para ela, disse Evelyn.

Melissa sorriu. Não subestime o impacto da juventude e da beleza, ela disse.

Parece a receita para uma infelicidade desastrosa, retruquei.

Você tem vinte e um anos, disse Melissa. Deveria ser desastrosamente infeliz.

Estou me empenhando para isso, eu disse.

Outra pessoa se juntou à conversa para falar com Melissa e aproveitei a oportunidade para ir atrás de Bobbi. Ela estava de papo com o caixa perto da porta da frente. Bobbi nunca tivera um emprego e adorava conversar com as pessoas sobre o que faziam no trabalho. Até detalhes mundanos lhe interessavam, embora muitas vezes se esquecesse rápido deles. O caixa era um rapaz magricelo com acne, que se empolgava ao contar de sua banda a Bobbi. O gerente da livraria se aproximou e começou a falar do livro, que nenhum de nós tinha lido ou comprado. Fiquei parada ao lado deles, observando Melissa do outro lado da sala a colocar o braço distraidamente nas costas de Nick.

Quando vi Nick olhar para nós, me virei para Bobbi, sorrindo, e puxei seu cabelo para o lado para sussurrar alguma coisa em seu ouvido. Ela olhou para Nick e de repente pegou meu pulso com força, uma força com que nunca tinha me tocado na vida. Isso me machucou, arrancou um suspiro da minha garganta, e então ela soltou meu braço. Eu o aninhei contra as costelas. Com uma voz fatalmente tranquila, encarando meu rosto diretamente, Bobbi disse: não me usa, porra. Ela me encarou por um instante, com uma seriedade aterradora, e tornou a se virar para o caixa.

Fui pegar meu casaco. Sabia que ninguém estava me olhando, que ninguém ligava para o que eu pensava ou fazia, e me flagrei quase vibrando com a potência dessa nova liberdade perversa. Poderia gritar ou tirar minhas roupas caso tivesse vontade, poderia passar na frente de um ônibus a caminho de casa, quem ficaria sabendo? Bobbi não iria atrás de mim. Nick não seria visto sequer falando comigo em público.

Fui para casa andando sozinha sem avisar para ninguém que estava indo embora. Meus pés latejavam quando destranquei a porta da frente. Naquela noite, na cama, me sentei e baixei um aplicativo de namoro no celular. Coloquei até uma foto minha, uma das fotografias tiradas por Melissa, onde meus lábios estavam entreabertos e meus olhos, grandes e sinistros. Ouvi Bobbi chegar em casa, ouvi quando largou a bolsa na entrada em vez de pendurá-la. Cantava "Green Rocky Road" para si mesma, tão alto que soube que estava bêbada. Fiquei sentada no escuro percorrendo uma série de pessoas desconhecidas na minha área. Tentei pensar nelas, pensar em deixá-las me beijar, mas só conseguia pensar em Nick, seu rosto me olhando do meu travesseiro, esticando o braço para tocar o meu seio como se ele fosse seu dono.

Não falei para minha mãe que tinha levado o exemplar de couro do Novo Testamento para Dublin. Sabia que ela não perceberia o sumiço, e se eu tentasse explicar, ela não entenderia por que aquilo me interessava. Minha parte preferida dos evangelhos estava em Mateus, quando Jesus disse: amai os vossos inimigos e orai pelos que vos perseguem. Partilhava desse desejo de superioridade moral sobre meus inimigos. Jesus sempre queria ser uma pessoa melhor, eu também. Sublinhei esse trecho com lápis vermelho diversas vezes, para mostrar que entendia o estilo de vida cristão.

A Bíblia fazia muito mais sentido para mim, um sentido quase perfeito, se imaginasse Bobbi como o personagem de Jesus. Ela não enunciava suas falas de maneira totalmente direta; em geral as pronunciava com sarcasmo, ou com uma expressão esquisita, distante. A parte sobre maridos e esposas era satírica, enquanto o trecho sobre amar os inimigos ela interpretava com franqueza. Fazia sentido para mim que ela ficasse amiga de adúlteras, e também que tivesse um bando de discípulos difundindo sua mensagem.

No dia seguinte ao lançamento do livro, uma sexta-feira, escrevi um longo e-mail para Bobbi, me desculpando pelo que havia acontecido entre nós na livraria. Tentei explicar que me sentira vulnerável, mas o fiz sem usar a palavra "vulnerável" ou qualquer sinônimo. Mas pedi desculpas, pedi diversas vezes. Ela respondeu minutos depois:

tudo bem, eu te perdoo. mas agora às vezes tenho a sensação de que estou vendo você desaparecer.

Me levantei da escrivaninha depois de ler esse e-mail e me lembrei de que estava na biblioteca da faculdade, mas sem ver de fato o ambiente da biblioteca ao meu redor. Achei o caminho para o banheiro e me tranquei em uma cabine. Um bocado de líquido azedo subiu do meu estômago e me debrucei sobre o vaso para vomitar. Então meu corpo sumiu, se esvaiu em algum lugar onde nunca mais seria visto. Quem sentiria falta dele? Enxuguei a boca com um único quadrado de lenço de papel, dei descarga na privada e voltei para o andar de cima. A tela do meu computador ficara preta e irradiava um brilho perfeitamente retangular do reflexo da luz do teto. Voltei a me sentar, saí do meu e-mail e continuei a ler um ensaio de James Baldwin.

Não comecei a rezar naquele fim de semana após o lançamento do livro, mas procurei na internet como meditar. Envolvia sobretudo fechar os olhos e respirar, enquanto também deixava para lá os pensamentos fugazes. Me concentrei na respiração, isso era permitido. Podia até contar as respirações. E então, por fim, podia pensar em qualquer coisa, no que quisesse, mas depois de cinco minutos contando minhas respirações, não queria pensar. Minha mente parecia vazia, como o interior de um jarro de vidro. Eu me apropriava do meu medo de desaparecer por completo como exercício espiritual. Usava a desaparição como algo que poderia revelar e informar em vez de totalizar e aniquilar. Na maior parte do tempo minha meditação foi um fracasso.

Meu pai me ligou na segunda-feira à noite por volta das onze, para dizer que tinha depositado minha mesada no banco naquele dia. Sua voz rolava pela linha sem certeza e eu tive uma sensação de culpa acachapante. Ah, obrigada, eu disse.

Pus uma graninha extra para você, ele disse. Nunca se sabe quando você vai precisar.

Não precisava ter feito isso. Tenho dinheiro suficiente.

Bom, compre um presente legal para você.

Depois desse telefonema fiquei inquieta e com calor, como se tivesse acabado de subir uma escada correndo. Tentei me deitar, mas não fez diferença. Nick me mandou um e-mail naquele dia com um link para uma música da Joanna Newsom. Mandei um link para a gravação de Billie Holiday cantando "I'm a Fool to Want You", mas ele não respondeu.

Fui para a sala de estar, onde Bobbi assistia a um documentário sobre a Argélia. Ela deu batidinhas na almofada do sofá a seu lado e me sentei.

Você às vezes sente que não sabe o que está fazendo da sua vida? perguntei.

Realmente estou assistindo isso, disse Bobbi.

Olhei para a tela, imagens antigas do período da guerra eram sobrepostas pela narração explicando o papel do exército francês. Eu disse: às vezes eu sinto. E Bobbi pôs o dedo na frente dos lábios e disse: Frances. Estou assistindo.

Na noite de quarta-feira dei *match* com um cara chamado Rossa no aplicativo de namoro e ele me mandou algumas mensagens. Perguntou se eu queria encontrá-lo e respondi: claro. Fomos tomar um drinque juntos em um bar da Westmoreland Street. Ele também estava na faculdade, estudando medicina. Não contei sobre os problemas que tive com meu útero. Na verdade, me gabei da minha saúde. Ele falou do esforço que fizera na escola, o que ele parecia considerar uma experiência formativa, e eu disse que ficava feliz por ele.

Nunca me esforcei em nada, eu disse.

Deve ser por isso que você estuda letras.

Em seguida disse que estava brincando, e na verdade ganhara a medalha de ouro da escola em redação. Adoro poesia, ele afirmou. Adoro Yeats.

É, eu disse. Se tem uma coisa que nós podemos falar sobre o fascismo é que tinha bons poetas.

Ele não teve mais nada a dizer sobre poesia depois disso. Mais tarde ele me convidou para ir a seu apartamento e deixei que desabotoasse minha blusa. Pensei: isso é normal. É uma coisa normal de fazer. Tinha um dorso pequeno, macio, bem diferente do de Nick, e não fez nenhuma das coisas que Nick costumava fazer comigo antes de transarmos, como me tocar por bastante tempo e falar em voz baixa. Começou logo, sem nenhum preâmbulo. Fisicamente não senti quase nada, apenas um desconforto brando. Fiquei rígida e silenciosa, esperando Rossa notar minha rigidez e parar o que estava fazendo, mas ele não parou. Pensei em pedir que ele parasse, mas a ideia de que pudesse me ignorar me parecia mais séria do que a situação precisava ser. Não se meta em uma confusão criminal, pensei. Fiquei deitada e deixei que ele continuasse. Ele perguntou se eu gostava de brutalidade e respondi que achava que não, mas ele puxou meu cabelo mesmo assim. Tive vontade de rir, e depois disso me odiei por me sentir superior.

Quando cheguei em casa, fui para o meu quarto e tirei uma gaze embalada em plástico da gaveta. Sou normal, pensei. Tenho um corpo como todo mundo. Então arranhei o braço até ele sangrar, só um pingo fraco de sangue, se alargando em uma gota. Contei até três e depois abri a gaze, coloquei-a com cuidado sobre o braço e joguei fora o embrulho de plástico.

22

No dia seguinte comecei a escrever um conto. Era uma quinta-feira, só tinha aula às três e estava sentada na cama com uma xícara de café preto na mesinha de cabeceira. Não planejei escrever um conto, simplesmente percebi depois de um tempo que não estava apertando a tecla de apagar e que as linhas formavam frases inteiras e se juntavam como prosa. Ao parar, tinha escrito mais de três mil palavras. Já passava das três e eu ainda não tinha comido. Levantei as mãos do teclado e à luz da janela pareciam macilentas. Quando enfim saí da cama, uma onda de tontura me dominou, quebrando tudo em um banho de ruído visual. Preparei quatro fatias de torrada e as comi sem manteiga. Salvei o arquivo como "b". Era o primeiro conto que eu escrevia.

Bobbi, Philip e eu fomos tomar milk-shake depois do cinema naquela noite. Durante o filme olhei meu celular seis vezes para ver se Nick tinha respondido à mensagem que eu tinha enviado. Não tinha. Bobbi usava uma jaqueta jeans e um batom roxo tão escuro que era quase preto. Dobrei o recibo de nosso milk-shake em uma complexa forma geométrica enquanto Philip tentava nos convencer a voltarmos a nos apresentar juntas. Éramos evasivas a respeito, mas eu não sabia direito o porquê.

Tenho trabalhos da faculdade, disse Bobbi. E a Frances tem um namorado secreto.

Ergui o olhar para ela com uma expressão de completo horror. Senti nos dentes um baque forte na terminação do nervo. Ela franziu as sobrancelhas.

O que foi? Bobbi questionou. Ele já sabe, ele estava falando disso outro dia.

Falando do quê? disse Philip.

Da Frances e do Nick, disse Bobbi.

Philip fixou o olhar nela e depois em mim. Bobbi levou a mão à boca, vagarosamente, a mão reta e horizontal, e deu uma balançadinha na cabeça. Bastava para que eu soubesse que ela realmente tinha se confundido e não estava fazendo de propósito.

Achei que você soubesse, disse Bobbi. Achei que você tivesse falado nisso outro dia.

Você está de piada, Philip retrucou. Você não está de caso com ele mesmo, está?

Tentei mexer a boca numa espécie de expressão casual. Melissa passaria o fim de semana de visita na casa da irmã e eu havia mandado uma mensagem a Nick perguntando se ele não queria ficar comigo durante a ausência dela. A Bobbi não liga, escrevi. Ele tinha visto a mensagem e não respondera.

Porra, ele é casado, disse Philip.

Não seja moralista, disse Bobbi. É só o que nos falta.

Simplesmente continuei dobrando minha boca, tornando-a cada vez menor, sem olhar para ninguém.

Ele vai largar a esposa? perguntou Philip.

Bobbi esfregou o olho com a mão fechada. Baixinho e com a boca minúscula disse: não.

209

Após um silêncio longo e ininterrupto à nossa mesa, Philip me olhou e disse: não imaginava que você deixaria alguém se aproveitar de você desse jeito. Estava com uma expressão embargada no rosto, constrangida, ao pronunciar essas palavras, e senti pena de todos nós, como se fôssemos meras criancinhas fingindo-se de adultas. Ele foi embora e Bobbi empurrou o milk-shake dele, pela metade, na minha direção.

Desculpa, ela pediu. Eu realmente achava que ele sabia.

Resolvi tomar o máximo de milk-shake que conseguisse sem parar para respirar. Quando minha boca começou a doer, não parei. Também não parei quando minha cabeça começou a doer. Só parei quando Bobbi disse: Frances, seu plano é se afogar aí? Então ergui o olhar como se tudo estivesse normal e disse: o quê?

Nick me chamou para ficar na casa dele naquele fim de semana. Ele estava cozinhando quando cheguei na noite de sexta-feira e senti tanto alívio em vê-lo que tive vontade de fazer algum gesto romântico bobo, como me jogar em seus braços. Não fiz isso. Me sentei à mesa roendo as unhas. Ele disse que eu estava quieta e arranquei um naco da unha do meu polegar com os dentes e examinei criticamente o estrago.

Então, vai ver que é melhor eu te contar, comecei, eu dormi com um cara que conheci no aplicativo outro dia.

Ah, é sério?

Nick picava os legumes em pedacinhos, do jeito metódico de sempre. Gostava de cozinhar, tinha me contado que o relaxava.

Você não está bravo nem nada, né? perguntei.

Por que eu ficaria bravo? Você pode dormir com outras pessoas se quiser.

Eu sei. É que me senti idiota. Acho que foi uma atitude idiota.

É mesmo? ele disse. Como ele era?

Nick não tinha tirado os olhos da tábua de cortar. Ele empurrou os pedaços de cebola cortados para um lado da tábua com a parte reta da faca e começou a picar o pimentão vermelho.

Era horrível, respondi. Ele disse que adorava Yeats, dá para acreditar? Praticamente tive de segurar o cara para ele não recitar "A ilha do lago de Innisfree" no bar.

Nossa, me sinto péssimo por você.

E o sexo foi ruim.

Ninguém que goste de Yeats é capaz de intimidade humana.

Jantamos sem nos tocarmos. A cachorra acordou e queria sair, e eu ajudei a limpar os pratos para colocá-los na lava-louça. Nick saiu para fumar um cigarro e deixou a porta aberta para podermos conversar. Tinha a sensação de que queria que eu fosse embora, mas era educado demais para pedir. Ele me perguntou como estava Bobbi. Está bem, respondi. Como está a Melissa? Ele deu de ombros. Por fim apagou o cigarro e subimos. Me deitei na cama dele e comecei a tirar a roupa.

E você tem certeza de que é isso o que você quer? Nick perguntou.

Como ele vivia dizendo esse tipo de coisa, eu disse sim ou assenti e desafivelei o cinto que eu estava usando. Atrás de mim, o ouvi dizer de repente: porque estou com uma sensação, sei lá. Quando me virei ele estava parado, esfregando o ombro esquerdo com a mão.

Você me parece meio distante, ele disse. Se você quiser... Se tem algum outro lugar onde você preferiria estar, não quero que você se sinta presa aqui.

Não. Desculpa. Não queria parecer distante.

Não, eu não... Sinto que estou com problemas para conversar com você. Vai ver que a culpa é minha, sei lá. Me sinto meio...

Não era comum ele não terminar as frases dessa forma. Comecei a ficar agitada. Repeti que não era minha intenção me distanciar dele. Não entendia o que ele tentava dizer e tinha medo do que poderia ser.

Se você está fazendo isso por algum outro motivo que não o de ter vontade, ele disse, então não faz. Eu realmente não, você entende, eu não tenho nenhum interesse por isso.

Murmurei algo como claro, é óbvio, mas na verdade não estava claro do que ele estava falando. Parecia que ele estava preocupado com a possibilidade de que eu tivesse criado sentimentos por ele e tentava me dizer que não estava interessado em nada além de sexo. De qualquer forma, concordei com ele independentemente do que pretendia dizer.

Na cama ele ficou por cima e não travamos muito contato visual. Por impulso, levantei uma de suas mãos e a pressionei contra meu pescoço. Ele deixou-a parada por alguns segundos e então disse: o que você quer que eu faça? Dei de ombros. Quero que você me mate, pensei. Ele acariciou o músculo do meu pescoço com os dedos e em seguida afastou a mão.

Depois de terminado, ele me perguntou sobre a atadura no meu braço. Você se machucou? ele perguntou. Olhei para ela, mas não falei nada. Ouvia Nick respirando, ofegante, como se estivesse cansado. Senti muitas coisas que não queria sentir. Senti que era uma pessoa ferida que não merecia nada.

Você seria capaz de me bater? perguntei. Quer dizer, se eu te pedisse.

Nick não olhou para mim, seus olhos estavam fechados. Ele disse: hum, não sei. Por quê? Você quer que eu bata? Também fechei meus olhos e expirei bem devagar até não haver ar nos meus pulmões e minha barriga ficar pequena e achatada.

É, eu disse. Queria que você fizesse isso agora.

O quê?

Quero que você me bata.

Acho que não estou com vontade de fazer isso, ele disse.

Sabia que agora ele estava sentado, me olhando de cima, embora eu ainda estivesse de olhos fechados.

Tem quem goste, eu disse.

Você quer dizer durante o sexo? Não tinha me dado conta de que você tinha interesse nesse tipo de coisa.

Abri os olhos nesse instante. Ele franzia a testa.

Espera aí, você está bem? ele perguntou. Por que é que você está chorando?

Não estou chorando.

Por acaso descobri que eu estava chorando. Era apenas uma coisa que meus olhos tinham feito enquanto conversávamos. Ele tocou na lateral do meu rosto que estava molhada.

Não estou chorando, afirmei.

Você acha que eu quero te machucar?

Sentia as lágrimas caindo dos meus olhos, mas não eram quentes como lágrimas verdadeiras. Estavam frias como pequenos riachos de um lago.

Não sei, respondi. Só estou te dizendo que você pode.

Mas é uma coisa que você quer que eu faça?

Você pode fazer o que quiser comigo.

É, ele disse. Realmente não sei o que falar diante disso.

Sequei o rosto com meu pulso. Deixa pra lá, eu disse. Esquece isso. Vamos tentar dormir um pouco. A princípio, Nick não disse nada, só ficou deitado. Não olhei para ele, mas sentia a tensão de seu corpo no colchão, como se ele se preparasse para se sentar de repente. Por fim, ele disse: você sabe que a gente já falou disso, você não pode sair me atacando sempre que se sentir mal.

Não estou te atacando, respondi.

Como você se sentiria se eu estivesse dormindo com outras mulheres e fosse para a sua casa me gabar?

Gelei. A essa altura tinha de fato me esquecido do encontro com Rossa. A reação de Nick quando lhe contei tinha sido tão neutra que o incidente logo me pareceu insignificante, e eu não havia mais pensado nele. Não tinha sequer cogitado que isso poderia ter provocado o humor esquisito de Nick. Secretamente, precisava admitir que se ele tivesse feito a mesma coisa comigo — procurado outra mulher, feito sexo sem compromisso com ela e depois tido a petulância de me contar isso enquanto eu lhe preparava o jantar —, jamais teria vontade de vê-lo novamente. Mas era diferente.

Você é casado, porra, retruquei.

É, valeu. Ajuda muito. Acho que ser casado significa que você pode me tratar como bem entender.

Não acredito que você está tentando se fazer de vítima.

Não estou, ele disse. Mas acho que se você for sincera consigo mesma, você fica é contente de eu ser casado, porque isso significa que você pode agir por impulso e eu tenho de levar a culpa por tudo.

Não estava acostumada a ser atacada desse jeito e achei assustador. Me considerava uma pessoa independente, tão independente que as opiniões alheias eram irrelevantes para mim. Agora temia que Nick tivesse razão: me isolava de críticas para poder me comportar mal sem perder meu sentimento de superioridade moral.

Você me prometeu que ia contar da gente para a Melissa, reclamei. Como é que você acha que eu me sinto tendo de mentir para todo mundo o tempo todo?

Não acho que te incomoda tanto assim. Para ser sincero, acho que você só quer que eu conte para ela porque você quer ver a gente brigando.

Se é isso o que você pensa de mim, por que é que a gente está fazendo isso?

Não sei, ele respondeu.

Saí da cama e comecei a vestir minhas roupas. Ele me achava uma pessoa cruel e mesquinha decidida a destruir seu casamento. Ele não sabia por que continuava saindo comigo, ele não sabia. Abotoei minha blusa, sentindo uma humilhação tão profunda que era difícil respirar.

O que é que você está fazendo? ele perguntou.

Acho melhor eu ir embora.

Ele disse que tudo bem. Pus meu cardigã e me levantei da cama. Sabia o que iria lhe dizer, a coisa mais desesperada que poderia lhe dizer, como se mesmo nas profundezas da minha indignidade eu almejasse algo pior.

O problema não é você ser casado, eu disse. O problema é que eu te amo e você obviamente não me ama.

Ele respirou fundo e disse: é inacreditável o drama que você está fazendo, Frances.

Vai se foder, respondi.

Bati a porta do quarto a caminho da saída. Ele berrou alguma coisa quando eu estava descendo a escada, mas não ouvi. Andei até o ponto de ônibus, sabendo que minha humilhação agora estava completa. Apesar de saber que Nick não me amava, continuara a deixá-lo transar comigo sempre que queria, por desespero e por uma esperança ingênua de que ele não entendia o que me infligia. Agora até essa esperança tinha se esvaído. Ele sabia que eu o amava, que ele explorava minha afeição por ele, e ele não se importava. Não havia o que fazer. No ônibus, a caminho de casa, masquei o interior da minha bochecha e fiquei olhando pela janela preta até sentir gosto de sangue.

23

Quando tentei sacar dinheiro para comprar comida segunda-feira de manhã, o caixa eletrônico disse que meu saldo era insuficiente. Estava parada sob a chuva na Thomas Street com uma bolsa de lona debaixo do braço, sentindo uma dor atrás dos olhos. Tentei o cartão outra vez, apesar de uma fila pequena ter se formado e eu ter escutado alguém me chamar baixinho de "uma porra de uma turista". A máquina expulsou meu cartão com um ruído de clique.

Fui até o banco segurando a bolsa de lona sobre o cabelo. Lá dentro, fiquei em uma fila de gente com roupas de executivo enquanto uma voz feminina doce anunciava coisas do gênero: guichê quatro, por favor. Quando me aproximei de uma das janelas, o garoto atrás do vidro pediu que eu inserisse meu cartão. Em seu crachá lia-se "Darren" e ele parecia ainda não ter entrado na adolescência. Depois de olhar rapidamente a tela do computador, Darren declarou que eu estava com trinta e seis euros negativos.

Como? eu disse. Me desculpa, perdão, o quê?

216

Ele virou a tela e me mostrou os números mais recentes da minha conta: notas de vinte euros que saquei de caixas eletrônicos, cafés que paguei com o cartão. Fazia mais de um mês que não entrava dinheiro nenhum. Senti o sangue se esvair do meu rosto e me lembro nitidamente de pensar: agora esse fedelho que trabalha no banco acha que eu sou uma burra.

Perdão, eu disse.

Você esperava que entrasse um pagamento na sua conta?

É. Perdão.

O pagamento pode levar de três a cinco dias para ser compensado, Darren explicou com delicadeza. Dependendo da maneira como foi feito.

Vi meu próprio vulto refletido na vidraça do guichê, pálido e desagradável.

Obrigada, eu disse. Já entendi o que aconteceu. Obrigada.

Quando saí do banco, parei em frente à porta e disquei o número do meu pai. Ele não atendeu. Liguei para minha mãe, ainda parada ali na rua, e ela atendeu. Contei o que havia acontecido.

O papai falou que tinha depositado o dinheiro, afirmei.

Deve ter sido só esquecimento, meu amor.

Mas ele me ligou e disse que tinha feito.

Você tentou ligar para ele? ela perguntou.

Ele não atende.

Bom, eu posso te ajudar, ela disse. Vou botar cinquenta na sua conta esta tarde, enquanto você espera o retorno dele. Combinado?

Estava prestes a explicar que depois de coberto o saldo negativo, só restaria catorze euros, mas não falei nada.

Obrigada, eu disse.

Não se preocupa.

Desligamos o celular.

Ao chegar em casa, havia recebido um e-mail de Valerie. Ela me lembrou que tinha interesse em ler meus textos e disse que Melissa tinha lhe passado meu e-mail. O fato de ter causado um impacto duradouro em Valerie me encheu de uma sensação de triunfo vingativo. Apesar de ter me ignorado durante o jantar, agora eu era a coisa interessante que ela queria desvendar. Nesse estado de espírito triunfantemente recriminatório, enviei meu novo conto sem sequer relê-lo em busca de erros de digitação. Para mim o mundo era uma bola de jornal amassado, algo para chutar por aí.

Naquela noite o enjoo começou de novo. Tinha terminado minha segunda cartela de remédio dois dias antes, e quando me sentei para jantar a comida me pareceu grudenta e errada dentro da boca. Limpei o prato na lixeira, mas o cheiro revirou meu estômago e comecei a suar. Minhas costas doíam e eu sentia minha boca salivar. Quando apertei o dorso da mão contra a testa, estava úmida e muito quente. Estava acontecendo de novo, eu sabia, mas não tinha o que fazer.

Por volta das quatro da madrugada fui ao banheiro para vomitar. Depois de esvaziar o estômago, deitei no chão do banheiro, trêmula, enquanto a dor subia minha espinha feito um animal. Pensei: talvez eu morra, quem liga pra isso? Tinha consciência de que sangrava copiosamente. Quando me senti bem o suficiente para me arrastar, me arrastei até a cama. Vi que Nick tinha me mandado uma mensagem de madrugada dizendo: tentei te ligar, a gente pode conversar? Sabia que ele não queria mais me ver. Era uma pessoa paciente e eu esgotara sua paciência. Eu odiava as coisas terríveis que havia lhe dito, odiava o que haviam revelado sobre mim. Queria que agora ele fosse cruel, pois eu merecia. Queria que ele dissesse as coisas mais perversas que fosse capaz de pensar, ou me sacudisse até eu não conseguir respirar.

A dor continuava presente de manhã, mas resolvi ir para a aula mesmo assim. Tomei uma pequena overdose de paracetamol e me enrolei num casaco antes de sair de casa. Choveu durante todo o caminho até a faculdade. Sentei-me no fundo da sala tremendo e configurei um cronômetro no meu laptop para me dizer quando poderia tomar a dose seguinte. Vários colegas de classe perguntaram se eu estava bem, e depois da aula até o professor perguntou. Como ele parecia legal, expliquei que tinha perdido muitas aulas por razões médicas e agora não podia faltar mais a nenhuma. Ele olhou para mim e disse: ah. Sorri vitoriosamente apesar do tremor e então meu alarme tocou para me avisar que eu podia tomar mais paracetamol.

Depois fui à biblioteca para começar um trabalho que era para dali a duas semanas. Minhas roupas continuavam úmidas por causa da chuva e eu ouvia um barulho fraco no ouvido direito, mas de modo geral ignorei. Minha verdadeira preocupação era a agudeza de minha capacidade crítica. Não tinha certeza se lembrava do significado exato da palavra "epistêmico" ou se ainda era capaz de ler. Por alguns minutos deitei a cabeça na mesa da biblioteca e ouvi o toque ruidoso ficar cada vez mais alto, até que a sensação era de que um amigo falava comigo. Você podia morrer, pensei, e naquele momento foi uma ideia relaxante. Imaginei a morte como um interruptor, interrompendo toda a dor e o barulho, cancelando tudo.

Quando saí da biblioteca continuava chovendo e o frio que sentia era inacreditável. Batia os dentes e não conseguia me lembrar de nenhuma palavra em inglês. A chuva atravessava o caminho em ondas rasas como um efeito especial. Não tinha guarda-chuva e percebia que meu rosto e cabelo estavam ficando molhados, molhados demais para parecer normal. Vi Bobbi se abrigando debaixo do prédio de artes e comecei a andar em sua direção, tentando lembrar do que as pessoas costumavam dizer ao cumprimentar as outras. Isso foi árduo de um jeito estranho. Levantei a mão para acenar e ela veio ao meu encontro dizendo algo que eu não entendia, pensei que ela andava muito rápido. Então apaguei. Ao acordar estava deitada sob a marquise com algumas pessoas de pé ao meu redor, e eu dizia: quê? Todos pareciam aliviados porque eu estava falando. Um segurança dizia algo no walkie-talkie, mas não conseguia escutar. A dor no meu abdômen estava tesa como um punho fechado e tentei me sentar e ver se Bobbi estava ali. Eu a vi ao telefone, tampando a orelha livre com a mão como se tivesse se esforçando para ouvir a outra pessoa. A chuva estava barulhenta como um rádio não sintonizado.

Ah, ela acordou, Bobbi disse ao telefone. Um segundo.

Então Bobbi olhou para mim. Você está bem? ela perguntou. Ela parecia limpa e seca como uma modelo de catálogo. Meu cabelo derramava água no meu rosto. Estou bem, respondi. Ela voltou a falar ao telefone, e eu não conseguia escutar o que dizia. Tentei enxugar o rosto com a manga, mas minhas mangas pareciam ainda mais molhadas do que meu rosto. Longe da marquise, a chuva caía branca como leite. Bobbi guardou o celular e me ajudou a sentar.

Desculpa, eu disse. Mil desculpas.

É a mesma coisa que você teve antes? perguntou Bobbi.

Fiz que sim com a cabeça. Bobbi puxou a manga por cima de sua mão e enxugou meu rosto. Seu suéter estava seco e bastante macio. Obrigada, eu disse. As pessoas começaram a se dispersar, o segurança foi para o canto dar uma olhadela.

Você precisa voltar para o hospital? ela perguntou.

Acho que eles vão só me dizer para esperar o exame.

Então vamos para casa. O.k.?

Ela passou o braço por baixo do meu e saímos pela Nassau Street, por onde um táxi estava passando. O motorista parou e nos deixou entrar no banco traseiro apesar da buzina dos carros que vinham atrás. Bobbi deu nosso endereço e eu recostei a cabeça e olhei pela janela enquanto os dois conversavam. Os postes banhavam as silhuetas das pessoas em uma luz angelical. Vi vitrines e rostos nas janelas dos ônibus. Então meus olhos se fecharam. Quando chegamos na nossa rua, Bobbi insistiu em pagar. Do lado de fora do edifício, agarrei a grade de ferro e esperei que ela destrancasse a porta. Lá dentro, ela perguntou se eu não gostaria de tomar um banho. Assenti, sim. Me apoiei na parede do corredor. Ela foi preparar a banheira e tirei meu casaco devagar. Uma dor tenebrosa pulsava dentro do meu corpo. Bobbi ressurgiu na minha frente e pegou meu casaco para pendurá-lo.

Você vai precisar de ajuda para tirar a roupa? ela perguntou.

Pensei no conto que tinha enviado para Valerie naquela manhã, um conto que agora eu lembrava ser explicitamente a respeito de Bobbi, um conto que caracterizava Bobbi como um mistério tão completo que me era insuportável, uma potência a qual não conseguia me subjugar por vontade própria, e o amor da minha vida. Fiquei aterrada com a lembrança. Sabe-se lá como, eu não tivera consciência disso, ou me forçara a não ter consciência, e agora me lembrava.

Não fica chateada, ela disse. Já te vi pelada centenas de vezes.

Tentei sorrir, apesar de minha respiração entrar e sair pelos meus lábios de um jeito que provavelmente contorcia o sorriso.

Não precisa me lembrar disso.

Ah, poxa. Não foi tudo ruim. A gente se divertiu.

Parece que você está flertando.

Ela riu. No conto, eu havia descrito uma festa longa depois da conclusão do ensino médio, quando tomei uma boa dose de vodca e passei a noite vomitando. Sempre que alguém tentava cuidar de mim, eu botava a pessoa para fora e dizia: eu quero a Bobbi. Bobbi nem sequer estava na festa.

Vou tirar sua roupa de um jeito nada sexy, ela afirmou. Não se preocupa.

A água continuava a encher a banheira. Entramos no banheiro e me sentei no vaso tampado enquanto ela arregaçava as mangas para verificar a temperatura. Ela me disse que estava quente. Eu vestia uma blusa branca naquele dia e tentei desabotoá-la, mas minhas mãos tremiam. Bobbi fechou a torneira e se agachou para terminar de desabotoá-la para mim. Seus dedos estavam molhados e deixaram digitais escuras em torno das casas dos botões. Ela tirou meus braços das mangas com facilidade, como se descascasse uma batata.

E vai ter sangue por todos os lados, eu disse.

A sorte é que sou eu que estou aqui e não o seu namorado.

Não, não faz isso. Estou brigada com ele. É, hum. As coisas não andam bem.

Ela se levantou e foi até a banheira outra vez. De repente parecia distraída. Sob a luz branca do banheiro, seu cabelo e suas unhas reluziam.

Ele sabe que você está passando mal? ela perguntou.

Fiz que não. Ela disse alguma coisa sobre buscar uma toalha para mim e saiu do banheiro. Aos poucos fui me levantando, terminei de tirar a roupa e consegui entrar na banheira.

Havia incluído no conto uma anedota em que eu não aparecia. Bobbi foi estudar em Berlim por seis meses quando tínhamos dezesseis anos, ficara com uma família que tinha uma filha da nossa idade chamada Liese. Uma noite, sem dizer nada, Bobbi e Liese foram para a cama juntas. Fizeram silêncio, pois não queriam que os pais de Liese ouvissem, e nunca falaram sobre o ocorrido. Bobbi não discorreu sobre os aspectos sensoriais do incidente, sobre ter ou não nutrido um desejo por Liese antes do acontecido, ou se sabia dos sentimentos de Liese ou até mesmo sobre como foi. Se outra pessoa da escola tivesse me contado a mesma história, não teria acreditado, mas como tinha sido Bobbi, soube imediatamente que era verdade. Eu desejava Bobbi e, assim como Liese, teria feito qualquer coisa para ficar com ela. Ela me contou essa história para me explicar que não era virgem. Pronunciou o nome de Liese sem nenhum grande amor ou ódio, era apenas uma menina que conhecera, e depois disso, ao longo de meses, talvez para sempre, tive medo de que também pronunciasse meu nome desse jeito.

A água estava cheia de sabão e um pouco quente demais. Deixou uma marca rosa no ponto que havia tocado a minha perna. Me obriguei a ir ao fundo da banheira, onde a água me lambia de maneira obscena. Tentei visualizar a dor se esvaindo do meu corpo, se esvaindo na água e se dissolvendo. Bobbi bateu na porta e entrou segurando uma toalha rosa grande, uma das novas que trouxera da casa dos pais. Ela a pendurou no porta-toalhas e eu fechei os olhos. Escutei quando saiu do banheiro, uma torneira aberta no outro cômodo, a porta do quarto dela se abrindo e fechando. Ouvi sua voz, devia estar ao telefone.

Após alguns minutos, voltou ao banheiro segurando o celular, entregando-o a mim.

É o Nick, ela disse.

O quê?

O Nick está no telefone, quer falar com você.

Minhas mãos estavam molhadas. Tirei uma da água e estiquei-a para secá-la desajeitadamente na toalha de banho antes de pegar o celular. Ela saiu do banheiro outra vez.

Ei, você está bem? disse a voz de Nick.

Fechei os olhos. O tom de sua voz era delicado e eu queria escalá-la como se fosse um buraco no qual pudesse ser suspensa.

Agora estou me sentindo bem, respondi. Obrigada.

Bobbi me contou o que aconteceu. Deve ter sido bem assustador.

Por alguns segundos ambos ficamos calados e então os dois começaram a falar.

Você primeiro, eu disse.

Falou que gostaria de me ver. Falei que era bem-vindo. Perguntou se eu precisava de alguma coisa e respondi que não.

O.k., ele concluiu. Vou pegar o carro. O que você ia falar?

Falo pessoalmente.

Desliguei e pus o celular com cuidado na parte seca do tapetinho. Então tornei a fechar os olhos e deixei o calor da água adentrar meu corpo, o aroma sintético de fruta do xampu, o plástico duro da banheira, a névoa do vapor que molhava meu rosto. Estava meditando. Contava minhas respirações.

Passando o que me pareceu um bom tempo, quinze minutos ou meia hora, Bobbi entrou de novo. Abri os olhos e o ambiente estava bem claro, radiante, e estranhamente belo. Tudo bem? Bobbi perguntou. Eu contei que Nick iria lá e ela disse: que bom. Sentou-se na lateral da banheira e a observei tirando um maço de cigarros e um isqueiro do cardigã.

O que ela me disse após acender o cigarro foi: você vai escrever um livro? Percebi então que ela não respondera as questões de Philip sobre nossas apresentações, pois de certo modo sabia que algo mudara, que eu estava fazendo algo novo. O fato de ter notado me deu certa confiança, mas também serviu para demonstrar que nada em mim era impenetrável para Bobbi. No tocante a coisas sórdidas ou mundanas talvez a percepção dela fosse lenta, mas mudanças verdadeiras que ocorriam dentro de mim nunca lhe passavam despercebidas.

Sei lá, respondi. Você vai?

Ela fechou bem um olho como se a incomodasse e tornou a abri-lo.

Por que eu escreveria um livro? ela perguntou. Não sou escritora.

O que é que você vai fazer? Depois que a gente se formar. Sei lá. Trabalhar numa universidade, se eu puder.

Essa expressão, "se eu puder", deixava claro que Bobbi tentava me dizer algo sério, algo que não poderia ser dito com palavras mas sim por uma transformação na forma como nos relacionávamos. Não só era sem sentido Bobbi dizer "se eu puder" no final da frase, porque vinha de uma família rica, lia sem parar e tinha notas boas, como tampouco fazia sentido no contexto de nossa relação. Bobbi não se relacionava comigo no sentido do "se eu puder". Ela se relacionava comigo como a pessoa, quiçá a única pessoa, que compreendia seu poder feroz e alarmante sobre as circunstâncias e os outros. O que ela queria, ela conseguia, eu sabia disso.

Como assim, "se"? perguntei.

Era óbvio demais, e por um tempo Bobbi se calou e tirou um fio de cabelo da manga do cardigã.

Imaginei que você estivesse planejando a derrubada do capitalismo global, eu disse.

Bom, não por conta própria. Alguém tem de fazer as tarefas banais.

Eu não te vejo como a pessoa das tarefas banais.

É exatamente quem eu sou, ela disse.

Eu realmente não sabia o que pretendia dizer com "pessoa das tarefas banais". Acreditava nas tarefas banais, como criar filhos, colher frutas, faxinar. Eram as tarefas que eu considerava mais valorosas, trabalhos que me pareciam ser os mais merecedores de respeito. Me confundia o fato de que de repente eu estava dizendo a Bobbi que um emprego na universidade não era bom o bastante para ela, mas também me confundia imaginar Bobbi fazendo algo tão tranquilo e ordinário. Minha pele estava da mesma temperatura da água, e tirei um joelho da banheira, rumo ao ar frio, antes de mergulhá-lo de novo.

Bom, você vai ser uma professora de renome mundial, eu previ. Vai dar aula na Sorbonne.

Não.

Ela parecia irritadiça, quase prestes a exprimir algo, mas seus olhos se tornaram calmos e distantes.

Você acha que todas as pessoas de que gosta são especiais, ela disse.

Tentei me sentar e a banheira foi dura com meus ossos.

Não passo de uma pessoa normal, ela disse. Quando você passa a gostar de alguém, você faz com que ela se sinta diferente de todo mundo. Você está fazendo isso com o Nick, você já fez isso comigo.

Não.

Ela me olhou, sem nenhum traço de crueldade ou raiva, e explicou: não estou querendo te chatear.

Mas está me chateando, retruquei.

Bom, me desculpa.

Fiz uma careta. No tapetinho, o celular dela começou a vibrar. Ela atendeu e disse: alô? É, espera um segundo. Então desligou outra vez. Era Nick, ela ia até a entrada para abrir o portão por meio do interfone.

Fiquei deitada na banheira sem pensar, sem fazer nada. Após uns segundos, eu a ouvi abrindo a porta da frente e sua voz pedir: ela teve um dia muito difícil, então trate-a bem. E Nick respondeu: eu sei, pode deixar. Nesse momento, amei tanto os dois que tive vontade de aparecer diante deles como um fantasma bondoso e polvilhar bênçãos em suas vidas. Obrigada, queria dizer. Obrigada aos dois. Agora vocês são a minha família.

Nick entrou no banheiro e fechou a porta. É aquele casaco lindo, eu disse. Nick estava com o casaco. Ele sorriu e esfregou um dos olhos. Fiquei preocupado com você, ele disse. Que bom que está bem o suficiente para transformar mercadorias em fetiche como você sempre faz. Está sentindo dor? Dei de ombros. Agora nem tanto, respondi. Ele não tirava os olhos de mim. Então passou a olhar para os sapatos. Engoliu em seco. Você está bem? perguntei. Ele fez que sim, enxugou o nariz com a manga. Estou feliz em te ver, ele disse. Sua voz soou densa. Não se preocupe, eu disse. Estou bem. Ele olhou para o teto, como se risse sozinho, e seus olhos estavam úmidos. É bom ouvir isso, ele disse.

Eu disse que queria sair da banheira e ele tirou a toalha do suporte para mim. Quando emergi da água ele me olhou de um jeito nem um pouco vulgar, o tipo de olhar que você lança para o corpo de alguém quando já o viu inúmeras vezes e ele tem uma relação especial com você. Não desviei meu olhar dele nem fiquei constrangida. Tentei imaginar como eu estava: pingando, corada por causa do vapor quente, meu cabelo derramando torrentes de água pelos meus ombros. Eu o vi parado ali, sem piscar, a expressão serena e insondável como um oceano. Não era necessário falar nada. Ele me enrolou na toalha e eu saí da banheira.

24

No meu quarto, Nick se sentou na cama enquanto eu vestia um pijama limpo e secava o cabelo com a toalha. Ouvíamos Bobbi dedilhando o ukulele no outro quarto. A paz parecia irradiar de dentro para fora do meu corpo. Estava cansada e muito fraca, mas essas sensações também eram pacíficas a seu próprio modo. Por fim, sentei-me ao lado de Nick e ele passou o braço em volta de mim. Senti cheiro de cigarro no colarinho da camisa dele. Perguntou sobre a minha saúde e contei que estivera no hospital em agosto e estava aguardando o ultrassom. Ele tocou no meu cabelo e disse que sentia muito por eu não ter lhe contado antes. Expliquei que não queria que ele tivesse pena de mim e ele ficou um tempinho em silêncio.

Me desculpa mesmo por aquela noite, ele disse. Tive a sensação de que você estava tentando me magoar e exagerei na reação, me desculpa.

Por algum motivo só consegui dizer: tudo bem, não se preocupa. Eram as únicas palavras que viriam, portanto as enunciei no tom mais suave possível.

Tudo bem, ele disse. Bom, posso te contar uma coisa?

Fiz que sim.

Falei com a Melissa, ele disse. Falei para ela que a gente anda se vendo. Tudo bem?

Fechei os olhos. O que foi que aconteceu? perguntei baixinho.

Passamos um tempo conversando. Acho que ela está bem. Eu falei que queria continuar te vendo e ela entendeu, é isso.

Você não precisava ter feito isso.

Eu devia ter feito isso logo no começo, ele disse. Não havia necessidade de te colocar nessa situação toda, eu só fui covarde.

Ficamos alguns segundos calados. Me sentia alegremente cansada, como se todas as células do meu corpo desacelerassem e cada uma delas caísse em seu próprio sono profundo.

Sei que não sou um cara legal, ele afirmou. Mas eu te amo, você sabe. É claro que amo. Desculpa não ter dito isso antes, mas não sabia se você queria ouvir isso. Me desculpa.

Eu estava sorrindo. Meus olhos continuavam fechados. Era tão bom estar errada a respeito de tudo. Desde quando você me ama? perguntei.

Desde que te conheci, eu acho. Se quisesse ser bem filosófico sobre o assunto, diria que já te amava antes.

Ah, você está me deixando muito feliz.

Estou? ele disse. Que bom. Eu quero te fazer muito feliz.

Eu também te amo.

Ele beijou minha testa. Ao falar, suas palavras eram leves, mas em sua voz eu ouvia uma emoção escondida que me comovia. Então tá, ele disse. Bom, você já sofreu bastante. Vamos apenas tratar de ser muito felizes daqui pra frente.

No dia seguinte, recebi um e-mail de Melissa. Estava sentada na biblioteca, digitando uma página de anotações, quando o e-mail chegou. Resolvi que antes de ler daria uma volta pelas mesas da biblioteca. Me levantei da cadeira devagar e iniciei minha caminhada. Ali dentro tudo era muito marrom. Pelas janelas eu via a rajada de vento circulando entre as árvores. No campo de críquete uma mulher de short corria, levantando e abaixando os cotovelos como se fossem pistões pequenos. Lancei um olhar para minha própria mesa para ter certeza de que meu laptop continuava lá. Brilhava ameaçadoramente para o nada. Dei meia-volta na sala antes de traçar um círculo e voltar à minha cadeira, como se esse circuito em torno das mesas da biblioteca fosse na verdade uma espécie de teste de resistência física. Então abri o e-mail.

Oi Frances. Não estou brava com você, quero que saiba disso. Só estou entrando em contato porque acho importante que a gente esteja na mesma sintonia em relação a isso. O Nick não quer me largar e eu não quero largar ele. Vamos continuar morando juntos e sendo casados. Estou escrevendo isso num e-mail porque não acredito que Nick seja franco com você nesse assunto. Ele tem personalidade fraca e tem a compulsão de dizer às pessoas o que elas querem ouvir. Em poucas palavras, se você está dormindo com o meu marido porque no fundo acredita que um dia ele vai ser seu marido, então está cometendo um erro grave. Ele não vai se divorciar de mim e se fizesse isso jamais se casaria com você. Assim como, se você está dormindo com ele porque acredita que o afeto dele prova que você é boa pessoa, ou no mínimo uma pessoa inteligente ou atraente, é bom você saber que de modo geral o Nick não tem atração por pessoas bonitas ou moralmente respeitáveis. Ele gosta de parceiras que assumam plena responsabilidade por todas suas decisões, só isso. Você não vai conseguir ter uma noção sustentável de amor-próprio a partir dessa relação. Não tenho dúvida de que agora você acha a total submissão dele um charme, mas no decorrer de um casamento ela se torna exaustiva. Brigar com ele é impossível porque ele é patologicamente submisso e não dá para gritar com ele sem você se odiar. Eu sei porque hoje passei um bom tempo gritando com ele. Porque eu mesma "cometi erros" no passado, é complicado me sentir catártica e verdadeiramente injustiçada pelo fato de ele estar transando com uma garota de vinte e um anos pelas minhas costas, e tenho ódio disso. Me sinto como qualquer outra pessoa se sentiria nessa situação. Chorei copiosamente, não só por curtos períodos como também por coisa de mais de uma hora. Mas é só porque uma vez dormi com outra mulher em um festival literário e anos depois quando Nick estava no hospital psiquiátrico eu comecei um caso com o melhor amigo dele que continuou mesmo após Nick ter descoberto, que meus sentimentos não contam. Sei que sou um monstro e ele provavelmente fala mal de mim para você. Às vezes me pego pensando: se eu sou tão ruim assim, por que ele não me larga? E eu sei que tipo de gente pensa essas coisas sobre o próprio marido. O tipo de gente que mais adiante mata o marido, provavelmente. Eu não mataria o Nick, mas é importante que você saiba que se eu tentasse, ele daria total apoio. Mesmo se descobrisse que eu estava tramando o assassinato dele, ele não traria o assunto à tona para não me aborrecer. Estou tão acostumada a vê-lo como um cara patético e até mesmo desprezível que esqueci que outra pessoa pudesse amá-lo. As outras mulheres sempre perderam o interesse depois de conhecê-lo melhor. Mas você não. Você ama ele, não é? Ele me contou que seu pai é alcoólatra, como era o meu. Fico me perguntando se a gente não gravita em torno do

Nick porque ele nos dá a sensação de controle que nos faltou na infância. Eu acreditei nele de verdade quando ele me falou que nada tinha acontecido entre vocês e que era só uma queda. Fiquei aliviada, não é um horror? Pensei ah bom, ele te conheceu ainda no verão, ele ainda não estava normal, ele anda bem melhor desde então. E agora me dou conta de que na verdade você teve uma função nessa melhora, ou ela aconteceu por sua causa. Você está deixando meu marido melhor, Frances? Quem te deu o direito de fazer isso? Ele agora fica acordado durante o dia, eu percebi. Ele voltou a responder e-mails e a atender o celular. Quando estou no trabalho ele às vezes me manda matérias interessantes sobre os esquerdistas da Grécia. Ele te manda as mesmas ou são personalizadas? Admito que me sinto ameaçada pela sua juventude extrema. É um grande choque pensar no seu próprio marido a fim de mulheres mais novas. Nunca tinha notado isso nele. Vinte e um é nova, né? Mas e se você tivesse dezenove, ele também teria agido assim? Será que ele é um daqueles caras mórbidos na faixa dos trinta que no fundo acham meninas de quinze anos atraentes? Será que ele já pesquisou pelo termo "ninfeta"? É nesse tipo de coisa que eu não precisava pensar antes de você entrar nas nossas vidas. Agora fico me perguntando se ele me odeia. Eu não o odiava quando era eu quem saía com outra pessoa; na verdade, acho que eu gostava dele ainda mais, mas se ele tentasse me falar uma coisa dessas, minha vontade seria de cuspir nele. Acho que acima de tudo me choca ele não querer tomar o caminho mais fácil e te largar. É por isso que sei que fui substituída. Ele diz que ainda me ama, mas se não quer mais fazer o que eu digo, como posso acreditar nele? Claro que ele nunca exagerou na reação desse jeito quando era o meu caso, e sempre achei que tive sorte por ele não ter feito isso. Agora me questiono se ele me amou um dia. É difícil imaginar que alguém se case com outro que não ama, mas a verdade é que esse é bem o tipo de coisa que Nick faria, por lealdade e por um desejo de ser castigado. Você conhece ele tão bem assim ou sou só eu? Uma parte de mim queria ser sua amiga. Eu te achava muito fria e indelicada, e a princípio achei que fosse por causa da Bobbi, o que me ofendia. Agora que sei que era só ciúmes e medo, minha impressão a seu respeito é outra. Mas você não precisa ter ciúmes, Frances. Para o Nick você provavelmente é indistinguível da felicidade. Não duvido de que ele considere você o grande amor da vida adulta dele. Eu e ele nunca tivemos um caso tempestuoso às costas de ninguém. Sei que não posso pedir que ele pare de te ver, apesar de querer. Eu poderia pedir que você parasse, mas por que eu faria isso? As coisas estão melhores agora, até eu estou vendo. Eu costumava chegar em casa no fim da tarde e ele já estava na cama. Ou então sentado na frente da TV sem ter mudado de canal desde a hora que acordou. Uma vez cheguei em casa e peguei ele assistindo a um filme meio pornô em que duas animadoras de torcida se beijavam e quando me viu ele deu de ombros e disse "não estou assistindo, só não sabia onde estava o controle remoto". Na época fingi não acreditar nele porque achei que seria menos angustiante ele de fato assistir ao filme das animadoras de torcida do que ficar sentado, deixando a contragosto que o filme passasse por estar deprimido demais para achar o controle. Agora não paro de pensar em todas as tardes que cheguei em casa este mês e ele estava cozinhando e escutando alguma coisa no rádio. E ele está sempre de barba feita e me perguntando como foi o meu dia e as roupas de ginástica dele estão sempre na máquina de lavar. Às vezes o vejo se olhando no espelho com uma expressão de quem se avalia. É claro, como é que não imaginei? Mas sempre disse que queria vê-lo feliz e agora sei que isso sempre foi verdade. Eu quero de fato que ele seja feliz. Mesmo desse jeito eu continuo querendo. Então. Pois bem. Quem sabe a gente não janta todos juntos uma hora dessas. (Vou convidar a Bobbi também.)

Li o e-mail várias vezes. Parecia uma afetação da parte de Melissa não usar parágrafos, como se dissesse: olha a torrente de emoções que se abateu sobre mim. Também acreditava que havia editado o e-mail com bastante cuidado para causar efeito, ou seja: sempre lembre quem é a escritora, Frances. Sou eu, não você. Foram esses os pensamentos que me vieram, pensamentos inclementes. Ela não disse que eu era uma pessoa ruim, não disse nada das coisas horríveis a meu respeito que a situação permitiria. Talvez uma torrente de emoções realmente tivesse se abatido sobre ela. A parte do e-mail sobre minha juventude me afetou, e me dei conta de que não interessava se fora calculada ou não. Eu era jovem e ela era mais velha. Isso era suficiente para que me sentisse mal, como se tivesse colocado moedas extras na vendedora automática. Na segunda leitura deixei meus olhos pularem esse pedaço.

A única parte do e-mail que realmente me interessava era a informação relativa a Nick. Ele estivera em um hospital psiquiátrico, o que para mim era novidade. Não senti repulsa exatamente: tinha lido livros, estava familiarizada com a ideia de que o capitalismo é uma verdadeira maluquice. Mas imaginava que as pessoas que eram internadas por questões psiquiátricas eram diferentes das que eu conhecia. Percebia que agora havia entrado num novo ambiente social, onde transtornos mentais graves não estavam mais fora de moda. Estava passando por uma nova educação: aprendendo uma nova série de suposições e simulando um nível maior de entendimento do que aquele que de fato tinha. Por essa lógica, Nick e Melissa eram como meus pais me trazendo ao mundo, provavelmente me odiando e amando ainda mais do que meus verdadeiros pais. Isso também significava que eu era a gêmea má de Bobbi, o que naquele momento não me parecia ser levar a metáfora longe demais.

Segui essa linha de pensamento superficialmente, como ao deixar que os olhos acompanhem a trajetória de um carro que está de passagem. Meu corpo estava contorcido na cadeira da biblioteca como uma mola encolhida e minhas pernas duplamente cruzadas, a sola do pé esquerdo bem apertada contra a base da cadeira. Senti culpa por Nick ter estado tão doente, e por agora saber disso apesar de ele ter optado por não me contar. Não sabia como lidar com a informação. No e-mail Melissa foi tão insensível quanto a isso, como se a doença de Nick fosse uma comédia macabra que servisse de pano de fundo para seu caso, e fiquei pensando se ela se sentia assim mesmo ou se era uma maneira de esconder o que sentia de fato. Pensei em Evelyn na livraria, dizendo-lhe várias e várias vezes como ele estava bem.

Uma hora depois, o e-mail que escrevi como resposta dizia o seguinte:

Tenho muito o que pensar. Jantar parece uma boa ideia.

25

A essa altura já estávamos em meados de outubro. Juntei todo dinheiro que consegui achar no meu quarto, bem como um pouco de dinheiro que ganhei no aniversário e no Natal que havia esquecido de depositar no banco. A soma de tudo deu quarenta e três euros, sendo que gastei mais da metade comprando pão, massa e tomate em conserva em um supermercado alemão. De manhã, perguntava a Bobbi se podia tomar seu leite e ela me fazia um gesto ao estilo: toma o que você quiser. Jerry lhe dava dinheiro toda semana, e também reparei que tinha passado a usar um novo casaco de lã preta com botões de tartaruga. Como não queria contar para ela o que tinha acontecido com a minha conta, me descrevia como "falida" num tom de voz que eu premeditava para ser irreverente. Todas as manhãs e noites ligava para meu pai, e todas as manhãs e noites ele não atendia.

De fato fomos à casa de Melissa e Nick para jantar. Fomos mais de uma vez. Percebia cada vez mais que Bobbi começava a gostar da companhia de Nick, ainda mais do que da companhia de Melissa ou da minha. Quando nós quatro passávamos um tempo juntos, ela e Nick volta e meia entabulavam discussões fajutas ou outras atividades competitivas das quais Melissa e eu éramos excluídas. Jogavam video game após o jantar, ou xadrez magnético portátil, enquanto Melissa e eu conversávamos sobre impressionismo. Uma vez, quando estavam bêbados, chegaram a apostar corrida em torno do quintal. Nick venceu mas ficou cansado, e Bobbi o chamou de "idoso" e jogou folhas mortas sobre ele. Ela perguntou a Melissa: quem é mais bonito, o Nick ou eu? Melissa olhou para mim e em tom travesso respondeu: amo todos os meus filhos igualmente. A relação de Bobbi com Nick me afetou de um jeito curioso. Vê-los juntos, um dando ao outro toda a atenção, me dava um barato estético esquisito. Fisicamente eram perfeitos, como gêmeos. De vez em quando me pegava desejando que se aproximassem ou até mesmo se tocassem, como se eu tentasse finalizar algo que na minha cabeça continuava incompleto.

Era comum termos discussões políticas, em que todos partilhávamos de opiniões similares, mas nos expressávamos de formas diferentes. Bobbi, por exemplo, era insurgente, já Melissa, por conta do pessimismo implacável, tendia a ser a favor do primado da lei. Nick e eu ficávamos num meio-termo entre os dois, mais confortáveis com a crítica do que com o endosso. Uma noite falamos do racismo endêmico da justiça criminal nos Estados Unidos, os vídeos da brutalidade policial que tínhamos visto sem jamais procurá-los, e o que significava para nós como brancos dizer que eram "difíceis de assistir", ao que todos concordávamos que eram, embora não pudéssemos definir um sentido exato para essa dificuldade. Havia um vídeo específico, de uma adolescente negra de biquíni chorando pela mãe enquanto um policial branco dava uma joelhada em suas costas, que Nick declarou ter lhe causado tamanho mal-estar que ele sequer conseguira assisti-lo até o fim.

237

Entendo que é indulgência, ele disse. Mas eu também acho, o que eu ganho terminando de ver? O que por si só já é deprimente.

Também debatemos se esses vídeos de certo modo não contribuíam para o sentimento de superioridade europeia, como se as forças policiais na Europa não fossem endemicamente racistas.

O que elas são, afirmou Bobbi.

É, não acho que a expressão seja "policiais americanos são uns babacas", disse Nick.

Melissa disse que não duvidava de que todos fôssemos parte do problema, mas era complicado enxergar exatamente de que forma, e parecia ser impossível tomar alguma atitude sem antes compreender a questão. Declarei que às vezes me sentia tentada a negar minha etnia, como se, apesar de obviamente branca, não fosse branca "de verdade" como os outros brancos.

Sem ofensas, disse Bobbi, mas francamente, isso não ajuda em nada.

Não me ofendeu, eu disse. Eu concordo.

Certos elementos da minha relação com Nick tinham mudado desde que ele contara a Melissa que estávamos juntos. Eu mandava textos sentimentais a ele durante o dia e ele me ligava quando estava embriagado para dizer coisas boas sobre minha personalidade. O sexo em si era similar, mas o depois era diferente. Em vez de me sentir tranquila, me sentia estranhamente desamparada, como um animal se fingindo de morto. Era como se Nick pudesse enfiar a mão através da nuvem macia da minha pele e pegar o que houvesse dentro de mim, como meus pulmões ou outros órgãos internos, e eu não tentasse impedi-lo. Quando lhe descrevi essa sensação, ele declarou sentir a mesma coisa, porém estava sonolento e talvez não estivesse ouvindo de verdade.

Montes de folhas secas tinham se formado por todo o campus, e eu passava o tempo frequentando aulas e tentando achar livros na biblioteca Ussher. Nos dias secos, Bobbi e eu caminhávamos pelas alamedas subutilizadas chutando folhas e falando de coisas como a ideia da pintura paisagística. Bobbi achava que a fetichização da "natureza intocada" era intrinsecamente patriarcal e nacionalista. Gosto mais de casas do que de campos, eu disse. São mais poéticas porque tem gente dentro delas. Depois nos sentávamos na Buttery e olhávamos a chuva descendo as janelas. Algo tinha mudado entre nós, mas não sabia o quê. Ainda intuíamos facilmente o estado de espírito da outra, dividíamos os mesmos olhares conspiradores e nossas conversas ainda eram longas e inteligentes. O momento em que preparara aquele banho para mim tinha transformado alguma coisa, colocara Bobbi numa nova relação comigo embora ambas continuássemos iguais.

Uma tarde perto do fim do mês, quando minha conta bancária chegou a seis euros, recebi um e-mail de um sujeito chamado Lewis, editor de um periódico literário de Dublin. O e-mail dizia que Valerie tinha mandado o conto com a intenção de que fosse publicado, e que se eu estivesse disposta a dar meu consentimento, ele gostaria muito de publicá-lo na próxima edição. Afirmou estar "muito animado" com a perspectiva e que tinha algumas ideias sobre possíveis revisões caso eu tivesse interesse.

Abri o arquivo que mandei para Valerie e li tudo de uma vez, sem parar para pensar no que estava fazendo. A figura da história era claramente Bobbi, seus pais eram claramente seus pais, eu era nitidamente eu. Ninguém que nos conhecesse falharia em ver Bobbi no conto. Não era um retrato exatamente desagradável. Enfatizava os aspectos tiranos da personalidade de Bobbi e da minha, já que o conto era sobre dominação pessoal. Mas, ponderei, as coisas têm de ser sempre selecionadas e enfatizadas, isso é escrever. Bobbi entenderia melhor do que ninguém.

Lewis também mencionou que eu seria paga pelo conto, e ele anexou uma tabela de remuneração para quem colaborava pela primeira vez. Se publicado em seu tamanho atual, meu conto valeria mais de oitocentos euros. Mandei a Lewis uma resposta lhe agradecendo pelo interesse e dizendo que ficaria contente em trabalhar com ele em quaisquer revisões que achasse convenientes.

Naquela noite, Nick me buscou no apartamento para me levar a Monkstown. Melissa tinha ido passar uns dias com a família em Kildare. No carro, expliquei sobre o conto e sobre a conversa que tive com Bobbi no banho e o que ela dissera sobre não ser especial. Vai devagar, Nick pediu. Você disse que vendeu o conto por quanto? Nem sabia que você escrevia prosa. Eu ri, gostava quando ele se orgulhava de mim. Eu lhe disse que era o meu primeiro conto e ele me chamou de assustadora. Conversamos sobre Bobbi aparecer na história, e ele disse que aparecia nos trabalhos de Melissa o tempo inteiro.

Mas só de passagem, corrigi. Tipo "meu marido estava lá". A Bobbi é o personagem principal dessa.

É, esqueci que você leu o livro da Melissa. Tem razão, ela não se estende muito a meu respeito. De todo modo, tenho certeza de que a Bobbi não vai se importar.

Estou pensando em nunca contar para ela. Ela não é exatamente uma leitora da revista.

Bom, eu acho essa uma má ideia, ele disse. Não contar envolveria muitas outras pessoas também não contarem. Aquele tal de Philip que sai com vocês, gente assim. Minha esposa. Mas é você quem manda, claro.

Fiz um ruído de "hum" porque achei que ele tinha razão, mas não queria achar. Gostava quando dizia que eu mandava. Ele batucou as mãos no volante com alegria. O que será que eu tenho com escritoras? ele disse.

É que você gosta de mulher que possa te aniquilar intelectualmente, respondi. Aposto que você teve uma quedinha por suas professoras de escola.

Na verdade, eu era famoso por esse tipo de coisa. Dormi com uma professora na faculdade, já te contei essa história?

Pedi que contasse e ele contou. A mulher não era uma simples monitora, era uma professora de verdade. Perguntei que idade ela tinha e Nick deu um sorriso recatado e disse: uns quarenta e cinco? Talvez cinquenta. De qualquer forma, ela poderia ter perdido o emprego, foi uma loucura.

Vejo do ponto de vista dela, eu disse. Eu não te beijei na festa de aniversário da sua esposa?

Ele disse que achava difícil entender por que fazia as pessoas se sentirem assim, de um jeito que havia acontecido raras vezes na vida, mas sempre com uma intensidade violenta e sem nenhuma sensação de que tinha alguma influência sobre a situação. Uma amiga do irmão mais velho tivera algo parecido quando ele tinha quinze anos. E essa menina tinha quase vinte, Nick disse. Obcecada comigo. Foi assim que perdi a virgindade.

Você era obcecado por ela? perguntei.

Não, só tive medo de falar não para ela. Não queria magoar a menina.

Disse que isso me soava lúgubre e que me deixava triste. Ele disse logo: ah, não estava tentando ganhar sua empatia. Eu disse sim para ela, não foi... Bom, é provável que fosse ilegal, mas eu consenti.

Porque você ficou com muito medo de dizer não, constatei. Você chamaria de consentimento se acontecesse comigo?

Bom, não. Mas também não me senti ameaçado fisicamente. Quer dizer, o comportamento dela foi esquisito, mas nós dois éramos adolescentes. Não acho que ela fosse uma pessoa má.

Continuávamos na cidade, parados no trânsito do lado norte. Era começo de noite, mas já estava escuro. Da janela, olhei para os pedestres e para o véu de chuva que se movia sob os postes de luz. Eu lhe disse que achava que ele era um objeto de amor tão cativante em partes por ser tão curiosamente passivo. Sabia que teria de ser eu a beijar você, expliquei. E que você jamais me beijaria, o que fazia com que eu me sentisse vulnerável. Mas também senti esse poder imenso, tipo, você vai me deixar te beijar, o que mais você vai me deixar fazer? Foi meio inebriante. Não conseguia decidir se tinha total controle sobre você ou controle nenhum.

E agora, você acha o quê? ele perguntou.

Mais como se tivesse controle total. Isso é horrível?

Ele disse que não se importava. Achava saudável que tentássemos corrigir a disparidade de poder, apesar de acrescentar que achava que nunca conseguiríamos fazê-lo completamente. Eu lhe disse que Melissa o achava "patologicamente submisso" e ele disse que seria um erro supor que isso significava que era indefeso nas relações com mulheres. Ele me contou que achava que a fraqueza era muitas vezes um jeito de exercer o poder. Respondi que estava parecendo a Bobbi e ele riu. Esse é o maior elogio que um homem pode ganhar de você, Frances, disse ele.

Naquela noite, na cama, conversamos sobre a bebê da irmã dele, de como ele a amava muito, como às vezes ele ficava deprimido e ia para a casa de Laura só para ficar perto da criança e ver seu rostinho. Não sabia se ele e Melissa planejavam ter filhos, ou por que ainda não os tinham tido se gostavam tanto de crianças. Não queria perguntar porque tinha medo de descobrir que pretendiam tê-los, então assumi um tom irônico e disse: quem sabe você e eu não temos filhos juntos. A gente pode criá-los numa comunidade poliamorosa e deixar que eles escolham os próprios nomes. Nick me disse que já tinha ambições sinistras a esse respeito.

Você continuaria me achando atraente se eu estivesse grávida? perguntei.

Claro que continuaria.

De um jeito fetichista?

Bom, sei lá, ele disse. A verdade é que sinto que estou mais atento a mulheres grávidas hoje do que há dez anos. Tenho propensão a me imaginar fazendo coisas legais para elas. Isso soa fetichista. Tudo para você é um fetiche. Estou falando mais de preparar uma comida para elas. Mas eu continuaria querendo trepar contigo se você estivesse grávida, sim. Pode ficar tranquila.

Nesse momento, virei o rosto e aproximei minha boca de seu ouvido. Como meus olhos estavam fechados, sentia que estava apenas jogando e não sendo totalmente genuína. Ei, eu disse, eu te quero de verdade. E eu senti Nick balançando a cabeça, uma anuência doce e ávida. Obrigado, ele disse. Foi o que ele falou. Nos beijamos. Pressionei minhas costas contra o colchão e ele me tocou com cuidado como um cervo toca nas coisas com o rosto. Nick, você é maravilhoso, eu disse. Deixei a carteira no meu casaco, ele respondeu. Um segundo. E eu disse: faz assim mesmo, estou tomando pílula, tanto faz. Ele pôs a mão em cima do travesseiro, ao lado da minha cabeça, e por um instante não fez nada e sua respiração ficou bem quente. É, você quer? perguntou. Eu disse que queria e ele continuou a respirar e disse: você faz com que eu me sinta tão bem comigo mesmo.

Passei os braços em torno de seu pescoço e ele enfiou a mão entre minhas pernas para conseguir entrar em mim. Sempre tínhamos usado camisinha e senti a diferença, ou talvez ele estivesse diferente por isso. Sua pele estava úmida e ele suspirava com bastante força. Senti meu corpo se abrir e depois se fechar, como um vídeo em stop-motion de uma flor com as pétalas desabrochando e se fechando, e era tão real que parecia alucinação. Nick disse a palavra porra e depois disse: Frances, não sabia que ia ser tão bom, desculpa. Sua boca estava extremamente macia e próxima. Perguntei se ele já precisava gozar e ele inspirou por um segundo e disse: desculpa, me desculpa. Pensei no desejo sinistro dele de me engravidar, em como me sentiria plena e enorme, o carinho e o orgulho com que ele me tocaria, e então notei que eu dizia: não, tudo bem, é o que eu quero. A sensação naquele momento foi bem esquisita e gostosa, e ele me dizia que me amava, lembro disso. Ele murmurava no meu ouvido: eu te amo.

Já que na época o prazo de entrega de vários trabalhos finais se aproximava, esbocei um cronograma rígido. De manhã, antes de a biblioteca abrir, me sentava na cama e trabalhava nas revisões que Lewis tinha me mandado. Via o conto que tinha escrito tomar forma, se desdobrar, se tornar mais longo e mais robusto. Depois tomava banho e me vestia com suéteres em tamanhos maiores do que o meu para ir trabalhar na faculdade o dia inteiro. Às vezes conseguia ficar sem comer até o fim da tarde, e quando chegava em casa cozinhava dois punhados de massa e comia com azeite de oliva e vinagre antes de cair no sono, volta e meia sem tirar a roupa.

Nick havia começado a ensaiar para uma montagem de *Hamlet*, e depois do trabalho, às terças e sextas-feiras, vinha ficar no apartamento. Reclamava que nunca tinha comida na geladeira, mas depois que falei que estava falida em tom sarcástico, ele disse: ah é? Desculpa, eu não sabia. Então passou a trazer comida quando me visitava. Levava pão fresco da padaria de Temple Bar, potes de geleia de framboesa, frascos de homus e cream cheese sem ser light. Quando me via comendo essas coisas, me perguntava quão falida eu estava. Eu dava de ombros. Depois disso ele passou a trazer peitos de frango e embalagens de plástico com carne moída para pôr na geladeira. Estou me sentindo uma mulher sustentada, eu disse. Ele respondia coisas ao estilo: bom, olha só, você pode pôr no congelador se não quiser comer amanhã. Tinha a sensação de que precisava parecer divertida e ficar falando da comida, pois achava que Nick ficaria incomodado caso soubesse que eu de fato não tinha nenhum dinheiro e vivia do pão com geleia que me trazia.

Bobbi parecia gostar da presença de Nick no nosso apartamento, em certa medida porque ele sabia ser muito útil. Ele nos mostrou como consertar a pia que vazava na nossa cozinha. O homem da casa, ela disse em tom sarcástico. Uma vez, quando preparava o jantar para nós, eu o ouvi ao telefone com Melissa, conversando sobre uma rixa editorial dela e lhe confirmando que o outro lado estava agindo "com total insensatez". Durante a maior parte da ligação, ele só assentia e mexia panelas pelo fogão enquanto dizia: hum, eu sei. Esse era o papel que parecia lhe atrair mais, ouvir as coisas e fazer perguntas inteligentes que demonstravam que estava ouvindo. Isso fazia com que ele se sentisse necessário. Foi excelente naquela vez. Não tinha dúvida de que Melissa era quem havia telefonado.

Ficávamos conversando até tarde naquelas noites, às vezes até vermos que clareava por trás das cortinas. Uma noite, contei para ele que estava no programa de assistência financeira para cobrir as mensalidades da faculdade. Ele demonstrou surpresa e disse logo em seguida: desculpa por parecer surpreso, que ignorância a minha. Eu não devia imaginar que todo mundo tem pais que podem pagar essas coisas.

Bom, nós não somos pobres, expliquei. Não estou falando para ficar na defensiva. Só não quero que você tenha a impressão de que eu cresci na pobreza nem nada assim.

Claro.

Mas sabe, eu me sinto bem diferente de você e da Bobbi. Talvez a diferença seja pequena. Fico constrangida com as coisas boas que eu tenho. Tipo o meu laptop, que é de segunda mão, era do meu primo. Mas mesmo assim fico constrangida com ele.

Você pode ter coisas boas, ele disse.

Belisquei a capa do edredom entre o polegar e o dedo. Era um tecido duro, áspero, bem diferente do algodão egípcio que Nick tinha em casa.

Meu pai não tem sido muito confiável no que diz respeito a pagar minha mesada, eu disse.

É mesmo?

É. Tipo, neste momento não tenho basicamente dinheiro nenhum.

Você está falando sério? perguntou Nick. Você está vivendo do quê?

Enrolei a capa do edredom entre os dedos, sentindo sua textura. Bom, a Bobbi me deixa pegar das coisas dela, respondi. E você vive trazendo comida.

Frances, que loucura, ele retrucou. Por que você não me contou? Posso te dar dinheiro.

Não, não. Você mesmo disse que seria esquisito. Você disse que havia questões éticas.

A maior questão seria você morrer de fome. Olha, você pode me devolver o dinheiro se preferir, a gente pode chamar de empréstimo.

Fitei o edredom, a estampa feia de flores. Vou receber por aquele conto, eu disse. Aí eu te devolvo o dinheiro. Na manhã seguinte, ele foi ao caixa eletrônico enquanto Bobbi e eu tomávamos o café da manhã. Quando voltou, percebi que estava acanhadíssimo em me dar o dinheiro com ela por perto, e fiquei contente. Não queria que ela soubesse da minha situação. Eu o acompanhei até a entrada quando ele estava de saída e ele pegou a carteira e contou quatro notas de cinquenta euros. Achei perturbador vê-lo lidar com dinheiro dessa forma. É muito, eu disse. Ele fez cara de dor e disse: então depois você me devolve, não se preocupa. Abri a boca e ele interrompeu: Frances, não é nada. Para ele, provavelmente não era nada. Ele beijou minha testa antes de partir.

No último dia de outubro, entreguei um dos meus trabalhos finais e Bobbi e eu saímos para tomar café com uns amigos. Estava feliz com a minha vida, feliz como nunca lembrava de ter estado. Lewis ficou satisfeito com minhas revisões e estava pronto para ir em frente e publicar o conto na edição de janeiro da revista. Com o empréstimo de Nick, e o dinheiro que ainda teria da revista mesmo após reembolsá-lo, me sentia invencivelmente rica. Era como se enfim tivesse escapado da infância e da minha dependência de outras pessoas. Não havia maneira de meu pai voltar a me fazer mal, e desse posto privilegiado sentia uma nova e sincera compaixão por ele, a compaixão de uma observadora bondosa.

Naquela tarde encontramos Marianne e seu namorado, Andrew, de quem ninguém gostava de fato. Philip também apareceu com Camille, uma menina com quem começara a sair. Philip parecia sem jeito na minha presença, tomando o cuidado de buscar meu olhar quando podia e rir das minhas piadas, mas de um jeito que parecia comunicar empatia, ou até pena, em vez de amizade verdadeira. Achei seu comportamento bobo demais para ser ofensivo, apesar de lembrar da esperança de que Bobbi também reparasse para podermos falar do assunto mais tarde.

Estávamos sentados no segundo andar de uma pequena cafeteria perto de College Green e a certa altura a conversa foi parar na monogamia, um tema sobre o qual não tinha nada a dizer.

A princípio, Marianne discutia se a não monogamia seria uma orientação, assim como ser gay, e se algumas pessoas não seriam "por natureza" não monogâmicas, o que levou Bobbi a destacar que nenhuma orientação sexual era assim tão "natural". Beberiquei o café que Bobbi pagou para mim e não me manifestei, só queria ouvi-la falar. Ela afirmou que a monogamia se baseava em um modelo de compromisso que servia às necessidades dos homens em sociedades patrilineares por permitir que passassem suas propriedades à prole genética, facilitada tradicionalmente pelo direito sexual a uma esposa. A não monogamia poderia se basear num modelo totalmente diferente, explicou Bobbi. Algo mais parecido com o consentimento espontâneo.

Ouvir Bobbi teorizar dessa forma era empolgante. Ela falava em frases claras, brilhantes, como se traçasse figuras no ar com vidro ou com água. Ela nunca hesitava ou se repetia. Volta e meia nossos olhares se cruzavam e eu assentia: sim, exatamente. Essa concordância parecia incentivá-la, como se buscasse no meu olhar a aprovação, e tornava a desviar o olhar e prosseguia: com isso eu quero dizer...

Ela não parecia estar prestando atenção às outras pessoas à mesa enquanto falava, mas reparei que Philip e Camille trocavam olhares. Em certo momento, Philip olhou para Andrew, o único outro homem sentado conosco, e Andrew ergueu as duas sobrancelhas como se Bobbi tivesse começado a falar sandices ou promover o antissemitismo. Achei uma covardia de Philip olhar para Andrew, de quem eu sabia que ele nem gostava, e me senti incomodada. Aos poucos, percebi que fazia um tempo que ninguém mais falava e que Marianne passara a fitar o próprio colo desajeitadamente. Embora adorasse ouvir Bobbi quando estava assim, comecei a desejar que ela parasse.

Só acho que não é possível amar mais de uma pessoa, disse Camille. Quer dizer, de todo o coração, amar de verdade.

Seus pais tinham um filho predileto? perguntou Bobbi. Deve ter sido difícil para você.

Camille deu uma risada nervosa, incapaz de saber se Bobbi
estava brincando porque não a conhecia bem o suficiente para
saber se aquilo era normal.

Não é igual com filhos, disse Camille. É?

Bom, depende se você acredita em uma espécie de concei-
to trans-histórico de amor romântico homogêneo em culturas diversas, disse Bobbi. Mas acho que todos nós acreditamos em to-
lices, não é?

Marianne me lançou um olhar, bastante breve, mas entendi que ela sentia a mesma coisa que eu: que Bobbi estava agindo
com uma agressividade acima do normal, que iria magoar Camille e que Philip se irritaria. Olhei para Philip e vi que era tarde demais. Suas narinas estavam ligeiramente dilatadas, ele estava bravo, pronto para discutir com Bobbi e perder.

Um monte de antropólogos concorda que a humanidade é
uma espécie monogâmica por natureza, disse Philip.

É nesse ponto que você está em termos teóricos? perguntou
Bobbi.

Nem tudo retoma a teoria cultural, respondeu Philip.

Bobbi riu, uma risada esteticamente linda, uma demonstra-
ção de autoconfiança total que fez Marianne estremecer.

Meu Deus do céu, e vão deixar que você se forme? Bobbi
disse.

E o que falar de Jesus? intervi. Ele amava todo mundo.

E também era celibatário, acrescentou Philip.

Uma questão que gera debates históricos, retrucou Bobbi.

Por que você não conta pra gente do seu trabalho final sobre Bartleby, Philip? pedi. Você entregou hoje, não foi?

Bobbi deu um sorriso largo perante minha intervenção desajeitada e se recostou na cadeira. Philip não olhava para mim,

mas para Camille, sorridente como se partilhassem de uma piada interna. Fiquei irritada, já que tinha interferido para salvá-lo da humilhação, e era uma grosseria dele não reconhecer minha iniciativa. Ele se virou e falou do trabalho, como se fizesse a minha vontade, e fingi não escutar. Bobbi remexeu a bolsa à procura do maço de cigarros, levantando a cabeça uma vez para dizer: você devia ter lido Gilles Deleuze. Philip lançou um olhar para Camille novamente.

Eu li, respondeu Philip.

Então você não entendeu o que ele quer dizer, disse Bobbi. Frances? Quer sair para fumar um cigarro?

Fui atrás dela. A noite ainda caía, e o ar estava fresco e azul-marinho. Ela começou a rir e eu ri também, de alegria por estar a sós com ela. Ela acendeu nossos dois cigarros e expirou uma nuvem branca, e tossiu gargalhando.

Natureza humana, vou te contar, ela disse. Você força a barra.

Acho que só pareço inteligente quando fico calada o máximo possível.

Isso a divertiu. Com carinho, arrumou uma mecha do meu cabelo atrás da minha orelha.

Você está insinuando alguma coisa? Ela perguntou.

Eu não. Se eu falasse que nem você, falaria o tempo todo.

Trocamos sorrisos. Estava frio. A ponta do cigarro de Bobbi brilhava com um tom de laranja fantasmagórico e soltava pequenas faíscas no ar. Ela ergueu o rosto em direção à rua como se ostentasse a linha perfeita de seu perfil.

Tenho me sentido uma merda ultimamente, ela disse. Toda aquela situação em casa, sei lá. Você se imagina o tipo de pessoa que sabe lidar com uma coisa e aí ela acontece e você se dá conta de que não sabe.

Ela equilibrava o cigarro no lábio inferior, quase no canto da boca, e com as mãos juntava os cabelos em um nó. Era Halloween, as ruas estavam movimentadas e pequenos bolos de gente passavam vestidos com capas ou óculos de mentira ou fantasias de tigre.

Como assim? perguntei. O que foi que aconteceu?

Você sabe que o Jerry é meio temperamental, não sabe? A verdade é que não importa. Drama familiar, por que você quer saber?

Quero saber tudo o que acontece com você.

Ela pegou o cigarro de novo entre os dedos e enxugou o nariz com a manga. Em seus olhos a luz laranja se refletia como fogo.

Ele não está de acordo com o divórcio, explicou Bobbi.

Não sabia disso.

É, ele está agindo como um imbecil. Ele tem um monte de teorias da conspiração a respeito de Eleanor, como a de que ela está atrás do dinheiro dele ou sei lá o quê. E o pior de tudo é que ele espera que eu fique do lado dele.

Pensei nela dizendo a Camille: seus pais tinham um filho predileto? Eu sabia que Bobbi sempre fora a predileta de Jerry, que ele achava a irmã dela mimada, que considerava a esposa histérica. Sabia que ele dizia essas coisas a Bobbi a fim de conquistar sua confiança. Sempre achei que ser a predileta de Jerry era um privilégio de Bobbi, mas agora eu também via como uma inconveniência e um perigo.

Não sabia que você estava passando por tudo isso, eu disse.

As pessoas estão sempre passando por alguma coisa, não é? É a vida, basicamente. São mais e mais coisas para enfrentar. Você tem esse monte de merda acontecendo com o seu pai, mas nunca fala disso. As coisas também não estão perfeitas para você.

Não disse nada. Ela exalou uma corrente fina de fumaça pelos lábios e balançou a cabeça.

Desculpa, ela disse. Não era o que eu queria dizer.

Não, você tem razão.

Por um instante ficamos paradas ali, aglomeradas atrás da barreira para fumantes. Tomei ciência de que nossos braços se tocavam, e então Bobbi me beijou. Aceitei o beijo, senti até minha mão se esticando em direção à dela. Dava para sentir a pressão suave de sua boca, os lábios se afastando, o aroma doce artificial de seu hidratante. Pensei que iria passar o braço em torno da minha cintura, mas ela recuou. Seu rosto estava corado e sua beleza era extraordinária. Ela apagou o cigarro.

Vamos voltar lá pra cima? ela disse.

Minhas entranhas zumbiam feito uma máquina. Busquei no rosto de Bobbi algum reconhecimento do que havia acabado de acontecer, mas não havia nada. Estaria apenas confirmando que já não sentia mais nada por mim, que me beijar era como beijar uma parede? Seria um experimento? Lá em cima, pegamos os casacos e voltamos juntas para casa andando, falando da faculdade, do livro novo de Melissa, de outros assuntos que na verdade não diziam respeito a nós.

26

Na noite seguinte, Nick e eu fomos ver um filme iraniano sobre um vampiro. A caminho do cinema, contei que Bobbi tinha me beijado e ele refletiu sobre a questão por uns instantes e declarou: a Melissa me beija de vez em quando. Sem entender o que sentia, passei a fazer piadas. Você beija outras mulheres pelas minhas costas! Já estávamos quase no cinema mesmo. Eu quero fazer ela feliz, ele disse. Talvez você prefira não falar disso. Parei na porta do cinema com as mãos no bolso do casaco. Falar do quê? perguntei. De você beijando sua esposa?

A gente está se dando melhor agora, ele disse. Do que antes de tudo isso. Mas o que eu quero dizer é que talvez você não queira saber disso.

Fico contente que vocês estejam se dando bem.

Tenho a sensação de que devia te agradecer por me tornar uma pessoa tolerável de se conviver.

Nossas respirações pairavam entre nós como uma neblina. A porta do cinema se abriu com uma torrente de calor e cheiro da gordura de pipoca.

Agora a gente vai se atrasar para o filme, eu disse.

Vou parar de falar.

Depois, fomos comer falafel na Dame Street. Nos sentamos na barraca, e contei para Nick que minha mãe viria a Dublin no dia seguinte para visitar a irmã e em seguida me levaria de carro à cidade dela para o ultrassom. Nick perguntou para que dia estava marcado e eu disse que seria na tarde de 3 de novembro. Ele assentiu, não era acessível nesses tipos de questão. Mudei de assunto dizendo: minha mãe desconfia de você, sabia?

Isso é ruim? perguntou Nick.

Então a mulher nos trouxe nossa comida e parei de falar para comer. Nick dizia algo sobre os pais, algo sobre não vê-los muito "depois de tudo que aconteceu no ano passado".

Parece que o ano passado volta e meia vem à tona, eu disse.

Mesmo?

Aos pouquinhos. Entendo que foi uma época ruim.

Ele deu de ombros. Continuou comendo. Era provável que não soubesse que eu sabia que estivera no hospital. Beberiquei meu copo de coca e não disse nada. Então ele enxugou a boca no guardanapo e começou a falar. Não esperava que ele começasse, mas foi o que fez. Não havia ninguém nas mesas ao lado, ninguém escutando, e ele falou de um jeito sincero, reticente, sem tentar me fazer rir ou me sentir mal.

Nick me disse que no verão anterior estava trabalhando na Califórnia. Explicou que a agenda era exaustiva e ele estava esgotado e fumando muito, e então um dos pulmões entrou em colapso. Não conseguiu finalizar a filmagem, disse ter acabado em um hospital horroroso dos Estados Unidos sem nenhum conhecido por perto. Na época, Melissa estava viajando pela Europa para escrever um artigo sobre comunidades imigrantes e eles não mantinham contato frequente.

Quando os dois já estavam de volta a Dublin, ele me contou, estava exaurido. Não queria sair para lugar nenhum com Melissa, e se ela chamava amigos para irem em casa ele geralmente ficava no segundo andar tentando dormir. Ficavam mal--humorados um com o outro e brigavam muito. Nick me contou que assim que se casaram ambos queriam ter filhos, mas quando ele tocava no assunto era cada vez mais comum que Melissa se negasse a conversar. A essa altura, ela tinha trinta e seis anos. Uma noite, em outubro, ela anunciou que havia resolvido que no fim das contas não queria filhos. Brigaram. Ele me disse que falou umas coisas injustas. Nós dois falamos, ele acrescentou. Mas me arrependo do que falei para ela.

Por fim, ele se mudou para o quarto de hóspedes. Dormia muito durante o dia, perdeu vários quilos. De início, ele contou, Melissa se zangou, achou que ele a estava castigando, ou tentando forçá-la a algo que não queria. Mas depois se deu conta de que ele realmente estava doente. Tentou ajudar, marcou consultas com médicos e terapeutas, mas Nick nunca ia. Não consigo explicar agora, ele admitiu. Olho para o meu comportamento e eu mesmo não entendo.

Em dezembro, enfim, ele foi internado numa unidade psiquiátrica. Passou seis semanas lá, e nessa época Melissa começou a sair com outra pessoa, um amigo em comum. Ele percebeu o que estava acontecendo porque ela enviou uma mensagem para ele por engano, era destinada à outra pessoa. É provável que não tenha feito muito bem à minha autoestima, ele disse. Mas não quero exagerar. Não sei se naquele ponto ainda me restava alguma autoestima. Quando ele teve alta, Melissa declarou que queria o divórcio, e ele disse que tudo bem. Ele agradeceu por tudo que ela fizera para tentar ajudá-lo e de repente ela caiu no choro. Ela falou do medo que tivera, da culpa que sentia pelo simples ato de sair de casa de manhã. Achei que você fosse morrer, ela disse. Conversaram por bastante tempo, trocaram pedidos de desculpas. No fim, concordaram em continuar morando juntos até encontrarem outro jeito.

Nick voltou a trabalhar na primavera. Estava se exercitando mais, assumiu um papel pequeno em uma peça de Arthur Miller que um de seus amigos dirigia. Melissa se desentendeu com Chris, o homem com quem estava saindo, e Nick disse que a vida deles meio que seguiu adiante. Tentaram negociar o que ele descreveu como um "quase-casamento". Viam os amigos um do outro, comiam juntos à noite. Nick renovou a matrícula na academia, levava a cachorra para passear na praia à tarde, voltou a ler romances. Tomava vitaminas de proteína, ganhou os quilos perdidos. A vida ia bem.

A essa altura, você precisa entender, ele disse, eu me acostumei a ser visto como um fardo por todo mundo. Tipo a minha família e a Melissa, todos queriam que eu melhorasse, mas também não dá pra dizer que curtiam minha companhia. Por mais que estivesse ativo outra vez, ainda me sentia uma pessoa imprestável, patética, sabe, como se estivesse desperdiçando o tempo de todo mundo. Então era assim que eu estava quando te conheci.

Eu o fitei do outro lado da mesa.

E foi muito difícil acreditar que você tinha algum interesse em mim, ele explicou. Sabe, você me mandava aqueles e-mails e às vezes eu me pegava pensando, será que tem coisa aí? E assim que eu pensava nisso, me torturava simplesmente por me permitir imaginar uma coisa dessas. Tipo, existe coisa mais deprimente do que um homem casado horroroso que se convence de que uma bela mulher mais jovem quer dormir com ele? Você entende?

Não sabia o que dizer. Fiz que não ou dei de ombros. Não sabia que era assim que você se sentia, respondi.

Não, bem, eu não queria que você soubesse. Queria ser o cara legal que você achava que eu era. Sei que às vezes você sentiu que eu não era muito expressivo. Foi difícil para mim. Deve estar parecendo que estou inventando desculpas. Tentei retribuir o sorriso, fiz que não de novo. Não, respondi. Deixamos uma breve pausa se formar entre nós. Fui bem cruel em alguns momentos, admiti. Agora me sinto terrível por isso.

Ah, não, não se cobre tanto. Olhei fixo para a mesa. Então ambos ficamos quietos. Terminei meu copo de coca. Ele dobrou o guardanapo e o pôs em cima do prato.

Passado um tempo, ele me disse que era a primeira vez que contava a história daquele ano e do que havia acontecido. Disse que nunca tinha ouvido a história do próprio ponto de vista, pois estava acostumado a ouvi-la narrada por Melissa, e claro que as versões eram diferentes. É estranho, ele disse, me ouvir falar disso como se eu fosse o personagem principal. Parece até que estou mentindo, apesar de eu achar que tudo o que falei é verdade. Mas a Melissa contaria de outra forma.

Eu gosto da forma como você conta, respondi. Você ainda quer ter filhos?

Claro, mas acho que isso já está fora de cogitação.

Vai saber. Você é novo.

Ele tossiu. Parecia prestes a dizer alguma coisa e não disse. Ficou me observando bebericar a coca e retribuí o olhar.

Acho que você daria um ótimo pai, eu disse. Você tem uma natureza amável. É bastante carinhoso.

Ele fez uma cara engraçada, de surpresa, em seguida expirou pela boca.

Que forte, ele respondeu. Obrigado por dizer isso. Agora vou ter de rir, senão vou cair no choro.

Terminamos de comer e fomos embora. Depois de atravessarmos a Dame Street e chegarmos à ponte, Nick sugeriu: a gente deveria dar uma escapada juntos. Por um fim de semana ou algo assim, o que você acha? Perguntei para onde e ele disse, que tal Veneza? Eu ri. Ele enfiou a mão no bolso, também ria, acho que porque lhe agradava a ideia de viajarmos juntos, ou simplesmente pelo fato de ter me provocado um sorriso.

Foi então que ouvi minha mãe. Eu a ouvi dizer: pois bem, oi, mocinha. E lá estava ela, na rua, na nossa frente. Usava um casaco de inverno preto Bally e um gorro com o logotipo da Adidas. Lembro que Nick usava seu belo sobretudo cinza. Ele e minha mãe pareciam personagens de filmes diferentes, feitos por diretores completamente distintos.

Não tinha me dado conta de que você viria esta noite, eu disse.

Acabei de parar o carro, ela explicou. Vou encontrar sua tia Bernie para jantar.

Ah, este é o meu amigo Nick, apresentei. Nick, esta é a minha mãe.

Só consegui dar uma olhadela rápida nele, mas vi que sorria e estendia a mão.

O famoso Nick, ela disse. Ouvi muitas coisas a seu respeito.

Bom, igualmente, ele disse.

Bem que ela disse que você era lindo.

Mãe, pelo amor de Deus, supliquei.

Mas eu te imaginava mais velho, disse minha mãe. Você é um rapaz.

Ele riu e se disse lisonjeado. Trocaram outro aperto de mãos, ela disse que me veria na manhã seguinte e nos afastamos. Era 1º de novembro. Luzes cintilavam no rio e ônibus passavam como caixas de luz, carregando rostos nas janelas.

Me virei para olhar Nick, que tinha voltado a enfiar as mãos no bolso. Foi legal, ele constatou. E nenhum comentário incisivo sobre o fato de que sou casado, ainda por cima.

Sorri. Ela é uma senhora descolada, respondi.

Naquela noite, quando cheguei em casa, Bobbi estava na sala de estar. Estava sentada à mesa, olhando fixo para folhas impressas grampeadas no canto. Nick tinha voltado para Monkstown e dito que mais tarde me mandaria um e-mail sobre Veneza. Bobbi batia os dentes de leve. Não olhou para mim quando entrei, o que me deu a sensação bizarra de ter sumido, como se eu já estivesse morta.

Bobbi? chamei.

A Melissa mandou isso para mim.

Ela mostrou as folhas. Dava para ver que o espaçamento era duplo, com longos parágrafos que nem um artigo.

Mandou o quê? perguntei.

Por um instante ela riu, ou talvez tenha exalado uma respiração que vinha segurando com força, e então jogou as folhas em cima de mim. Eu as peguei sem jeito, contra o peito. Olhando para baixo, vi as palavras impressas em uma fonte leve sem serifa. Minhas palavras. Era meu conto.

Bobbi, eu disse.

Você pretendia me contar um dia?

Fiquei imóvel. Meus olhos percorriam as linhas que via no alto da página, a página onde me descrevia passando mal na festa sem Bobbi quando eu ainda era adolescente.

Me desculpa, eu disse.

Desculpa por quê? perguntou Bobbi. Estou morrendo de curiosidade. Desculpa por escrever isso? Duvido que você se arrependa.

Não. Não sei.

É engraçado. Tenho a impressão de ter descoberto mais sobre os seus sentimentos nos últimos vinte minutos do que nos últimos quatro anos.

Fiquei tonta, fitando o manuscrito até as palavras ziguezaguearem que nem insetos. Era o primeiro rascunho, aquele que tinha mandado para Valerie. Ela devia ter deixado que Melissa lesse.

É romanceado, eu disse.

Bobbi se levantou da cadeira e olhou criticamente meu corpo de cima a baixo. Uma energia estranha se instalou no meu peito, como se fôssemos brigar.

Ouvi dizer que você ganhou uma boa grana por ele, ela disse.

É.

Vá à merda.

Eu preciso da grana de verdade, retruquei. Sei que é uma ideia estranha para você, Bobbi.

Ela arrancou as folhas das minhas mãos e a parte de trás do grampo puxou meu indicador e rompeu minha pele. Ela segurou o manuscrito na minha frente.

Quer saber, ela disse. Na verdade é um bom conto.

Obrigada.

Então rasgou as páginas ao meio, atirou-as na lixeira e declarou: não quero mais morar com você. Arrumou as coisas naquela noite. Fiquei sentada na sala, escutando. Ouvi quando puxou a mala até a entrada. Ouvi quando fechou a porta.

Na manhã seguinte, minha mãe me buscou em frente ao prédio. Entrei no carro e pus o cinto de segurança. Ela ouvia a estação de música clássica, mas desligou o rádio quando fechei a porta. Eram oito horas da manhã e reclamei de ter que acordar tão cedo.

Ah, desculpa, ela disse. Eu podia ter ligado para o hospital e providenciado um leito para você dormir por lá, não seria melhor?

Eu achava que o exame era amanhã.

É esta tarde.

Merda, eu disse suavemente.

Ela pôs uma garrafinha de água no meu colo e disse: pode começar quando quiser. Desenrosquei a tampa. Não era necessário nenhum preparo para o exame senão beber muita água, mas eu ainda sentia que aquilo tudo tinha sido jogado em cima de mim inesperadamente. Passamos um tempo em silêncio, depois minha mãe me olhou de soslaio.

Foi engraçado te encontrar daquele jeito ontem, ela comentou. Você parecia uma dama de verdade.

Em comparação com o quê?

A princípio ela não respondeu, estávamos passando por uma rotatória. Pelo para-brisa, contemplei os carros que passavam.

Vocês dois ficam muito elegantes juntos, ela explicou. Tipo estrelas de cinema.

Ah, é o Nick. Ele é glamoroso mesmo.

De repente, minha mãe estendeu o braço e segurou minha mão. O carro estava parado no trânsito. Ela segurou mais forte do que imaginei, quase firme. Mãe, eu disse. Ela me soltou. Amarrou o cabelo com os dedos e pôs as mãos no volante.

Você é uma mulher selvagem, ela disse.

Tive a melhor das professoras.

Ela riu. Ah, temo não estar à sua altura, Frances. Você vai ter que resolver as coisas todas sozinha.

27

No hospital fui aconselhada a beber ainda mais água, tanta que se tornou desconfortável ficar sentada na sala de espera. O lugar estava movimentado. Minha mãe me trouxe uma barra de chocolate da máquina e fiquei sentada batucando a caneta na capa de *Middlemarch*, que precisava ler para a aula de romance inglês. A capa retratava uma moça de olhos tristes da época vitoriana fazendo algo com flores. Duvidava que as mulheres vitorianas tocassem em flores tanto quanto a arte da época sugeria.

Enquanto esperava, um homem chegou com duas meninas pequenas, uma delas no carrinho. A menina mais velha subiu na cadeira ao meu lado e se inclinou no ombro do pai para dizer algo, embora ele não lhe desse ouvido. A menina se remexeu para lhe chamar a atenção, fazendo com que seu tênis de luzinha empurrasse minha bolsa e depois meu braço. Quando o pai enfim se virou, reclamou: Rebecca, olha o que você está fazendo! Está chutando o braço da moça! Tentei olhar para ele e dizer: tudo bem, não tem problema. Mas ele não olhou para mim. Para ele, meu braço não importava. Só lhe interessava fazer a filha se sentir mal, fazê-la se envergonhar. Pensei na maneira como Nick lidava com a cachorrinha, que tanto amava, e então parei de pensar nisso.

A secretária me chamou e entrei numa saleta com a máquina de ultrassom e uma maca acolchoada coberta de papel branco. A técnica pediu que eu subisse na maca e passou um gel em um instrumento de plástico enquanto eu olhava para o teto. A salinha era escura, evocativamente escura, como se contivesse uma poça de água escondida em algum canto. Batemos papo, não me lembro sobre o quê. Tinha a sensação de que minha voz vinha de outro lugar, como um radinho que guardasse na boca.

A técnica pressionou o treco de plástico contra o meu baixo ventre, e eu olhei para cima tentando não fazer nenhum barulho. Meus olhos estavam marejados. Sentia que a qualquer instante ela me mostraria a imagem granulada de um feto e diria algo sobre batimento cardíaco e eu assentiria com ares de sábia. A ideia de fazer imagens de um útero que não tinha nada me pareceu triste, como fotografar uma casa abandonada.

Depois de terminado, eu agradeci. Fui ao banheiro e lavei as mãos várias vezes sob as torneiras de água quente do hospital. Talvez as tenha escaldado um pouco, já que minha pele ficou bem rosada e as pontas dos dedos ficaram um pouco inchadas. Então voltei para esperar que o médico me chamasse. Rebecca e a família haviam sumido.

O médico era um homem na faixa dos sessenta anos. Me olhou com os olhos semicerrados como eu tivesse lhe decepcionado de alguma forma e então pediu que eu me sentasse. Olhava para uma pasta com umas coisas escritas. Me sentei em uma cadeira dura de plástico e olhei minhas unhas. Sem dúvida minhas mãos foram escaldadas. Ele me fez umas perguntas sobre a vez em que fui internada no hospital, em agosto, quais eram meus sintomas e o que o ginecologista disse, e depois me fez perguntas mais gerais sobre meu ciclo menstrual e atividade sexual. Enquanto fazia as perguntas, folheava a pasta meio que sem interesse. Por fim, olhou para mim.

Bom, o seu ultrassom não mostra nada, ele declarou. Nenhum fibroide, nenhum cisto, nada assim. Essa é a notícia boa.

Qual é a outra notícia?

Ele sorriu, mas foi um sorriso esquisito, como se me admirasse pela coragem. Engoli em seco e percebi que tinha cometido um erro.

O médico afirmou que eu tinha um problema no revestimento do útero, o que queria dizer que as células da parte interna do útero cresciam em outro lugar do meu corpo. Declarou que as células eram benignas, isto é, não cancerosas, mas o distúrbio em si era incurável e, em alguns casos, progressivo. Tinha um nome difícil que eu nunca tinha ouvido: endometriose. Chamou o diagnóstico de "difícil" e "imprevisível", que só poderia ser confirmado com uma laparoscopia exploratória. Mas todos os seus sintomas se encaixam, ele disse. E uma em cada dez mulheres sofre disso. Eu meio que roía meu polegar escaldado e dizia coisas do tipo, hum. Ele informou que havia intervenções cirúrgicas possíveis, mas elas só eram indicadas em casos extremamente graves. Fiquei me perguntando se queria dizer que meu caso não era grave, ou se eles ainda não sabiam.

Ele me disse que o problema principal de quem sofria disso era "gerenciar a dor". Relatou que não raro as pacientes sentiam dor durante a ovulação, dores menstruais e desconforto na relação sexual. Mordi a lateral da unha do polegar e comecei a desgrudá-la da pele. A ideia de que o sexo poderia doer me parecia de uma crueldade apocalíptica. O médico disse que "nós" queríamos evitar que a dor se tornasse debilitante ou "chegasse ao nível da deficiência". Meu maxilar começou a doer e enxuguei o nariz num gesto automático.

Ele disse que o problema secundário era "a questão da fertilidade". Me lembro claramente dessas palavras. Eu disse, ah, é? Infelizmente, ele disse, o distúrbio deixa muitas mulheres inférteis, essa é uma das nossas principais preocupações. Mas então falou de fertilização in vitro e da velocidade com que estavam avançando. Assenti com o polegar na boca. Então pisquei várias vezes rapidamente, como se assim pudesse expulsar a ideia da minha cabeça, ou expulsar o hospital inteiro.

Depois disso a consulta acabou. Voltei à sala de espera e vi minha mãe lendo meu exemplar de *Middlemarch*. Tinha lido apenas umas dez páginas. Parei ao lado dela e ela ergueu o olhar para mim com expressão de expectativa no rosto.

Ah, ela disse. Aí está você. O que foi que o médico falou?

Algo pareceu se fechar sobre meu corpo, como se uma mão tapasse com força minha boca ou meus olhos. Não conseguia nem começar a elaborar a explicação do que o médico havia me falado, pois havia muitas partes e levaria tanto tempo e envolvia tantas palavras e frases singulares. A ideia de dizer tantas palavras sobre o assunto me deixava enjoada de verdade. Em voz alta, me ouvi dizer: ah, ele falou que o ultrassom não deu nada.

Então eles não sabem o que é? minha mãe perguntou.

Vamos para o carro.

Fomos para o carro e pus o cinto de segurança. Explico melhor quando a gente chegar em casa, pensei. Vou ter mais tempo para pensar nisso quando a gente chegar em casa. Ela ligou o motor e passei os dedos por um nó do meu cabelo, sentindo-o se esticar e ceder, os pequenos fragmentos de cabelo escuro a quebrar e cair pelas minhas mãos. Minha mãe tornava a fazer perguntas e eu sentia minha boca formular as respostas.

É só uma dor forte durante a menstruação, respondi. Ele falou que vai melhorar agora que estou tomando pílula.

Ela disse ah. Bom. Que alívio, então, né? Você deve estar se sentindo bem. Eu queria ser dura e não causar atrito. Fiz algum tipo de expressão facial por reflexo e ela deu sinal de que sairia da vaga pela esquerda.

Quando chegamos em casa, subi para o meu quarto para aguardar o trem enquanto minha mãe ficou lá embaixo arrumando a casa. Escutava ela guardando panelas e potes nas gavetas da cozinha. Deitei na cama e fiquei na internet por um tempo, onde achei várias matérias de saúde em sites femininos sobre essa doença incurável que eu tinha. Em geral, tinham o formato de entrevistas com pessoas cujas vidas foram destruídas pelo sofrimento. Havia montes de fotos de bancos de imagens de mulheres brancas olhando pela janela com cara de preocupação, às vezes com a mão na barriga para indicar dor. Também descobri algumas comunidades on-line em que as pessoas dividiam imagens horripilantes pós-cirurgia acompanhadas de questões como "quanto tempo deveria levar para a hidronefrose melhorar depois de implantado o stent?". Eu via essas informações com o máximo de imparcialidade possível.

Depois de ler tudo que era possível, fechei o laptop e peguei a Bíblia da bolsa. Virei as páginas até a parte de Marcos em que Jesus diz: Minha filha, a tua fé te salvou; vai em paz e fique curada desse teu mal. Todos os doentes da Bíblia serviam apenas para serem curados pelas pessoas que estavam bem. Mas na verdade Jesus não sabia de nada, assim como eu. Mesmo se tivesse alguma fé, ela não me deixaria inteira. Não havia proveito em pensar nisso.

Meu celular começou a tocar e vi que era Nick quem ligava. Atendi e disse alô. Então ele falou: ei, acho que é melhor eu te contar uma coisa. Perguntei o quê, e houve uma pausa breve, mas perceptível antes de retomar a fala.

Então, a Melissa e eu voltamos a dormir juntos, ele disse. Achei que seria esquisito te contar por telefone, mas também achei esquisito guardar segredo. Sei lá.

Nesse instante, afastei o celular do meu rosto, devagar, e olhei para ele. Era apenas um objeto, não significava nada. Escutei Nick chamando: Frances? Mas só ouvia baixinho, e era como qualquer outro som. Com cuidado, pus o celular na mesinha de cabeceira, apesar de não ter desligado. A voz de Nick se tornou uma espécie de zumbido, sem palavras decifráveis. Me sentei na cama inspirando e expirando bem devagar, tão devagar que quase não respirava.

Então peguei o celular e disse: alô?

Ei, disse Nick. Você está aí? Acho que deu um troço estranho no sinal.

Não, estou aqui. Eu te ouvi.

Ah. Você está legal? Você parece chateada.

Fechei os olhos. Ao falar, percebi que minha voz rareava e endurecia como gelo.

Por causa de você com a Melissa? perguntei. Fala sério, Nick.

Mas você achou bom eu ter contado, né?

Claro.

Só não quero que as coisas mudem entre a gente, ele disse.

Quanto a isso, relaxa.

Eu ouvia sua respiração apreensiva. Queria me reconfortar, dava para perceber, mas eu não permitiria que ele o fizesse. As pessoas sempre queriam que eu demonstrasse alguma fraqueza para poderem me reconfortar. Isso fazia com que elas sentissem que tinham algum valor, eu sabia bem.

Fora isso, como é que você está? ele perguntou. O exame é amanhã, né?

Só então me lembrei de que lhe dissera a data errada. Ele não tinha esquecido, o engano foi meu. Era provável que tivesse colocado um lembrete no celular para o dia seguinte: perguntar pra Frances como foi o exame.

Isso, respondi. Te dou notícias. O telefone está tocando, então vou atender, mas te ligo depois do negócio.

Isso, me liga. Espero que dê tudo certo. Você não está preocupada, né? Acho que você não se preocupa com as coisas.

Segurei o dorso da minha mão em silêncio. Meu corpo estava frio como um objeto inanimado.

Não, essa função é sua, declarei. Até mais, o.k.?

O.k. Não some.

Desliguei o celular. Depois joguei água fria no rosto e sequei, o mesmo rosto que eu sempre tivera, aquele que eu teria até morrer.

A caminho da estação, naquela noite, minha mãe não parava de me olhar, como se algum traço do meu comportamento fosse irritante e ela tivesse vontade de me repreender por ele, embora não conseguisse descobrir qual era. Por fim, pediu que eu tirasse os pés do painel, o que eu fiz.

Você deve estar aliviada, ela disse.

É, contentíssima.

Como você está de dinheiro?

Ah, soltei. Estou bem.

Ela olhou para o retrovisor.

O médico não falou mais nada, né? ela perguntou.

Não, foi só isso.

Pela janela, olhei para a estação. Tinha a impressão de que algo na minha vida havia chegado ao fim, talvez a imagem de mim mesma como uma pessoa inteira ou normal. Percebi que minha vida seria cheia de sofrimento físico mundano e de que não havia nada de especial nisso. Sofrer não me tornaria especial, e fingir não sofrer não me tornaria especial. Falar disso, ou até escrever sobre isso, não transformaria o sofrimento em algo útil. Nada transformaria. Agradeci à minha mãe pela carona até a estação e desci do carro.

28

Naquela semana fui à aula todos os dias e passei todas as noites na biblioteca escrevendo e imprimindo currículos. Tinha que arrumar um emprego para conseguir devolver o dinheiro a Nick. Ficara obcecada com a devolução do dinheiro, como se todo o resto dependesse disso. Sempre que ele me ligava eu apertava a opção de rejeitar e lhe enviava mensagens dizendo estar ocupada. Contei que não havia nada no exame e ele não tinha com o que se preocupar. Tudo bem, ele respondeu por mensagem. É uma boa notícia? Não respondi. Seria ótimo te ver, ele escreveu. Depois ele me enviou um e-mail dizendo: a Melissa mencionou que a Bobbi se mudou do seu apartamento, está tudo bem? Também não respondi. Na quarta-feira ele me mandou outro e-mail.

ei. eu sei que você está brava comigo e estou me sentindo péssimo. gostaria que pudéssemos conversar sobre o que está te incomodando. a essa altura suponho que tenha algo a ver com a melissa, mas acho que também posso estar enganado quanto a isso. tinha a impressão de que você sabia que esse tipo de coisa poderia acontecer e que você gostaria que eu te contasse se acontecesse. mas vai ver que fui enormemente ingênuo e você queria mesmo que isso não acontecesse. eu gostaria de fazer o que você quer, mas não tenho como sem saber o que é. caso contrário talvez você não esteja se sentindo bem ou esteja chateada com outra coisa. acho complicado não saber se você está bem. seria muito bom ter notícias suas.

Não respondi.

Um dia, antes da aula, comprei um caderno cinza baratinho e comecei a usá-lo para anotar todos os meus sintomas. Eu os escrevia de forma bastante organizada, com a data registrada no alto. Me ajudava a conhecer melhor fenômenos como fadiga e dor pélvica, os quais antes me pareciam incômodos vagos sem começo ou fim concretos. Agora eu passava a conhecê-los como inimigos pessoais que me azucrinavam de várias maneiras. O caderno cinza me ajudou até a tatear os contornos de palavras como "moderado" e "forte", que não pareciam mais ambíguas e sim definitivas e categóricas. Prestava tanta atenção a mim mesma que tudo o que sentia passou a parecer um sintoma. Se sentia tontura ao levantar da cama, isso seria um sintoma? E a tristeza? Resolvi ser obsessiva na abordagem. Por vários dias, no caderno cinza, anotei em letra meticulosa a expressão: alterações de humor (tristeza).

Nick daria uma festa de aniversário naquele fim de semana, em Monkstown, ele completaria trinta e três anos. Não sabia se devia ou não comparecer. Reli seu e-mail diversas vezes enquanto tentava decidir. Em uma leitura ele parecia dar a impressão de devoção e condescendência, e em outra parecia indeciso ou ambivalente. Não sabia o que eu queria dele. O que eu parecia querer, embora não quisesse acreditar, era que ele renunciasse a todas as outras pessoas e coisas de sua vida e se comprometesse exclusivamente comigo. Era uma excentricidade não só porque eu também havia dormido com outro durante nossa relação, mas porque mesmo agora eu frequentemente me preocupava com outras pessoas, principalmente com Bobbi e com a saudade que tinha dela. Não acreditava que o tempo que passava pensando em Bobbi tivesse algo a ver com Nick, mas o tempo que ele passava pensando em Melissa me parecia uma afronta pessoal.

Na sexta-feira, telefonei para ele. Disse que minha semana tinha sido esquisita e ele falou que era bom ouvir minha voz. Esfreguei a língua nos dentes.

Você meio que me pegou de surpresa com aquele telefonema da semana passada, eu disse. Desculpa se minha reação foi exagerada.

Não, não acho que foi exagerada. Talvez eu tenha sido insensível. Você está chateada?

Hesitei e disse: não.

Porque se estiver, a gente pode conversar, ele disse.

Não estou.

Ele ficou estranhamente quieto por alguns segundos e fiquei preocupada com a possibilidade de que tivesse outra coisa ruim para me contar. Por fim, disse: eu sei que você não gosta de parecer chateada. Mas não é sinal de fraqueza ter sentimentos. Uma espécie de sorriso duro se fez no meu rosto, e senti a energia radiante do rancor encher meu corpo.

Claro, tenho sentimentos, admiti.

O.k.

Só não tenho sentimentos a respeito de você trepar com a sua esposa ou não. Não é um assunto emotivo para mim.

Entendi, ele disse.

Você quer que eu tenha sentimentos quanto a isso. Porque ficou enciumado quando dormi com outra pessoa e você fica inseguro porque não estou com ciúmes.

Ele suspirou ao telefone, eu ouvi. Pode ser, ele disse. É, pode ser, vou ter que pensar nisso. Estava só tentando, hum... é. Fico contente por você não estar chateada.

Eu estava sorrindo de verdade neste momento. Notei que ele ouviria meu sorriso quando disse: você não me parece contente. Ele suspirou de novo, um suspiro fraco. Senti como se ele estivesse deitado no chão e eu destroçasse seu corpo com meu sorriso cheio de dentes. Desculpa, ele disse. É que estou te achando meio hostil.

Você está interpretando sua incapacidade de me magoar como hostilidade da minha parte, retruquei. Que interessante. A festa é amanhã, não é?

Ele passou tanto tempo mudo que tive medo de ter ido longe demais, de que ele falasse que eu não era uma boa pessoa, que tentara me amar e era impossível. Em vez disso, ele disse: é, em casa. Você acha que vai vir?

Claro, por que eu não iria? perguntei.

Ótimo. Vai ser legal te ver de novo, obviamente. Pode chegar na hora que quiser.

Trinta e três é velho pra caramba.

É, acho que é, ele concordou. Estou sentindo.

Quando cheguei na festa, a casa já estava barulhenta e cheia de gente desconhecida. Vi a cachorra escondida atrás do aparelho de TV. Melissa me beijou no rosto, era nítido que estava muito bêbada. Me serviu uma taça de vinho tinto e disse que eu estava bonita. Pensei em Nick estremecendo dentro de seu corpo ao gozar. Odiava os dois, com a intensidade de um amor fervoroso. Tomei um gole enorme de vinho tinto e cruzei os braços sobre o peito.

O que é que está acontecendo entre você e a Bobbi? perguntou Melissa.

Olhei para ela. Seus lábios estavam tingidos de vinho, além dos dentes. Sob o olho esquerdo havia um resquício pequeno, mas visível, de rímel.

Sei lá, declarei. Ela está aqui?

Ainda não. Vocês precisam resolver isso, sabe? Ela andou me mandando e-mails sobre o assunto.

Fitei Melissa e um tremor de náusea percorreu minha pele. Odiava que Bobbi estivesse mandando e-mails para ela. Dava vontade de pisar em seu pé com bastante força e depois olhar para a cara dela e negar ter feito isso. Não, eu diria. Não sei do que você está falando. E ela olharia para mim e saberia que eu era diabólica e insana. Falei que iria dar os parabéns a Nick e ela apontou para a porta dupla que dava para a estufa.

Você está brigada com ele, constatou Melissa. Não é?

Cerrei os dentes. Pensei na força com que poderia pisar nela caso jogasse meu peso inteiro para cima de seu pé.

Espero que não seja por minha culpa, ela disse.

Não. Não estou brigada com ninguém. Vou lá dar um oi.

Na estufa, o aparelho tocava uma música de Sam Cooke e Nick estava de pé, conversando com uns desconhecidos, assentindo. As luzes estavam baixas e tudo parecia azul. Precisava ir embora. Nick me viu, nossos olhares se cruzaram. Senti o que sempre sentia, uma chave virando com força dentro de mim, mas dessa vez odiava a chave e odiava estar aberta ao que quer que fosse. Ele veio em minha direção e fiquei parada, mantendo os braços cruzados, provavelmente franzindo a testa, ou talvez parecesse assustada.

Ele também estava bêbado, tão bêbado que todas as suas palavras soaram indistintas e eu não gostava mais de sua voz. Ele perguntou se eu estava bem e dei de ombros. Talvez seja melhor você me falar qual é o problema para eu poder me desculpar, ele disse.

Parece que a Melissa acha que nós estamos brigando, respondi.

Bom, estamos?

É problema dela se estamos?

Sei lá, ele respondeu. Não sei o que você está querendo dizer com isso.

Uma rigidez havia tomado conta do meu corpo inteiro, portanto meu maxilar doía pela tensão. Ele tocou no meu braço e me afastei dele como se ele tivesse me dado um tapa. Ele pareceu magoado, como qualquer pessoa normal pareceria magoada. Havia algo errado comigo, eu sabia.

Duas pessoas que eu nunca tinha visto se aproximaram para desejar a Nick um feliz aniversário: um sujeito alto e uma mulher de cabelo escuro segurando um bebezinho. Nick ficou muito feliz em vê-los. A mulher não parava de dizer: a gente não vai ficar muito, a gente não vai ficar muito, viemos dar só uma passadinha. Nick me apresentou a eles, eram sua irmã, Laura, o marido, Jim, e a bebê, a bebê que Nick amava. Não sabia se Laura sabia quem eu era. A bebê tinha cabelo louro e olhos enormes, celestiais. Laura disse que era um prazer me conhecer e eu declarei: sua bebê é linda, uau. Nick riu e disse, não é? Ela é tipo uma bebê modelo. Poderia fazer anúncio de papinha de bebê. Laura perguntou se eu queria segurá-la e eu olhei para ela e disse: eu quero, posso?

Laura me entregou a bebê e anunciou que iria pegar uma água com gás. Jim e Nick conversavam de algum assunto, não me lembro qual. A bebê olhou para mim e abriu e fechou a bo-

275

ca. A boca era bastante móvel, e por um instante ela enfiou a mão inteira dentro dela. Era difícil acreditar que uma criatura tão perfeita dependia dos caprichos de adultos que tomavam água com gás e a entregavam a estranhos em festas. A bebê olhou para mim com a mão molhada na boca e piscou. Segurei seu corpinho contra o peito e pensei no quanto era pequenina. Queria falar com ela, mas os outros me ouviriam e não queria que mais ninguém me escutasse.

Ao levantar o rosto, vi que Nick me observava. Nos entreolhamos por alguns segundos e pareceu tão sério que tentei lhe sorrir. É, eu disse. Amei esta bebê. É uma criança ótima, tira nota dez. Jim respondeu: ah, a Rachel é o membro da família preferido do Nick. Ele gosta dela mais do que a gente. Nick sorriu com o comentário, esticou o braço e tocou na mão da bebê, que balançava no ar como se ela tentasse se equilibrar. Ela agarrou a junta do polegar de Nick. Ai, eu vou chorar, eu disse. Ela é perfeita.

Laura voltou e anunciou que pegaria a bebê dos meus braços. Ela é pesada, né? ela disse. Fiz que sim em silêncio e então falei: ela é um amor. Sem a bebê meus braços pareciam finos e vazios. Ela é um encanto, disse Laura. Você não é? E ela tocou no nariz da bebê com carinho. Espera só até você ter um seu, ela comentou. Olhei fixo para ela, pisquei e disse algo como é ou hum. Eles precisavam ir embora, foram dar tchau a Melissa.

Quando se afastaram, Nick tocou nas minhas costas e eu falei do quanto tinha gostado de sua sobrinha. Ela é linda, eu declarei. Linda é uma bobagem de dizer, mas você entendeu o que eu quero dizer. Nick disse que não achava bobagem. Estava bêbado, mas dava para notar que tentava ser legal comigo. Eu disse algo como: na verdade não estou me sentindo muito bem. Ele perguntou se eu estava legal e não olhei para ele. Eu disse: você não vai ficar chateado se eu for embora, vai? Já tem tanta gente aqui mesmo, não quero te monopolizar. Ele tentou olhar para mim, mas eu não conseguia retribuir o olhar. Ele me perguntou qual era o problema e retruquei: a gente se fala amanhã. Ele não me seguiu até a porta da frente. Tive calafrios e meu lábio inferior começou a tremer. Peguei um táxi para voltar à cidade.

Naquela madrugada recebi um telefonema de meu pai. Acordei com o barulho do toque do celular e bati com o pulso na mesa de cabeceira tentando pegar o celular. Alô? eu disse. Já passava das três da manhã. Aninhei o braço contra o peito e semicerrei os olhos na escuridão, esperando que ele falasse. O ruído no segundo plano da ligação soava como natureza, como vento ou chuva.

É você, Frances? ele perguntou.

Tenho tentando falar contigo.

Eu sei, eu sei. Escuta.

Ele suspirou no bocal do celular. Não falei nada, mas ele tampouco. Quando tornou a se pronunciar, parecia sentir um cansaço imenso.

Me desculpa, meu amor, ele disse.

Desculpar por quê?

Você sabe, você sabe. Você mesma sabe. Me desculpa.

Não sei do que você está falando, afirmei.

Apesar de ter passado semanas ligando para ele para falar da mesada, sabia que era melhor não mencioná-la agora e até negar que me faltava dinheiro caso ele trouxesse isso à tona.

Escuta, ele pediu. Foi um ano péssimo. Saiu do meu controle.

O que saiu?

Ele suspirou de novo. Eu chamei: pai?

Claro, a esta altura você ficaria melhor sem mim, ele disse.

Não ficaria?

Claro que não. Não fala uma coisa dessas. Do que você está falando?

Ah. Nada. É só bobagem.

Eu sentia calafrios. Tentava pensar em coisas que me davam a sensação de segurança e normalidade. Bens materiais: a blusa branca secando no cabide no banheiro, os romances organizados em ordem alfabética na estante, o conjunto de xícaras de louça verde.

Pai? chamei.

Você é uma grande mulher, Frances. Você nunca nos deu nenhum motivo para preocupação.

Você está legal?

Sua mãe me contou que você está com um namorado aí, ele disse. Um sujeito bonito, pelo que ouvi falar.

Pai, onde é que você está? Você está em algum lugar na rua?

Ele passou uns segundos calado, suspirou outra vez, num quase gemido, como se sofresse de algum mal físico impossível de falar ou descrever.

Escuta, ele disse. Me desculpa, está bem? Me desculpa.

Pai, espera.

Ele desligou. Fechei os olhos e senti todos os móveis do meu quarto desaparecerem, como um jogo de Tetris ao contrário, se levantando em direção ao alto da tela e sumindo, e a próxima coisa que sumiria seria eu. Disquei o número dele várias vezes, ciente de que não atenderia. Por fim, parou de tocar, talvez a bateria tivesse acabado. Fiquei deitada na escuridão até clarear.

No dia seguinte, Nick me ligou quando eu ainda estava na cama. Tinha adormecido por volta das dez da manhã e já passava do meio-dia. A persiana projetava uma sombra cinza e feia no teto. Quando atendi, ele perguntou se tinha me acordado e eu disse: não tem problema. Não dormi bem. Ele perguntou se podia ir lá. Estiquei a mão para abrir a cortina e disse claro, tudo bem. Aguardei na cama enquanto ele pegava o carro. Nem sequer me levantei para tomar banho. Pus uma camiseta preta para lhe abrir a porta do prédio pelo interfone e ele apareceu recém-barbeado e cheirando a cigarro. Segurei meu pescoço ao vê-lo e disse algo do tipo, ah, você não demorou muito pra chegar na cidade. Entramos juntos no meu quarto e ele disse é, as ruas estavam bem vazias.

Ficamos uns segundos parados, nos olhando, e então ele me beijou na boca. Ele indagou: tudo bem se eu fizer isso? Fiz que sim e murmurei alguma bobagem. Ele disse: desculpa outra vez por ontem à noite. Tenho pensado muito em você. Senti saudades. Parecia que tinha preparado as declarações para que mais tarde eu não pudesse acusá-lo de não fazê-las. Minha garganta doía como se eu fosse chorar. Senti seu toque debaixo da minha camiseta e de fato comecei a chorar, o que foi confuso. Ele disse: ih, o que foi? Ei. Dei de ombros e fiz gestos esquisitos e sem sentido. Chorava muito. Ele ficou parado, sem jeito. Usava uma camisa azul-clara naquele dia, uma camisa de abotoar, com botões brancos.

A gente pode conversar sobre isso? ele sugeriu.

Respondi que não havia nada o que conversar e depois transamos. Eu estava de joelhos e ele atrás de mim. Dessa vez ele usou camisinha, não discutimos o assunto. Quando falava comigo, eu fingia não escutar. Continuava chorando muito. Certas coisas me fizeram chorar ainda mais, como o momento em que tocou nos meus seios e quando me perguntou se a sensação era boa. Então ele disse que queria parar, portanto paramos. Cobri meu corpo com as cobertas e apertei a mão contra os olhos para não ter de olhar para ele.

Não estava bom? perguntei.

Vamos conversar?

Você gostava, não gostava?

Posso te perguntar uma coisa? ele disse. Você quer que eu largue ela?

Olhei para ele. Parecia cansado, e dava para perceber que odiava tudo que eu estava fazendo com ele. Meu corpo parecia totalmente descartável, como a embalagem de algo muito mais valioso. Fantasiei em desmembrá-lo e em pôr meus membros lado a lado a fim de compará-los.

Não, eu disse. Não quero.

Não sei o que fazer. Tenho me sentido uma merda por causa disso. Você parece muito chateada comigo e não sei como te fazer feliz.

Bom, talvez seja melhor a gente parar de se ver.

É, ele disse. Tudo bem. Pode ser que você tenha razão.

Parei de chorar nesse momento. Não olhei para ele. Tirei o cabelo do rosto e peguei um elástico do meu pulso para amarrá-lo. Minhas mãos tremiam e eu começava a ver luzes fracas diante dos meus olhos onde não havia nenhuma luz de verdade. Ele disse que sentia muito, que me amava. Também disse outra coisa, que não me merecia ou coisa desse estilo. Pensei: se eu não tivesse atendido o celular naquela manhã, Nick continuaria sendo meu namorado e tudo estaria normal. Tossi para limpar a garganta.

Depois que foi embora do apartamento, peguei uma tesourinha de unha e cortei um buraco na parte interna da coxa esquerda. Sentia que precisava fazer alguma coisa dramática a fim de parar de pensar em como me sentia péssima, mas o corte não fez eu me sentir melhor. Na verdade, sangrou bastante e me senti pior. Me sentei no chão do meu quarto, sangrando num lenço de papel enrolado e pensando na minha própria morte. Eu era como uma xícara vazia, que Nick esvaziara, e agora precisava ver o que fora derramado de mim: todas as minhas crenças ilusórias sobre meu próprio valor e minhas pretensões de ser um tipo de pessoa que não era. Enquanto estava cheia dessas coisas, não conseguia enxergá-las. Agora que não era nada, apenas um copo vazio, enxergava tudo a meu respeito.

Me limpei e achei um curativo para pôr no corte. Em seguida, abaixei a cortina e abri meu exemplar de *Middlemarch*. Em última análise, era irrelevante que Nick tivesse aproveitado a primeira chance de me abandonar assim que Melissa o quis de novo, ou que meu rosto e meu corpo fossem tão feios que ele ficava enojado, ou que detestasse transar comigo a ponto de me pedir para parar no meio. Não era com isso que meus biógrafos se importariam mais adiante. Pensei em todas as coisas sobre mim que nunca tinha dito a Nick e comecei a me sentir melhor, como se minha privacidade se estendesse ao meu redor como uma barreira protegendo meu corpo. Eu era uma pessoa muito autônoma e independente com uma vida interior que ninguém havia tocado ou percebido.

O corte não parava de latejar forte, mesmo depois que o sangramento estancou. A essa altura, já estava com um pouco de medo de ter feito uma grande idiotice, apesar de saber que nunca precisaria contar a ninguém e que não voltaria a acontecer nunca mais. Depois que Bobbi terminou comigo, eu não tinha feito nenhum buraco na minha pele, apesar de ficar debaixo do chuveiro e deixar a água quente acabar e continuar lá até meus dedos ficarem azuis. Em segredo, chamava essas atitudes de "extravasar". Arranhar meu braço era "extravasar", assim como me causar hipotermia por acidente e ter de explicar isso por telefone a um paramédico.

Naquela noite, pensei no telefonema de meu pai na noite anterior, e na vontade que sentia de contar isso a Nick, e por um instante de fato pensei: vou ligar para o Nick e ele vai voltar. Essas coisas podem ser desfeitas. Mas sabia que ele nunca mais voltaria, não mesmo. Ele não era mais só meu, essa parte estava encerrada. Melissa sabia de coisas que eu não sabia. Após tudo o que havia acontecido entre eles, os dois ainda se desejavam. Pensei no e-mail dela, e em como eu era doente e provavelmente infértil, e em como não poderia dar a Nick nada que teria significado para ele.

Nos dias seguintes, fitei meu celular por horas a fio e não consegui fazer nada. O tempo passava visivelmente no relógio iluminado da tela e no entanto continuava sentindo que não o sentia passar. Nick não me ligou naquela tarde, ou naquela noite. Não me ligou no dia seguinte, ou no outro. Ninguém ligou. Aos poucos a espera começou a parecer menos uma espera e mais como se a vida fosse simplesmente assim: tarefas bobas enquanto o que você espera continua não acontecendo. Me candidatei a empregos e compareci às aulas. As coisas seguiram em frente.

29

Me ofereceram um emprego em que trabalharia à noite e aos fins de semana servindo café em uma lanchonete. No meu primeiro dia, uma mulher chamada Linda me deu um avental preto e me mostrou como fazer café. Tinha de acionar uma alavancazinha para encher o porta-filtro de pó, uma vez para uma dose e duas vezes para o espresso duplo. Depois era preciso enroscar o filtro bem justo na máquina e apertar o botão da água. Havia também um bocal de vapor e um jarro para água. Linda me falou um monte de coisas a respeito do café, a diferença entre latte e cappuccino, coisas assim. Serviam mochas, mas Linda me disse que mochas eram "complicados", então eu podia deixar que os outros fariam. As pessoas nunca pedem mocha, ela afirmou.

Nunca via Bobbi na faculdade, mas tinha convicção de que veria. Passava bastante tempo fazendo hora no prédio de artes, na rampa em que ela costumava fumar, ou perto das salas das associações de debate em que havia exemplares gratuitos da *New Yorker* e cuja cozinha podia ser usada para fazer chá. Ela nunca apareceu. Nossos horários não eram parecidos, de qualquer forma. Queria esbarrar nela num momento que me fosse conveniente, um momento em que eu estaria com meu casaco camelo, talvez com os braços cheios de livros, e poderia lhe sorrir com o sorriso titubeante de quem quer esquecer uma briga. Meu medo principal era de que ela entrasse na lanchonete onde eu trabalhava e visse que eu tinha um emprego. Sempre que uma mulher magra de franja escura cruzava a porta, eu por reflexo me virava para a máquina de café e fingia vaporizar o leite. Nos meses anteriores, sentia como se tivesse vislumbrado a possibilidade de uma vida alternativa, a possibilidade de acumular renda apenas por escrever e falar e me interessar por coisas. Quando meu conto foi aceito para publicação, senti até que eu mesma havia entrado nesse mundo, como se tivesse dobrado a vida de antes e guardado. Tinha vergonha da ideia de que Bobbi poderia entrar na lanchonete e ver com seus próprios olhos o quanto eu me iludira.

Contei à minha mãe sobre o telefonema de meu pai. Na verdade, tivemos uma briga ao telefone por conta disso, depois da qual me senti cansada demais para falar ou me mexer por uma hora. Eu a chamei de "facilitadora". Ela disse: ah, a culpa é minha, é? Tudo é culpa minha. Ela disse que o irmão dele o vira na cidade na véspera e que ele estava bem. Repeti o incidente da minha infância em que ele atirara um sapato na minha cara. Sou uma péssima mãe, ela constatou, é isso o que você quer dizer. Se é essa a conclusão que você tira dos fatos, o problema é seu, eu disse. Ela retrucou que, de qualquer jeito, eu nunca tinha amado meu pai.

Segundo você, a única forma de amar alguém é deixar a pessoa te tratar que nem merda, eu disse.

Ela desligou na minha cara. Depois fiquei deitada na cama com a sensação de que uma luz havia se apagado.

Um dia, perto do fim de novembro, Evelyn publicou o link para um vídeo no Facebook de Melissa com a mensagem: acabei de me deparar com isso de novo e MORRI. Dava para ver pela imagem do link que o vídeo foi filmado na cozinha da casa de Melissa. Cliquei e esperei que carregasse. A iluminação do vídeo era de um amarelo amanteigado, havia luzinhas natalinas penduradas no fundo, e via-se Nick e Melissa lado a lado na bancada. Então o som começou. Alguém atrás da câmera dizia: o.k., o.k., vamos com calma. A câmera tremia, mas vi Melissa se virar para Nick, ambos gargalhando. Ele usava um suéter preto. Ele assentia como se ela lhe sinalizasse algo, então ele cantou as palavras: *I really can't stay*. Melissa entoou: *but baby, it's cold outside*. Cantavam um dueto, era engraçado. Todo mundo que estava na sala ria e aplaudia e ouvia a voz de Evelyn pedindo, psiu! psiu! Eu nunca tinha ouvido Nick cantar, tinha uma voz doce. Assim como Melissa. Era boa a maneira como encenavam, Nick agindo com relutância e Melissa tentando convencê-lo a ficar. Era condizente. Era óbvio que tinham ensaiado para os amigos. Qualquer um percebia pelo vídeo o quanto eles se amavam. Caso os tivesse visto assim antes, talvez nada tivesse acontecido. Talvez eu soubesse.

Eu trabalhava apenas das 17h às 20h nos dias de semana, mas quando chegava em casa estava tão exausta que não conseguia comer. Os trabalhos da faculdade ficaram atrasados. Com minhas horas na lanchonete, tinha menos tempo para terminar as leituras acadêmicas, mas o verdadeiro problema era meu foco. Não conseguia me concentrar. Os conceitos se negavam a se organizar em padrões e meu vocabulário parecia menor e menos preciso. Depois que meu segundo salário entrou, saquei duzentos euros da minha conta e pus em um envelope. Em um pedaço de papel de carta escrevi: obrigada pelo empréstimo. Então o enviei para o endereço de Nick em Monkstown. Ele nunca me contatou para dizer que havia recebido, mas àquela altura eu não esperava que o fizesse.

Era quase dezembro. Restavam três pílulas no ciclo, depois duas, depois uma. Assim que terminei a cartela a sensação voltou, como antes. Durou dias. Fui para a aula como sempre, batendo os dentes. As cólicas vinham em ondas e me deixavam enfraquecida e suando ao desaparecer. Uma monitora me chamou para dizer alguma coisa sobre o caráter de Will Ladislaw e embora de fato eu tivesse acabado *Middlemarch*, eu só abria e fechava a boca como um peixe. Por fim, consegui falar: não. Desculpa.

Naquela noite, fui para casa andando pela Thomas Street. Minhas pernas tremiam e fazia dias que não comia uma refeição inteira. Meu abdômen estava inchado e por alguns instantes apoiei meu corpo contra um bicicletário. Minha visão começava a se desintegrar. Minha mão no bicicletário parecia translúcida, como um negativo de foto contra a luz. A igreja de Thomas Street estava a apenas alguns passos de distância e arrastei os pés, torta, em direção à porta, segurando minhas costelas com o braço.

A igreja cheirava a incenso estragado e ar seco. Colunas de vitrais se erguiam atrás do altar como longos dedos que tocavam piano e o teto tinha tons de branco e verde-menta de balas. Não entrava em uma igreja desde que era criança. Duas senhoras estavam sentadas num canto segurando rosários. Me sentei no fundo e olhei para o vitral, tentando fixá-lo no meu campo visual, como se sua permanência pudesse evitar minha desaparição. Essa doença idiota nunca matou ninguém, pensei. Meu rosto suava, ou então estava úmido lá fora e eu não havia notado. Desabotoei o casaco e usei a parte seca de meu cachecol para enxugar a testa.

Inspirava pelo nariz, sentindo meus lábios se abrirem com o esforço de encher os pulmões. Juntei as mãos sobre o colo. A dor desferiu um golpe na minha coluna, irradiou para meu crânio e fez com que meus olhos marejassem. Estou rezando, pensei. Estou sentada aqui rezando para Deus me ajudar. Estava. Por favor, me ajuda, pensei. Por favor. Sabia que existiam regras a esse respeito, que era necessário acreditar em um princípio da súplica divina antes de pedir qualquer coisa, e eu não acreditava. Mas estou me empenhando, refleti. Amo meus semelhantes. Será mesmo? Será que amo Bobbi, depois de ela ter rasgado meu conto daquele jeito e me abandonado? Será que amo Nick, apesar de ele não querer mais trepar comigo? Será que amo Melissa? Já amei um dia? Será que amo minha mãe e meu pai? Seria possível eu amar todo mundo e incluir até as más pessoas? Apoiei a testa sobre as mãos, sentindo fraqueza.

Em vez de ter pensamentos gigantescos, tentei me concentrar em algo pequeno, a menor coisa em que pudesse pensar. Alguém fez esse banco onde eu estou sentada, pensei. Alguém lixou a madeira e a envernizou. Alguém a carregou até a igreja. Alguém assentou os azulejos no chão, alguém encaixou as janelas. Todos os tijolos foram colocados por mãos humanas, todas as dobradiças de todas as portas, todo o cimento das ruas lá fora, todas as lâmpadas em todos os postes. E até coisas construídas por máquinas tinham sido, na verdade, construídas por seres humanos, que construíram antes as máquinas. E os próprios seres humanos, feitos por outros humanos, lutando para criar filhos e famílias felizes. Eu, todas as roupas que visto, toda a linguagem que sei. Quem me pôs aqui nesta igreja, pensando esses pensamentos? Outras pessoas, algumas que conheço muito bem e outras que nunca conheci. Eu sou eu ou sou eles? Isto aqui sou eu, Frances? Não, não sou eu. São os outros. Às vezes me machuco e me faço mal, abuso do imerecido privilégio cultural da brancura, desconsidero o trabalho alheio, já explorei uma iteração redutiva da teoria dos gêneros para evitar um combate moral sério, tenho uma relação conturbada com meu corpo, sim. Quero ficar livre da dor e assim exigir que os outros também vivam livres da dor, a dor que é minha e portanto também é deles, sim, sim.

Ao abrir os olhos senti que havia entendido algo, e as células do meu corpo pareceram se iluminar como milhões de pontos de contato fulgurantes, e estava ciente de algo profundo. Então me levantei do banco e desabei.

Desmaiar havia se tornado algo normal para mim. Garanti à mulher que me ajudou a levantar que aquilo já tinha acontecido antes e ela pareceu meio irritada, tipo: dê um jeito nisso. Minha boca estava com gosto ruim, mas eu estava forte o suficiente para andar sem apoio. Minha experiência de despertar espiritual havia me abandonado. Parei no mercado a caminho de casa, comprei dois copinhos de macarrão instantâneo e uma caixa de bolo de chocolate, e completei a caminhada lenta e cuidadosamente, um pé na frente do outro.

Em casa, abri a tampa da caixa de bolo, peguei uma colher e disquei o número do celular de Melissa. Tocou, o som parecia um ronronar satisfeito. Em seguida, a respiração dela.

Alô? atendeu Melissa.

A gente pode conversar um segundo? Ou não é um bom momento?

Ela riu, ou pelo menos acho que era esse o ruído que ela fazia.

Você está falando de modo geral ou neste instante? perguntou. De modo geral o momento é ruim, mas neste instante está bom.

Por que você mandou o meu conto para a Bobbi?

Sei lá, Frances. Por que você trepou com o meu marido?

A ideia é me chocar? perguntei. Você é uma pessoa chocante que usa palavrão, o.k. Agora que a gente já chegou a essa conclusão, por que você mandou o meu conto para a Bobbi?

Ela se calou. Passei a ponta da colher na cobertura do bolo e a lambi. O gosto era açucarado e insosso.

Você tem mesmo esses surtos agressivos, né? ela disse. Que nem com a Valerie. Você se sente ameaçada por outras mulheres?

Eu te fiz uma pergunta, se você não quer responder, desligue o celular.

O que te dá o direito de querer uma explicação da minha atitude?

Você me detestava, eu disse. Não é?

Ela suspirou. Nem sei o que isso quer dizer, ela acabou dizendo. Enfiei a colher no bolo, na parte esponjosa, e comi um bocado.

Você me tratou com total desprezo, explicou Melissa. E não falo isso por conta do Nick. A primeira vez que você veio na nossa casa você olhou ao redor, ao estilo: aí está uma coisa burguesa e constrangedora que eu vou destruir. E a verdade é que você gostou bastante de destruir. De repente, eu olho a porra da minha casa e penso: será que esse sofá é feio? É cafona tomar vinho? E aquilo que antes me fazia bem começou a me deixar com a impressão de que eu era patética. Ter um marido em vez de simplesmente trepar com o marido alheio. Ter contrato pra publicar um livro em vez de escrever contos sórdidos sobre as pessoas que eu conheço e vendê-los para revistas de prestígio. Quer dizer, você entra na minha casa com a porra do seu piercing no nariz e diz: ah, vou adorar eviscerar essa estrutura toda. Ela é muito classe dominante.

Soquei a colher no bolo para que ficasse de pé sozinha. Então usei a mão para massagear o rosto.

Não tenho piercing no nariz, retruquei. Essa é a Bobbi.

Tudo bem. Mil desculpas.

Não sabia que você me achava tão subversiva. Na vida real não senti desprezo nenhum pela sua casa. Queria que a casa fosse minha. Queria a sua vida inteira. Talvez eu tenha feito umas merdas para tentar conseguir isso, mas eu sou pobre e você é rica. Não estava tentando destruir a sua vida, estava tentando roubar.

Ela soltou meio que uma bufada, mas não acreditava que estivesse de fato desmerecendo o que eu disse. Era mais uma atuação do que uma reação.

Você teve um caso com o meu marido porque gostava muito de mim, disse Melissa.

Não, não estou falando que eu gostava de você.

Está bem. Eu também não gostava de você. Mas você não foi uma pessoa muito legal.

Ambas nos calamos, como se tivéssemos acabado de apostar uma corrida para subir uma escada e estivéssemos sem fôlego, pensando em como aquilo era tolice.

Me arrependo disso, eu disse. Me arrependo de não ter sido mais legal. Devia ter me esforçado mais para ser sua amiga. Desculpa.

O quê?

Desculpa, Melissa. Desculpa por este telefonema agressivo, foi uma idiotice. Não sei o que estou fazendo. Vai ver que estou passando por uma época difícil. Desculpe ter te ligado. E olha, desculpa por tudo.

Meu Deus, ela disse. O que aconteceu, você está bem?

Estou bem. Só tenho a sensação de que não fui a pessoa que eu deveria ter sido. Não sei mais o que estou dizendo. Queria ter te conhecido melhor e te tratado com mais gentileza, queria me desculpar por isso. Vou desligar.

Desliguei antes que ela pudesse falar alguma coisa. Comi bolo com rapidez e fome, depois enxuguei a boca, abri o laptop e escrevi um e-mail.

Querida Bobbi,

Esta noite desmaiei numa igreja, você teria achado bem engraçado. Desculpe por meu conto ter ferido seus sentimentos. Acho que a razão para ter ferido é ele ter mostrado que eu poderia ser franca com alguém apesar de não ter sido franca com você. Espero que essa seja a razão. Liguei para Melissa esta noite para perguntar por que ela te mandou o conto. Levei um tempo para perceber que a minha pergunta de fato era: por que eu escrevi o conto? Foi um telefonema bastante constrangedor e confuso. Talvez eu pense nela como minha mãe. A verdade é que eu te amo e sempre amei. Falo no sentido platônico? Não faço objeção quando você me beija. A ideia de nós duas dormindo juntas outra vez sempre foi excitante. Quando você terminou comigo senti que você me venceu em uma partida que jogávamos juntas, e eu quis voltar e te vencer. Agora eu acho que simplesmente quero dormir com você, sem metáforas. Isso não significa que eu não tenha outros desejos. Agora mesmo, por exemplo, estou comendo bolo de chocolate direto da caixa com uma colher. Para se amar alguém sob o capitalismo é preciso amar todo mundo. Isso é teoria ou simples teologia? Quando leio a Bíblia, te imagino como Jesus, então talvez desmaiar numa igreja tenha sido a metáfora no final das contas. Mas não estou tentando ser inteligente. Não posso me desculpar por ter escrito aquele conto ou por aceitar a grana. Posso pedir desculpas por ter te chocado, porque eu deveria ter te contado antes. Você não é apenas uma ideia para mim. Se te tratei assim alguma vez, me desculpa. Na noite que você falou sobre monogamia, eu amei sua inteligência. Não entendia o que você estava tentando me dizer. Vai ver eu sou muito mais burra do que nós duas imaginávamos. Quando éramos nós quatro, eu sempre pensava em termos de casais de todo modo, o que me ameaçava, já que todos os casais possíveis que não me incluíam pareciam bem mais interessantes do que os que incluíam. Você e Nick, você e Melissa, até Nick e Melissa à própria maneira. Mas agora eu vejo que nada consiste em duas pessoas, ou sequer três. Minha relação com você também é gerada por sua relação com Melissa, e com Nick, e com você quando criança etc., etc. Eu queria as coisas para mim porque achava que eu existia. Você vai responder o e-mail e explicar o que Lacan de fato queria dizer. Ou talvez você não responda nunca. Eu desmaiei mesmo, caso você faça objeção ao meu estilo de prosa. Não foi mentira e continuo tremendo. Seria possível nós criarmos um modelo alternativo de nos amarmos? Não estou bêbada. Por favor, responda. Eu te amo.

Frances.

A certa altura o bolo de chocolate tinha acabado. Olhei a caixa e vi migalhas e cobertura espalhadas na borda de papel que me esquecera de retirar. Me levantei da mesa, liguei a chaleira e pus duas colheres de café na prensa francesa. Tomei uns analgésicos, o café, assisti a um suspense na Netflix. Certa paz me dominara e me perguntava se, no fim das contas, não seria um ato de Deus. Não que Deus existisse de uma forma material, mas como uma prática cultural compartilhada tão difundida que passou a parecer materialmente real, como a linguagem e o gênero.

Às onze e dez daquela noite ouvi as chaves dela na porta. Fui até a entrada e ela abria o zíper do casaco de chuva, aquele que levara para a França naquele verão, e rios de água desciam pelas mangas e gotejavam com um leve som percussivo no assoalho de taco. Nossos olhares se cruzaram.

Que e-mail esquisito, disse Bobbi. Mas eu também te amo.

30

Conversamos sobre nosso rompimento pela primeira vez naquela noite. Foi como abrir uma porta que sempre esteve dentro de sua própria casa, uma porta pela qual você passa todo dia e sobre a qual tenta não pensar. Bobbi me disse que eu a fazia infeliz. Estávamos sentadas na minha cama, Bobbi encostada na cabeceira com os travesseiros nas costas, eu ao pé do colchão, sentada de pernas cruzadas. Ela falou que eu ria dela durante as discussões, como se ela fosse uma imbecil. Eu lhe disse o que Melissa falou, que eu não era uma boa pessoa. Bobbi riu sozinha. A Melissa sabe do que está falando, ela disse. Quando é que ela foi boa com alguém?

Talvez a bondade seja uma medida errada, sugeri.

É óbvio que na verdade a questão é o poder, Bobbi concordou. Mas é mais complicado descobrir quem detém o poder, então a gente se fia na "bondade" como espécie de substituta. Quer dizer, isso é uma questão no discurso público. A gente acaba perguntando, por exemplo, se Israel é "melhor" do que a Palestina. Você sabe do que eu estou falando.

Eu sei.

O Jerry sem dúvida é "melhor" do que a Eleanor.

É, concordei.

Tinha feito uma xícara de chá para Bobbi, e ela a segurava no colo, entre as coxas. Aquecia as mãos nas laterais da louça enquanto conversávamos.

Não tenho rancor de você ter ganhado dinheiro escrevendo sobre mim, aliás, declarou Bobbi. Acho engraçado contanto que eu saiba da piada.

Eu sei. Poderia ter te contado e não contei. Mas até certo ponto ainda te vejo como a pessoa que partiu meu coração e me deixou imprestável para relações normais.

Você subestima seu próprio poder para não ter que se culpar por tratar os outros mal. Você inventa histórias para você mesma. Ah, bom, a Bobbi é rica, o Nick é homem, não dá para magoar essas pessoas. No mínimo são eles que estão a fim de me magoar e eu estou me defendendo.

Dei de ombros. Não conseguia pensar no que dizer. Ela levantou o chá e bebeu um pouco, depois botou a xícara de novo entre as coxas.

Você deveria fazer terapia, ela disse.

Você acha que eu devo?

Você não está acima disso. Pode te fazer bem. Não é necessariamente normal sair por aí desmaiando em igrejas.

Não tentei explicar que o desmaio não era psicológico. Em todo caso, o que eu sabia? Se você acha, eu disse.

Acho que ia te matar, declarou Bobbi. Assumir que você precisa da ajuda de um psicólogo piegas. Provavelmente um eleitor do Partido Trabalhista. Mas talvez te mate no bom sentido.

Em verdade, em verdade, te digo: quem não nascer de novo...

É. Não vim trazer a paz, mas a espada.

Depois daquela noite, Bobbi passou a caminhar comigo da faculdade para a lanchonete no fim da tarde. Aprendeu o nome de Linda e batia papo com ela enquanto eu vestia meu avental. Bobbi ficou sabendo que o filho de Linda estava no exército irlandês. Quando eu voltava para casa, à noite, jantávamos juntas. Ela passou algumas de suas roupas para o meu quarto, umas camisetas e lingeries limpas. Na cama, nos dobrávamos em volta uma da outra como origami. É possível sentir tanta gratidão a ponto de não conseguir dormir à noite.

Um dia Marianne nos viu de mãos dadas na faculdade e exclamou: vocês voltaram! Demos de ombros. Era um namoro e também não era um namoro. Cada um de nossos gestos parecia espontâneo, e se de fora lembrávamos um casal, tratava-se de uma coincidência interessante para nós. Criamos uma piada a respeito disso, sem sentido para quem quer que fosse, inclusive para nós: o que é uma *amiga*? dizíamos com humor. O que é uma *conversa*?

De manhã, Bobbi gostava de levantar da cama antes de mim para poder usar toda a água quente do chuveiro, como quando ocupava o outro quarto. Em seguida, bebia uma garrafa inteira de café com o cabelo pingando na mesa da cozinha. Às vezes eu pegava uma toalha da secadora e enrolava na cabeça dela, mas ela continuava me ignorando e lendo sobre habitações populares na internet. Descascava laranjas e deixava a casca macia, de aroma adocicado onde ela caísse, deixando que ficasse seca e enrugada em cima da mesa ou no braço do sofá. No fim da tarde atravessávamos o Phoenix Park debaixo do guarda-chuva, dando os braços e fumando ao pé do monumento Wellington.

Na cama passávamos horas batendo papo, conversas que iam em espiral de observações para teorias majestosas e abstratas, e voltavam. Bobbi falava de Ronald Reagan e o FMI. Nutria um respeito extraordinário por teóricos da conspiração. Tinha interesse pela natureza das coisas, mas também era generosa. Com ela não tinha a impressão, assim como tinha com muitas outras pessoas, de que enquanto eu falava ela estava preparando a próxima coisa que gostaria de dizer. Era uma ótima ouvinte, uma ouvinte ativa. Às vezes, enquanto me pronunciava, ela fazia um ruído repentino, como se a força de seu interesse pelo que eu dizia tivesse sozinha se expressado por sua boca. Ah! Ela exclamava. Ou: verdade!

Uma noite, em dezembro, saímos para comemorar o aniversário de Marianne. Todos estavam de bom humor, as luzes de Natal estavam todas acesas nas ruas e as pessoas contavam histórias engraçadas de coisas que Marianne fez e disse quando estava bêbada ou sonolenta. Bobbi fez uma imitação dela, abaixando a cabeça e olhando para cima com doçura por entre os cílios, erguendo os ombros em um gesto dissimulado. Eu gargalhava, era muito engraçado, e pedia: faz de novo! Marianne enxugava as lágrimas. Para com isso, ela dizia. Ai meu Deus. Bobbi e eu tínhamos dado a Marianne um par de luvas, um belo par de couro azul, uma luva de cada uma de nós. Andrew nos chamou de mãos-de-vaca e Marianne disse que ele não tinha imaginação. Ela as vestiu na nossa frente: a luva da Frances, ela anunciou. E a luva da Bobbi. Em seguida fez mímica de uma falando com a outra como fantoches. Blá-blá-blá-blá-blá, ela disse.

Naquela noite falamos da guerra na Síria e da invasão do Iraque. Andrew disse que Bobbi não entendia de história e botava a culpa de tudo no Ocidente. Todo mundo à mesa fez um som de "ooh" como se estivéssemos em um programa de auditório. Na discordância que se seguiu, Bobbi demonstrou uma inteligência impiedosa, dando a impressão de que havia lido tudo sobre qualquer tema mencionado por Andrew, corrigindo-o apenas quando necessário para o argumento geral, sem sequer fazer alusão ao fato de que estava quase terminando uma graduação em história. Sabia que essa seria a primeira coisa que eu mencionaria se alguém me subestimasse. Bobbi era diferente. Quando se pronunciava, seus olhos muitas vezes apontavam para cima, para lustres ou janelas distantes, e ela gesticulava. A única coisa que podia fazer com minha atenção era usá-la com outras pessoas, buscando nelas sinais de concordância ou irritação, tentando convidá-las a entrar no debate quando se calavam.

Bobbi e Melissa ainda mantinham contato na época, mas estava claro que tinham se afastado. Bobbi tinha elaborado novas teorias sobre a personalidade e a vida particular de Melissa que eram nitidamente menos lisonjeiras do que as desenvolvidas anteriormente. Eu estava me esforçando para amar todo mundo, o que significa que eu tentava ficar quieta.

A gente não devia ter confiado neles, disse Bobbi.

Naquela época, comíamos comida chinesa em caixinhas de papelão, sentadas no meu sofá e meio que assistindo a um filme de Greta Gerwig.

A gente não sabia como eles eram codependentes, continuou Bobbi. Quer dizer, eles só entraram nessa um pelo outro. Deve ser bom para a relação deles ter esses casos dramáticos de vez em quando, isso deixa as coisas interessantes.

Pode ser.

Não estou dizendo que o Nick tinha a intenção de atrapalhar sua vida. Do Nick eu gosto de verdade. Mas no final das contas eles sempre voltariam para essa relação estranha que eles têm porque é com isso que eles estão acostumados. Entende? Tenho muita raiva deles. Eles nos trataram como um escape.

Você está decepcionada porque a gente não conseguiu acabar com o casamento deles, retruquei.

Ela riu com a boca cheia de macarrão. Na tela da televisão, Greta Gerwig empurrava a amiga numa moita, de brincadeira.

Quem é que se casa? É sinistro, disse Bobbi. Quem é que quer o aparato estatal sustentando a relação?

Sei lá. A nossa é sustentada pelo quê?

Exato! É exatamente isso o que eu quero dizer. Nada. Eu digo que sou a sua namorada? Não. Dizer que sou sua namorada seria nos impor uma dinâmica cultural pré-fabricada que foge ao nosso controle. Entende?

Refleti sobre essa questão até o filme terminar. Daí eu disse: espera, então quer dizer que você não é minha namorada? Ela gargalhou. Você está falando sério? ela perguntou. Não. Não sou sua namorada.

Philip disse achar que Bobbi era minha namorada. Fomos tomar um café juntos durante a semana e ele me contou que Sunny tinha lhe oferecido um emprego de meio período com salário de verdade. Afirmei que não estava com ciúmes, e ele ficou frustrado, embora eu estivesse preocupada que isso pudesse ser mentira. Eu gostava de Sunny. Gostava da ideia de livros e leituras. Não sabia por que não conseguia curtir as coisas como os outros.

Não estou te perguntando se ela é minha namorada, expliquei. Estou dizendo que não é.

Mas é óbvio que é. Assim, vocês estão fazendo algum negócio lésbico radical ou sei lá o quê, mas no vocabulário básico ela é sua namorada.

Não. De novo, não é uma pergunta, é uma afirmação.

Ele amassava um pacotinho de açúcar entre os dedos. Fazia certo tempo que estávamos conversando sobre seu emprego novo, um papo que me deixou chocha como um refrigerante sem gás.

Bom, eu acho que ela é, ele concluiu. Quer dizer, no bom sentido. Eu acho que é ótimo para você. Principalmente depois de toda aquela situação desagradável com a Melissa.

Que situação desagradável?

Você sabe, a coisa sexual estranha que estava acontecendo. Com o marido.

Eu olhei para ele e fiquei completamente perdida quanto ao que dizer. Observei a tinta azul do pacotinho de açúcar colar em seus dedos, gravando em suas digitais finos sulcos azuis. Por fim repeti "eu" inúmeras vezes, mas ele pareceu não reparar. O marido? pensei. Philip, você sabe o nome dele.

Que coisa estranha? perguntei.

Você não dormia com os dois? Era o que as pessoas diziam.

Não, não dormia. Não que tivesse algo errado se eu dormisse, mas não dormia.

Ah, o.k., ele disse. Ouvi falar que acontecia um monte de troço bizarro.

Eu realmente não sei por que você está me contando isso.

Diante desse comentário, Philip ergueu os olhos com uma expressão de choque e corou visivelmente. O pacotinho de açúcar caiu e ele teve de pescá-lo rapidamente com os dedos.

Desculpa, ele pediu. Não queria te aborrecer.

Você está me falando desse monte de boato porque acha o quê, que eu vou rir? Como se fosse divertido as pessoas falarem coisas bizarras de mim pelas costas?

Desculpa, eu só achei que você soubesse.

Inspirei fundo pelo nariz. Sabia que poderia me levantar da mesa, mas não sabia para onde ir. Não conseguia pensar em nenhum lugar para onde gostaria de ir. Me levantei mesmo assim e peguei o casaco do espaldar da cadeira. Percebi que Philip estava desconfortável e que sentia até culpa por me magoar, mas não queria mais ficar ali. Abotoei o casaco enquanto ele dizia fracamente: aonde você vai?

Está tudo bem, eu disse. Esquece. Vou só tomar um ar.

Nunca contei a Bobbi sobre o ultrassom ou sobre a consulta com o médico. Ao me recusar a admitir que estava doente, sentia que poderia manter a doença fora do espaço e tempo, manter como algo só da minha cabeça. Se os outros soubessem, a doença se tornaria real e teria de passar minha vida sendo a pessoa doente. Isso sem dúvida interferiria nas minhas outras ambições, como atingir a iluminação e ser uma garota divertida. Usava fóruns da internet para avaliar se esse era um problema para mais alguém. Procurei "não posso contar para ninguém que" e o Google sugeriu: "sou gay" e "estou grávida".

Às vezes, de noite, quando Bobbi e eu estávamos juntas na cama, meu pai me ligava. Em silêncio, levava o celular para o banheiro para atender. Ele tinha se tornado cada vez menos coerente. Em certos momentos parecia crer que era perseguido. Ele disse: eu tenho uns pensamentos, pensamentos ruins, sabe? Minha mãe disse que os irmãos e irmãs dele também recebiam esses telefonemas, mas o que fazer? Ele nunca estava em casa quando iam lá. Não raro eu ouvia carros passando ao fundo, então sabia que ele estava na rua. Às vezes também se preocupava com a minha segurança. Pediu que eu não deixasse que eles me encontrassem. Respondi: não vou deixar, pai. Não vão me encontrar. Estou num lugar seguro.

Eu sabia que minha dor poderia começar a qualquer instante, então comecei a tomar a dose máxima de ibuprofeno todos os dias só para garantir. Escondi meu caderno cinza e as caixas de analgésicos na primeira gaveta da minha escrivaninha, e só os pegava quando Bobbi estava no banho ou na aula. Essa primeira gaveta parecia significar tudo o que havia de errado comigo, tudo que me levava a me sentir péssima comigo mesma, então sempre que batia o olho nela, começava a me sentir mal outra vez. Bobbi nunca fez perguntas. Nunca mencionou o ultrassom ou perguntou quem ligava para o meu telefone à noite.

Eu entendia que a culpa era minha, mas não sabia o que fazer a respeito. Precisava voltar a me sentir normal.

Minha mãe veio a Dublin naquele fim de semana. Fomos às compras juntas, ela me deu um vestido novo e fomos almoçar em um café da Wicklow Street. Ela parecia cansada e eu também estava cansada. Pedi um bagel com salmão defumado e fiquei cutucando os pedaços viscosos de peixe com o garfo. O vestido estava em uma sacola de papel debaixo da mesa e eu não parava de chutá-lo sem querer. Eu havia sugerido o café para o almoço, e dava para ver que minha mãe estava agindo com educação, embora na presença dela eu reparasse que os sanduíches tinham um preço exorbitante e eram servidos com saladas que ninguém comia. Quando ela pediu chá, ele veio em uma chaleira com um pires e uma xícara de louça desajeitada, diante dos quais sorriu heroicamente. Você gosta deste lugar? ela perguntou.

É bom, respondi, me dando conta de que o detestava.

Vi seu pai outro dia.

Cravei um pedaço de salmão com o garfo e o transferi para a minha boca. O gosto era de limão e sal. Engoli, limpei os lábios com o guardanapo e soltei: ah.

Ele não anda bem, ela disse. Dá para perceber.

Ele nunca andou bem.

Tentei conversar um pouco com ele.

Ergui os olhos para ela. Fitava seu sanduíche sem expressão, ou talvez fingisse inexpressão para esconder algo.

Você precisa entender, ela disse. Ele não é igual a você. Você é forte, sabe lidar com as coisas. Seu pai acha a vida muito difícil.

Tentei avaliar essas afirmações. Eram verdadeiras? Importava se eram verdadeiras? Larguei meu garfo.

Você tem sorte, ela declarou. Sei que talvez você não tenha essa sensação. Você pode odiá-lo para o resto da vida se quiser.

Não odeio ele.

Um garçom passou carregando precariamente três cumbucas de sopa. Minha mãe olhou para mim.

Amo ele, afirmei.

Para mim, isso é novidade.

Bom, não sou que nem você.

Ela riu e me senti melhor. Ela esticou o braço para pegar na minha mão sobre a mesa e deixei que a segurasse.

31

Na semana seguinte meu celular tocou. Lembro exatamente onde eu estava quando começou: bem em frente à prateleira de ficção contemporânea na Hodges Figgis, e eram cinco e treze da tarde. Estava procurando um presente de Natal para Bobbi, e quando tirei o celular do bolso do casaco, a tela mostrava: Nick. Meu pescoço e meus ombros endureceram e de repente pareciam expostos. Deslizei a ponta do dedo pela tela, levei o celular ao ouvido e disse: alô?

Ei, disse a voz de Nick. Escuta, não tem pimentão vermelho, pode ser do amarelo?

A voz dele pareceu me atingir em algum ponto atrás dos joelhos, e subia em uma torrente de calor, então percebi que eu estava corando.

Ih, querido, eu disse. Acho que você ligou para o número errado.

Por um instante ele emudeceu. Não desliga, pensei. Não desliga. Passei a andar junto às prateleiras de ficção contemporânea correndo o dedo pelas lombadas como se continuasse a procurar.

Meu Deus, Nick exclamou devagar. É a Frances?

Isso mesmo. Sou eu.

Ele soltou um ruído que a princípio imaginei ser de risada, mas logo percebi que estava tossindo. Comecei a rir e tive de afastar o celular do rosto para ele não achar que eu estava chorando. Ao falar, me pareceu cadenciado, e sua confusão, genuína.

Não faço ideia de como isso foi acontecer, ele afirmou. Fui eu que liguei para você?

Foi. Você me fez uma pergunta sobre pimentão.

Ih, meu Deus. Mil perdões. Não sei explicar como disquei o seu número. Foi um engano sem querer, me desculpa.

Fui até a mesa perto da entrada da livraria, que exibia uma seleção de lançamentos de vários gêneros. Peguei um romance de ficção científica e fingi ler a quarta capa.

Você queria falar com a Melissa? perguntei.

Queria. É.

Tudo bem. Imagino que você esteja no supermercado.

Dessa vez ele riu, como se risse do absurdo que era aquela situação. Larguei a ficção científica e abri um romance histórico. As palavras estavam achatadas na página, meus olhos nem tentaram lê-las.

Estou no supermercado, ele confirmou.

Estou na livraria.

Está mesmo? Compras de Natal?

É, eu disse. Estou procurando alguma coisa para a Bobbi.

Então ele soltou um barulho tipo "hum", não exatamente como uma risada, mas ainda entretido ou satisfeito. Fechei o livro. Não desliga, pensei.

Reeditaram aquele romance da Chris Kraus há pouco tempo, ele comentou. Li uma resenha, tive a impressão de que você iria gostar. Apesar de que agora me dei conta de que você não me pediu nenhuma recomendação, na verdade.

Suas recomendações são bem-vindas, Nick. Você tem uma voz encantadora.

Ele não falou nada. Saí da livraria apertando o celular contra o rosto, o que fazia a tela ficar quente e meio oleosa. Lá fora fazia frio. Eu usava um gorro de pele falsa.

Levei nossa brincadeira longe demais? perguntei.

Ah, não, desculpa. Estava só tentando pensar em alguma coisa boa para te dizer, mas tudo que me vem à cabeça soa...

Desonesto?

Sincero demais, ele corrigiu. Carente. Estou pensando, como fazer um elogio à sua ex-namorada, só que de um jeito indiferente?

Eu ri e ele também. O alívio de nossa risada mútua foi bem fofo, e dissipou a sensação de que iria desligar na minha cara, pelo menos por um instante. Ao meu lado, um ônibus chacoalhou por uma poça e molhou minhas canelas. Me afastava da faculdade rumo ao St. Stephen's Green.

Você nunca foi muito bom com elogios, comentei.

Não, eu sei. É uma coisa de que me arrependo.

Às vezes, quando estava bêbado, você era legal.

É, ele concordou. É isso, eu só era legal com você quando estava bêbado?

Ri outra vez, dessa vez sozinha. O celular parecia transmitir uma energia radioativa estranha para o meu corpo, me levando a andar muito rápido e rir por nada.

Você sempre foi legal, eu disse. Não era isso o que eu queria dizer.

Você está com pena de mim, não está?

Nick, não tenho notícias suas há um mês, e a gente só está se falando porque você confundiu o nome da sua mulher com o meu. Não tenho pena de você.

Bom, tenho me controlado muito para não te ligar.

Ficamos quietos por uns segundos mas nenhum dos dois desligou.

Você ainda está no supermercado? perguntei.

É, onde você está? Você está na rua agora.

Andando por uma rua.

Todos os restaurantes e bares tinham miniaturas de árvores de Natal e ramos falsos de azevinho nas janelas. Uma mulher passou por mim segurando a mão de uma criancinha loira que reclamava do frio.

Achei que você ia me ligar, eu disse.

Frances, você falou que não queria mais me ver. Não ia te perseguir depois disso.

Parei por acaso diante de uma loja de bebidas, olhando as garrafas de Cointreau e Disaronno empilhadas na vitrine feito joias.

Como vai a Melissa? perguntei.

Ela está bem. Sob muita pressão por conta de prazos. E é por isso que estou ligando, para garantir que não vou arrumar problema por ter comprado o pimentão errado.

As compras de supermercado parecem ter bastante influência sobre a maneira como ela reage ao estresse.

Na verdade, já tentei explicar isso a ela, ele disse. Como vai a Bobbi?

Virei o rosto para a vitrine e continuei andando até o final da rua. A mão que segurava o celular começava a esfriar, mas minha orelha estava quente.

A Bobbi está bem, respondi.

Ouvi dizer que vocês voltaram.

Bom, ela não é exatamente minha namorada. Estamos dormindo juntas, mas acho que é uma forma de testarmos os limites da nossa grande amizade. A verdade é que não sei o que estamos fazendo. Mas parece funcionar bem.

É bem anarquista da parte de vocês, ele disse.

Obrigada, ela vai gostar muito de ouvir isso.

Esperei o sinal para atravessar a rua rumo ao St. Stephen's Green. Os faróis dos carros passavam e no alto da Grafton Street alguns músicos cantavam "Fairytale of New York". Num outdoor amarelo iluminado lia-se NESTE NATAL... EXPERIMENTE O VERDADEIRO LUXO. Posso te pedir um conselho sobre uma coisa? perguntei.

Pode, claro. Acho que demonstro uma constante falta de bom senso nas minhas próprias decisões, mas se você acha que posso ajudar, vamos tentar.

Veja só, tem uma coisa que estou escondendo da Bobbi, e não sei como contar para ela. Não estou sendo evasiva, não tem nada a ver com você.

Nunca desconfiei de que você fosse evasiva, ele disse. Conta mais.

Eu lhe disse que primeiro atravessaria a rua. Já estava escuro e tudo se aglomerava em torno de pontos de luz: vitrines de lojas, rostos enrubescidos pelo frio, uma fila de táxis fazendo hora no meio-fio. Escutei o balançar de rédeas e o som de cascos na rua. Ao entrar no parque por um portão lateral, o barulho do tráfego pareceu diminuir sozinho, como se ficasse preso nos galhos desfolhados e se dissolvesse no ar. Minha respiração criava uma trilha branca à minha frente.

Lembra que tive de ir ao hospital para uma consulta no mês passado? E eu te falei que correu tudo bem.

De início, Nick se calou. Então disse: eu ainda estou no mercado. Talvez seja melhor eu voltar para o carro para a gente conversar, o.k.? Aqui é meio barulhento, me dá dez segundos.

Eu disse que claro. Pelo ouvido esquerdo escutava o suave barulho branco da água, passos se aproximando e se afastando, e pelo ouvido direito escutava a voz das registradoras automatizadas

enquanto Nick passava pelos caixas. Depois as portas automáti-
cas, em seguida o estacionamento. Ouvi o bipe emitido pelo carro quando ele o destrancou de longe, e então eu o ouvi entrar e
fechar a porta. Sua respiração era mais alta no silêncio.

Você estava dizendo, ele disse.

Bom, descobri que tenho um distúrbio no qual as células
do meu útero crescem nos lugares errados. Endometriose, você
já deve ter ouvido falar, eu não conhecia. Não é perigoso nem
nada, mas não tem cura, então é meio que uma questão de dor
crônica. Eu desmaio com frequência, o que é esquisito. E pode
ser que não consiga ter filhos. Quer dizer, eles não sabem se vou
poder ou não. Talvez seja besteira ficar chateada com isso, já que
eles nem sabem ainda.

Andei sob um poste de luz, que projetou uma sombra comprida que parecia uma bruxa à minha frente, tão comprida que
as bordas do meu corpo desvaneciam no nada.

Não é besteira ficar chateada com isso, ele disse.

Não é?

Não.

Da última vez que te vi, eu disse. Quando fomos para cama
juntos e depois você me falou que queria parar, eu pensei, você
sabe. Que você não estava mais me achando boa. Tipo, que você sentia que tinha alguma coisa errada comigo. O que é loucura, já que tive essa doença o tempo inteiro, de qualquer forma.
Mas foi a primeira vez que ficamos juntos depois de você começar a dormir com a Melissa e talvez eu estivesse me sentindo vulnerável, sei lá.

Ele inspirou e exalou no bocal do celular. Não precisava
que ele dissesse nada naquele momento, que explicasse o que
sentia. Parei em um banquinho úmido ao lado de um busto de
bronze e me sentei.

E você não contou para a Bobbi do diagnóstico, ele constatou.

Não contei para ninguém. Só você. Tenho a impressão de que falar nisso vai fazer com que as pessoas me vejam como uma pessoa doente.

Um homem passeando com um yorkshire terrier passou por mim e o cachorro me notou e puxou a coleira para chegar aos meus pés. Ele usava um casaco acolchoado. O homem me lançou um sorriso rápido, de desculpas, e eles seguiram em frente. Nick estava mudo.

Bom, o que você acha? perguntei.

Da Bobbi? Acho que você deveria contar. Não dá para controlar o que ela pensa de você, de qualquer forma. Sabe, doente ou saudável, você nunca vai conseguir. O que você está fazendo agora é enganar ela só pela ilusão de ter o controle, o que provavelmente não vale a pena. Mas não tenho o meu conselho em alta conta.

É um bom conselho.

O frio do banco tinha viajado pela lã do meu casaco e invadido minha pele e meus ossos. Não me levantei, permaneci sentada. Nick declarou que sentia muito em saber que eu estava doente, e aceitei e agradeci. Ele fez algumas perguntas sobre a forma de tratar os sintomas e se eles não poderiam melhorar com o tempo. Conhecia outra mulher que tinha isso, a esposa do primo, e contou que tiveram filhos, se é que a história valia de alguma coisa. Eu disse que fertilização in vitro me assustava e ele disse, é, eles não usaram in vitro, acho que não. Mas esses tratamentos não estão ficando menos invasivos hoje em dia? Sem dúvida estão melhorando. Respondi que eu não sabia.

Ele tossiu. Sabe, da última vez que nos vimos, ele explicou, quis parar porque estava com medo de estar te machucando. Só isso.

O.k., respondi. Obrigada por me explicar. Você não estava me machucando.

Ficamos quietos.

Não sei nem te contar como eu tenho me controlado para não te ligar, ele acabou falando.

Achei que você tivesse me esquecido.

A ideia de esquecer qualquer coisa a seu respeito é meio que horripilante para mim.

Sorri. Eu disse: é mesmo? Meus pés já estavam ficando gelados dentro das botas.

Onde é que você está? ele perguntou. Você não está mais andando, está em um lugar sossegado.

Estou no Stephen's Green.

Ah, sério? Eu também estou na cidade, estou a uns dez minutos de você. Não vou te ver nem nada assim, pode ficar tranquila. Só é curioso pensar que você está tão perto.

Eu o imaginei sentado no carro em algum canto, sorrindo sozinho ao telefone, quão dolorosamente bonito não estaria. Enfiei a mão livre dentro do casaco para aquecê-la.

Quando a gente estava junto na França, eu disse, você lembra que um dia a gente estava no mar e eu pedi para você me dizer que me queria e você jogou água na minha cara e mandou eu me foder?

Quando Nick falou, deu para ouvir que ainda sorria. Assim fica parecendo que sou um imbecil, ele reclamou. Só estava brincando com você, não estava falando para você ir se foder de verdade.

Mas você não podia simplesmente admitir que me queria, retruquei.

Bom, todo mundo vivia falando nisso. Achei que sua atitude foi meio que gratuita.

Eu deveria saber que não ia dar certo entre nós dois.

A gente sempre soube disso, não? ele perguntou.

Me calei por um instante. Então disse: eu não sabia.

Bom, mas o que significa uma relação "dar certo"? ele perguntou. Nunca seria algo convencional.

Me levantei do banco. Estava frio demais para ficar sentada ao ar livre. Queria me aquecer de novo. Iluminados de baixo para cima, os galhos vazios arranhavam o céu.

Eu não achava que tinha de ser, expliquei.

Sabe, você está falando isso, mas é óbvio que não estava feliz por eu amar outra pessoa. Tudo bem, isso não faz de você uma má pessoa.

Mas eu amava outra pessoa.

É, eu sei, ele disse. Mas não queria que eu amasse.

Eu não teria achado ruim se...

Tentei pensar numa maneira de terminar a frase sem dizer: se eu fosse diferente, se eu fosse a pessoa que queria ser. Em vez disso só deixei o silêncio dominar. Estava com tanto frio.

Não acredito que você está no telefone dizendo que esperava que eu te ligasse, ele falou baixinho. Você não faz ideia de como é arrasador ouvir isso.

Como você acha que me sinto? Você nem queria falar comigo, você achou que eu fosse a Melissa.

É claro que eu queria falar com você. Há quanto tempo a gente já está no telefone?

Cheguei ao portão pelo qual havia entrado, mas estava trancado. Meus olhos começavam a arder de frio. Do outro lado do parapeito uma fila de pessoas aguardava o 145. Andei até o portão principal, de onde via as luzes do shopping. Pensei em Nick e Melissa cantando "Baby It's Cold Outside" na cozinha aquecida com todos os amigos em volta.

Você mesmo falou, eu disse. Nunca daria certo.

Bom, agora está dando certo? Se eu for te buscar e a gente ficar passeando de carro, conversando, e eu disser, ah, me desculpa por não ter ligado, fui um idiota, isso vai dar certo?

Se duas pessoas são felizes juntas então dá certo.

Você poderia sorrir para um estranho na rua e fazê-lo feliz, ele disse. Estamos falando de uma coisa mais complicada.

Ao me aproximar do portão eu escutava o sino repicar. O barulho do tráfego se abriu novamente, como uma luz brilhando mais e mais.

Tem que ser complicado? perguntei.

É, eu acho que sim.

Tem o negócio com a Bobbi, que é importante para mim.

Olha com quem você está falando, ele retrucou. Eu sou casado.

Vai ser sempre essa merda, não vai?

Mas dessa vez vou te elogiar mais.

Eu estava no portão. Queria contar para ele da igreja. Essa era outra conversa. Queria coisas dele que tornariam tudo o mais complicado.

Que tipo de elogio, por exemplo? perguntei.

Tem um que não é exatamente um elogio, mas eu acho que você vai gostar.

O.k., fala.

Lembra da primeira vez que a gente se beijou? ele disse. Na festa. E eu falei que não achava a despensa um bom lugar para a gente se beijar e nós saímos. Você sabe que fui para o meu quarto e esperei você, né? Quer dizer, esperei horas. E no começo achei mesmo que você iria. Acho que nunca me senti tão infeliz na vida, um tipo de infelicidade arrebatadora que de certo modo eu estava praticamente curtindo. Porque mesmo se você subisse, o que aconteceria? A casa estava cheia de gente, não era como se fosse acontecer algo. Mas sempre que eu pensava em voltar lá para baixo, eu imaginava te ouvir na escada e não conseguia sair, digo fisicamente, eu não conseguia. Bom, a forma como me senti naquele dia, sabendo que você estava perto e me sentindo totalmente paralisado por causa disso, esta ligação é bem semelhante. Se eu te dissesse onde meu carro está agora, não acho que eu conseguiria ir embora, acho que teria de continuar aqui só para o caso de você mudar de ideia sobre tudo. Sabe, eu ainda tenho aquele ímpeto de estar disponível para você. Você vai reparar que não comprei nada no supermercado.

Fechei os olhos. Coisas e pessoas se mexiam ao meu redor, se posicionando em hierarquias obscuras, participando de sistemas a respeito dos quais eu não sabia e jamais saberia. Uma rede complexa de objetos e conceitos. Você passa por algumas coisas antes de entendê-las. Você não pode ser sempre racional.

Vem me buscar, eu disse.

Agradecimentos

Ao escrever este livro, extraí muito de conversas com meus próprios amigos, em especial Kate Oliver e Aoife Comey; gostaria de agradecer muito a ambas. Agradeço também aos amigos que leram os primeiros rascunhos do manuscrito: Michael Barton, Michael Nolan, Katie Rooney, Nicole Flattery e acima de tudo John Patrick McHugh, cujas excelentes opiniões contribuíram substancialmente para o desenvolvimento do livro.

Um obrigada especial a Thomas Morris, por sua campanha pioneira e inabalável em prol do meu trabalho e pelos muitos anos de amizade gratificante. Obrigada, Tom, de todo coração.

Sou muito grata a Chris Rooke, em cujo apartamento boa parte deste livro foi escrito, e a Joseph e Gisele Farrell, cuja hospitalidade me deu a chance de escrever partes deste romance na Bretanha. Também preciso agradecer ao Arts Council da Irlanda pela assistência financeira para a finalização deste projeto.

Muito, muito obrigada à minha agente, Tracy Bohan, e à minha editora, Mitzi Angel: as observações e a ajuda delas foram verdadeiramente inestimáveis. Agradeço também à toda equipe da Faber, que cuidou tão bem de mim, e de Alexis Washam, da Hogarth.

Como sempre, sou imensamente grata aos meus pais.

Acima de tudo, a cada etapa da escrita e da edição deste romance, confiei nas orientações, conselhos e no apoio de John Prasifka. Sem ele, não haveria livro; tudo o que há de melhor nesta obra se deve a ele.